# बेदावा

एक प्रेमकथा

# बेदावा

एक प्रेमकथा

तरुण भटनागर

राजकमल प्रकाशन

ISBN : 978-93-89598-10-0

**मूल्य :** ₹395



**पहला संस्करण :** 2020

**प्रकाशक :** राजकमल प्रकाशन प्रा.लि.
1-बी, नेताजी सुभाष मार्ग, दरियागंज
नई दिल्ली-110 002
**शाखाएँ :** अशोक राजपथ, साइंस कॉलेज के सामने, पटना-800 006
पहली मंजिल, दरबारी बिल्डिंग, महात्मा गांधी मार्ग, इलाहाबाद-211 001
36 ए, शेक्सपियर सरणी, कोलकाता-700 017
वेबसाइट : www.rajkamalprakashan.com
ई-मेल : info@rajkamalprakashan.com

**मुद्रक :** बी.के. ऑफसेट
नवीन शाहदरा, दिल्ली-110 032

BEDAVA : Ek Prem Katha
*Novel by* Tarun Bhatnagar

बे

दा

वा

## निगाह

जंगलों के एक अस्पताल की मर्चरी।

मर्चरी में घुसने से पहले डॉ. जे. जोसेफ ऊपर लिखे बोर्ड को देखते हैं। अंग्रेज़ी में लिखा है—पोस्टमार्टम रूम, हिन्दी में—शव विच्छेदन कक्ष।

सामने टेबल पर एक लाश पड़ी है। सफ़ेद कपड़ों में लिपटी। उन्होंने अभी-अभी लाश के साथ आए काग़ज़ों को उलट-पलटकर देखा है।

उम्र—लगभग अट्ठाईस साल।

नाम—पता नहीं।

स्वीपर लाश को फाड़ने के लिए खंजरों की धार की पड़ताल कर रहा है। उसने सुबह ही लाश पर निशानात बना दिये थे। गर्दन के नीचे से छाती के नीचे तक और पेशानी पर एक लकीर खींची थी। इस लकीर पर से उस लाश को फाड़ा जाना है। डॉक्टर जोसेफ रोज़ पोस्टमार्टम करते हैं। कहीं कोई नई बात नहीं है। स्वीपर लाश के ऊपर बने निशानों पर धारदार खंजर रखता जा रहा है।

डॉक्टर के आने से पहले ही स्वीपर ने लाश का सफ़ेद कपड़ा काटकर अलग कर दिया था। फाड़ने से पहले डॉक्टर जोसेफ ने लाश का मुआयना किया। वे पल भर को ठिठके। लाश के एक हिस्से पर उनकी आँखें रुक गईं। एक ग़ैरयक़ीनी तारी हो गई। दिल डूबने लगा। उनके ज़ेहन से अँधेरों में जज़्ब एक दुनिया के मंज़र गुज़रते गए। काले पर्दों के पीछे की एक ख़ामोश दुनिया। पल भर को लगा मानो उन्होंने ऑपरेशन के कई दिनों के बाद बड़ी हिम्मत के साथ मरीज़ से आँख मिलाई हो। जब वे मरीज़ से पूछते हैं—कैसे हो तुम—तो उनके भीतर कुछ दरकता है, कुछ चटककर टुकड़ों में बँटता है।

वे दुनिया के उन सबसे कमतर डॉक्टरों में से हैं जो उस शल्य चिकित्सा की उस काली दुनिया को देखकर आया है। कहते हैं यूरोप और दक्षिण अफ्रीका में आज भी कई डॉक्टर भिड़े हैं उसी काली दुनिया में...। उन्होंने एक बड़े अस्पताल के सुपरिंटेंडेंट के सामने अपना इस्तीफ़ा रखते हुए कहा था कि अब वे इस तरह का ऑपरेशन न करेंगे। इसके बाद वे सरकारी महकमे में नौकरी पर आ गए।

इन बियाबानों में हाल ही में छह महीने पहले ही उनकी पोस्टिंग हुई है।

फ़ौत जिस्म को पल भर देखने के बाद उन्हें लगा कि वे यहाँ से चले जाएँ कहीं। गुज़श्ता काला वक़्त उनकी रूह की सीढ़ियों पर चढ़ रहा है, धमकता हुआ। उनके पास उससे छुटकारे का कोई उपाय ही न हो जैसे। पर जाने से पहले उन्हें काग़ज़ों में पोस्टमार्टम की रिपोर्ट दर्ज करनी है।

लाश के साथ आई पुलिस की डायरी में सबसे ऊपर लिखा है—बेदावा लावारिस लाश...

वे अपनी आँखें बन्द कर लेते हैं। स्वीपर उन्हें घूरता है। उनके ज़ेहन में ओल्ड टेस्टामेंट की कोई इबादत गूँजती है। बन्द आँखों के अँधेरों में पुलिस की डायरी पर लाल स्याही से दर्ज तीन अल्फ़ाज़ गुज़रते रहते हैं—बेदावा लावारिस लाश...। गुज़र चुके वक़्त की डॉक्टरी की उस अँधेरी दुनिया से आती कराहें सुनाई देती हैं, कोई तनहा-सा रंज उनके ज़ेहन को काटता जाता है। आँखें बन्द किए-किए दाहिने हाथ की उँगलियों से अपने माथे, गले, कन्धे और छाती को छूते हुए वे क्रॉस का निशान बनाते हैं। ओल्ड टेस्टामेंट की इबादत की आख़िरी लाइनें बुदबुदाते हैं। आँखें खोल स्वीपर को आँखों से इशारा करते हैं, यानी—लाश पर रखे खंजर हटा दो—स्वीपर उन्हें हैरानी से देखता है।

डॉ. जे. जोसेफ के मन में गुनाह का एक ख़याल आ गया है। अपने पेशे से दग़ा करने का गुनाह। एक ऐसा दग़ा जिसकी इन्तेहा उनकी ज़िन्दगी तबाह कर सकती है।

यह ठीक उसी पल की बात है जब उन बियाबानों से मीलों दूर अपने शहर में अपर्णा सुधीर के सामने बैठी है। उसके घर में उसके सामने।

'मैं बहुत ख़ूबसूरत हूँ...' अपर्णा ने झिझकते हुए सुधीर से कहा। कुछ इस तरह शरमाते हुए मानो बारिश में भीगकर झूलती नीम की लदी-फँदी डाल हो।

वह सुधीर को बता रही है कि वह ख़ूबसूरत है। बला की ख़ूबसूरत। सुधीर देख नहीं सकता। वह नाबीना है, एकदम नाबीना। उसे कुछ भी नहीं दीखता। उसने आज तक कभी कुछ भी नहीं देखा है। बचपन से आज तक वह कभी कुछ भी नहीं देख पाया। अपर्णा को नहीं पता कि किसी न देख पाने वाले को वह कैसे बताए कि वह बेहद ख़ूबसूरत है।

बाहर शाम होने में देर थी। भीतर अँधेरा घिर रहा था। पत्थरों वाला फ़र्श ठंडा था। अपर्णा सिमटकर घुटनों को छाती से चिपकाए बैठी थी। शॉल को अपने जिस्म पर लपेटते उसने घुटनों पर अपनी ठोड़ी टिकाई—'सब ऐसा ही कहते हैं'—उसने कुछ ऐसे अन्दाज़ में कहा मानो ख़ुद को ख़ूबसूरत कहना गुनाह हो।

उसे पहला आशिक़ याद आया।

ऐसी कोई ख़्वाहिश अब बेमानी है कि वह उसे याद कर ले। पर ख़्वाहिशें ठहरीं दग़ाबाज़। ख़्वाहिशों से कहीं कुछ होता है भला। बहुत अपनी सी ख़्वाहिश भी कितनी तो ग़ैरज़िम्मेदार होती है।

पहले आशिक़ की यादें बेसबब हैं...वे गुज़रती रहती हैं पीठ पर माल-असबाब लादे फेरीवालों की तरह...वे आवाज़ देती हैं बहुत पास से गुज़रती गलियों से और वह खिड़की से बाहर झाँकने दौड़ी चली आती है...।

उसका नाम जीवेश था। सब लोग, सारे हम सब उसे 'बंडा' कहकर चिढ़ाते थे।

वह उससे तीन बेंच दूर बैठा है। हमेशा की तरह उससे पहले क्लास में आया है और उसके जाने के बाद तक बैठा रहेगा। वह उसे घूरता रहता है। एकतरफ़ा घूरता है। नज़रबाज़ी करता है। वह कनखियों से उसके घूरने को देखती है। वह उसे एकटक देखता जाता है। मुसलसल। मुतवातिर। टकटकाता है। शरमाता भी नहीं। वह ख़ौफ़ खा जाती है।

जब वह अपने काम में मगन होती उसे लगता मानो जीवेश की आँखें उस पर फिसल रही हों। उसकी आँखें उसके जिस्म पर बहुत इत्मीनान से फिसलतीं। उनमें कोई हया न होती। पूरी क्लास वे उस पर सरकती रहतीं। वह अपने कपड़े समेटती। ब्लाउज़ को करीने से नीचे तक खींचती। स्कर्ट को टाँगों के बीच समेट लेती। यहाँ तक कि मोज़ों को भी ऊपर खींचती। पर कुछ न होता। उसे पहली बार लगा कि कपड़ों से कुछ भी छुपता नहीं है। कपड़े ख़ुद को तसल्ली देने के अलावा कुछ भी नहीं। वह ख़ौफ़ज़दा हो जाती। वह ग्यारहवीं क्लास थी। जो मुसीबत आन पड़ी थी वह पहली बार थी। वह शिकायत करना चाहती है। पर उसकी सहेली ने बताया है कि नज़रबाज़ी को ग़लत नहीं माना जाता। किसी को घूरने से रोकने का क़ायदा भी नहीं। ताक-झाँक से कैसे रोक सकते हैं भला। देखना कोई हराम तो नहीं। सहेली की बात से उसका ख़ौफ़ और गहरा हो जाता।

...अपर्णा को जीवेश आज भी ख़्वाबों में दीखता है, एकदम वैसा ही, उसके ख़यालों ने उसे इस तरह सँजोया है कि वह आज भी बिलकुल भी नहीं बदला... चपटे-चौड़े मुँह पर सुतवाँ नाक, पलकों तक गिरते लम्बे बाल, लड़कियों से गुलाबी होंठ, बौड़म सी लम्बी-चौड़ी क़द-काठी, ऐसी शातिर आँखें कि देखते ही पसीना आने लगे, मोटी भर्राती-सी आवाज़...। पता नहीं क्यों इतने बरसों बाद ख़यालों में, ख़्वाबों में उसे छूने का मन करता है। जब वह दीखता है तो तनहा होने का मन करता है। मन करता है कोई न हो दख़लंदाज़ी देने वाला और वह अपनी तनहाई में उसे अपनी तरह से देखती रहे। ग्यारह सालों के बाद अब वह उसे घूरना चाहती है। दोतरफ़ा नज़रबाज़ी करना चाहती है।

शायद वह बताए कि वह क्या घूरता था। शायद वह कह दे कि वह क्या छिपाती थी।

सुधीर अपने काम में मगन है। वह उसके पास ज़मीन पर बैठी है।

सारे कमरे में मोम और तेल की ख़ुशबू फैली है। सुधीर साँचे में पिघला मोम डाल रहा है। साँचे का डिज़ाइन अपर्णा का ख़याल था। वह उस ख़याल को अपनी चुन्नी में बाँधकर लाई थी। सुधीर ने इत्मीनान से उस डिज़ाइन पर अपनी उँगलियाँ

फिराई थीं। उसने डिज़ाइन पर फिरती उसकी उँगलियों को ग़ौर से देखा था। वे बेहद आहिस्ता-आहिस्ता सरक रही थीं। डिज़ाइन में एक तरतीब थी, उँगलियों के उस पर सरकने में एक क़ायदा। मानो यूँ छूने में भी कोई लिहाज़ हो। महसूस करने की भी कोई रवायत। जैसे कोई इल्म न हो बस छूने की ललक हो कि कहीं कुछ छूट न जाए, सब कुछ बस जाए, समा जाए उँगलियों के मार्फत, जैसे लम्स न हो कोई इबादत हो, कोई तहज़ीब, कोई ऐसी नाज़ुक-सी चीज़ जो ज़रा सी लापरवाही से गिरकर किरच-किरच हो जाए...वह उसकी उँगलियों को डिज़ाइन पर सरकती देखती रही। उसकी मसरूफ़ियत को उसने काफ़ी देर बाद तोड़ना चाहा—ये स्टार ऑफ़ डेविड हैं, पूरे सात एक-दूसरे में गुँथे—पर कोई भी ख़लल न पड़ा, सुधीर डिज़ाइन को छूता रहा, ख़ुद में मगन...

सुधीर हर चीज़ को छूकर देखता है। उसकी उँगलियाँ उसकी आँखें हैं।

...अपर्णा उसे काम करता देखती रही।

...बाहर कहीं शाम रात के जिस्म में घुलती रही, दूर कहीं कोई कुत्ता भौंकता रहा, खिड़की के पार टिमटिमाती रोशनियाँ खिलती रहीं, रास्तों का शोर थमता रहा... जब कुछ भी न टूटे, बहता रहे मुसलसल यकरंग तभी आती हैं यादें, मानो कहीं रुकी हों सही वक़्त के इन्तज़ार में...

'तुम बहुत हसीन हो। जब और बड़ी होओगी तब सारी दुनिया तुम्हें घूरेगी। तब क्या करोगी? इसकी आदत डाल लो।'

जीवेश की नज़रबाज़ी वाली बात पर उसकी सहेली ने उससे कहा था।

उसका ख़ौफ़ गहरा गया था। उसकी उमर ही क्या थी तब। वह समझ नहीं पाती थी कि लड़की अगर ख़ूबसूरत हो तो क्या होता है? वह बहुत कम उमर में ही ग्यारहवीं दर्जे में थी। वह अभी तैयार न थी। एक दौर होता है जब पता नहीं चलता कि जिस्म में जो बदल रहा है उसे जवानी कहते हैं। एक दौर जब शीशे से बात करना नहीं आता। अपर्णा उसी दौर में थी। वह स्कूल जाने के पहले शीशे के सामने खड़ी होती। बालों को ठीक करती, माँग को सँवारती, ड्रेस की क्रीज देखती, चोटी का रिबन देखती, भौंहों के बीच छोटी काली बिन्दी चिपकाती...बस न देख पाती तो ख़ुद को।

पर फिर भी उसके पहले आशिक़ उर्फ़ जीवेश की आँखें उसका पीछा करती रहतीं।

जब वह घर आती उसे लगता उसकी आँखें उसके पीछे-पीछे घर तक आ गई हैं। पड़ोसी के पामेरियन कुत्ते 'कॉफ़ी' की तरह जो उसे देखकर उसके पीछे-पीछे चल पड़ता है। फिर लपककर उसके ऊपर चढ़ जाता है और फिर उसके हाथ, पैर, गालों को चाटने लगता है। लगता घर के दरवाज़े की सन्द के पीछे जीवेश की आँखें हैं। उसके बेडरूम की खिड़की के पर्दे जब हिलते हैं तो पर्दे के पार उसे उसकी ही आँखें दीखती हैं। जब वह ग़ुसलख़ाने में होती है फौवारे के नीचे तो रोशनदान के काँच के पीछे जो आँखें सरक रही होती हैं, वे जीवेश की आँखें ही होती हैं।

उन दिनों दुनिया में कोई जगह महफ़ूज़ न थी। हर जगह उसके पहले आशिक़ की आँखें मौजूद थीं। वह शीशे में ख़ुद को देखती। पर समझ न पाती कि ऐसा क्या है? वह डरती। पर किसी से कह न पाती। उसे लगता काश वह हसीन न होती। पर वह हसीन थी। अब कुछ हो नहीं सकता था।

सुधीर चुप था। वह फ़र्श पर बैठी उसे देख रही थी।

मोल्ड का डिज़ाइन सुधीर के ज़ेहन में उतर आया था। डिज़ाइन का पैटर्न उसके मन में डोलता रहा था। वह बार-बार अपनी जगह बदल रहा था। कभी वह एक तरफ़ घूमता, कभी दूसरी तरफ़। मन में डिज़ाइन बेचैन था। सुधीर ने एक-दो बार फिर से डिज़ाइन को छुआ, बेतरतीबी से, मानो वह ख़ुद जानता हो कि किधर छूना है, मानो कोई राज़ हो जो छूकर खुल जाए...। उसके मन में हर डिज़ाइन नहीं समा सकता। डिज़ाइन को मन के माफ़िक़ होना पड़ता है। मन एक अलहदा शै है। मन मुख़्तलिफ़ है। मन ख़ुदमुख़्तार है। वह अपनी तरह से, अपनी रौ में चलता रहता है। मन दरिया है उसमें दरिया ही अट पाता है।

वह जान जाता है कि क्या अटक रहा है—'इसको थोड़ा ठीक करते हैं। ये वाला स्टार...इसके किनारे यहाँ पर और यह नीचे, जैसे तारों का गुच्छा होता है, बेक़ायदा... देखो यूँ'—उसने ग़ौर से सुधीर की उँगलियों को देखा और पेंसिल से उस डिज़ाइन को बनाने लगी। डिज़ाइन लटकते तारों सा था, जैसे वे औंधे हों कहीं ऊपर आसमान में, सात तारे बेतरतीब, मानो आसमान में हों पर धरे हों फ़र्श पर, ज़मीन-आसमान हो या ज़मीन पर तारों को घर बनाने की जगह मिल गई हो।

'इसमें वैक्स कैसे भरेंगे?' अपर्णा ने थोड़ा ठहरकर पूछा। सुधीर ने मोल्ड को उठाया। उसकी उँगलियाँ मोल्ड के चारों ओर हरकत करने लगीं—'यहाँ से शुरू करेंगे, एक साथ ये तीन भर जाएँगे, फिर सुखा देंगे, फिर यहाँ से बहाएँगे धीरे-धीरे, वैक्स यहाँ जमा होगी फिर सुखाएँगे, इन दो स्टार में भरने के लिए बेस बन जाएगा, फिर पहले इसको और फिर इसको एक के बाद एक'—वह एकटक सुधीर को देखती रह गई। उसकी उँगलियाँ इस तरह नाच रही थीं मानो जादूगर की उँगलियाँ हों...वह जानना चाहती थी कि तुम इतना कैसे जान लेते हो सुधीर, तुम छूकर कैसे सारी कायनात रच देते हो?

एक दिन अपर्णा को जीवेश से इतना डर लगा कि वह स्कूल नहीं गई।

अगले दिन माँ ने धक्के देकर भेजा। उस दिन जीवेश की आँखों में अजीब सी ख़लिश थी। एक क़िस्म का ख़ालीपन भी। एक ख़ौफ़नाक क़िस्म का सूनापन भी। मानो वह जान गया हो कि वह उसी के कारण स्कूल नहीं आई। उसकी सहेली ने बताया था कि वह पूरा दिन उस ख़ाली डेस्क को घूरता रहा था जिस पर वह बैठती है। मानो वह डेस्क को चबा जाएगा, उसका चेहरा तपा हुआ था और आँखें एकदम ख़ाली-ख़ाली...वह पागलों की तरह उस जगह को देख रहा था जहाँ वह बैठती थी, वह बहुत तकलीफ़ज़दा दीख रहा था, मानो कोई लाइलाज मर्ज़ हो उसे, पता नहीं

क्यूँ उसे देखकर ऐसा लग रहा था कि उसकी आँखें अफ्रीकन सफारी के चीते की आँखें हों, कंजी गोल-गोल मुसलसल टकटकाती...अपलक...।

सहेली ने उसे छेड़ा—'तू कितनी ख़ूबसूरत है रे, कितनी ख़ूबसूरत'—वह काँप गई।

उसने घरवालों से कह दिया कि वह स्कूल न जाएगी। बिलकुल न जाएगी। उसका स्कूल बदल दिया जाए। उसकी ज़िद चल गई। स्कूल बदल गया।

बहुत दिनों बाद उसकी सहेली उसे मिली। उसने बताया कि उसके जाने के बाद क्लास में कयामत आ गई थी। जिस डेस्क पर वह बैठती थी उस पर एक दूसरी लड़की बैठने लगी थी। जीवेश ने उस लड़की को पहले तो समझाइश दी कि वह उस डेस्क पर न बैठे। कि वह जगह अपर्णा की जगह है। सिर्फ़ और सिर्फ़ अपर्णा की जगह। उस जगह कोई और नहीं बैठ सकता। पर वह न मानी। फिर उसने उसे ख़फ़गी से देखा, कुछ इस तरह मानो उससे कोई बैर हो। फिर ग़ुस्से से कहा कि वह उस डेस्क पर न बैठे। पर वह लड़की भी जिद्दी ठहरी। न मानी तो न मानी। एक दिन जीवेश को इतना ग़ुस्सा आया कि उसने उस लड़की पर स्याही फेंक दी। क्लास में हंगामा हो गया। वह उस जगह किसी और को बैठने नहीं देता। उसकी आँखों में हैवान उतर आया है। वह पूरे समय ख़ाली डेस्क को टकटकाता देखता रहता है। तू एक बार आ जा और हो जाने दे जो होता है। हाय तेरी जगह अगर मैं होती तो अब तलक सब कुछ हो गया होता और एक तू है। पर होगा, कब तक बचेगी तू, तू कयामत है, हज़ारों में घिरेगी तू, हज़ारों आँखें हज़ारों मोहब्बतें...वह उस पर झल्ला गई—यह क्या बकवास है?

पर एक दिन तो ग़ज़ब ही हो गया। कहते हैं देर रात स्कूल में कोई आया था। कुछ इस तरह कि वॉचमैन को भी पता नहीं चला। उसके हाथ में कुल्हाड़ी थी। वह चुपके से ग्यारहवीं दर्जे के कमरे में घुस गया था। फिर दरिंदों की तरह उस डेस्क को कुल्हाड़ी से टुकड़े-टुकड़े करता रहा जिस पर कभी अपर्णा बैठती थी। शोर-शराबा सुनकर वॉचमैन लपककर वहाँ पहुँचा। उसने देखा कोई डेस्क के टूटे टुकड़ों को क्लासरूम से बाहर फेंक रहा है। गन्दी-गन्दी गालियाँ दे रहा है। क्लास की खिड़की का काँच टूटकर फ़र्श पर बिखर गया है। खिड़की का फ्रेम ज़मीन पर पड़ा है। रात के तीन बजे ऐसा ख़ौफ़नाक मंज़र देखकर वॉचमैन की रूह काँप गई।

## पुरगोश्त

जीवेश स्कूल के आगे न जा सका। डेस्क वाली वारदात के बाद उसे स्कूल से बरख़ास्त कर दिया गया था।

लोग उस पर हँसते थे। वह मजनूँ सा बन गया था।

नया दौर मजनुओं का दौर न था। इक्कीसवीं सदी में मजनूँ का कोई काम न था। पर फ़ितरत को क्या कीजै? वक़्त कोई हो इनसान की फ़ितरत बता ही देती है कि यह इश्क़ है। यूँ किसी को किसी के इश्क़ के अफ़साने से कोई ख़ास वास्ता न था। पर इश्क़ के अफ़साने थे, तो थे।

जीवेश की बेख़याली पर लोग हँसते। क़िस्से बनाते। जुमले कसते। कोई कहता ज़्यादा पढ़ने से सरक गया है, कोई प्रेत का साया बताता तो कोई मेंटल डिसऑर्डर। हर किसी के पास उसके मर्ज़ की अपनी-अपनी वजहें थीं, तो हर किसी के पास उसके मर्ज़ की अपनी-अपनी दवाएँ भी थीं। किसी बाबा-फ़क़ीर के मंत्र, किसी दरगाह के करामाती तावीज़, किसी भभूत, झड़ावन की अजीबोग़रीब क्रियाएँ, अघोरी के पास कोई ख़ौफ़नाक क़िस्म की करिश्माई कपाल पूजा, अमावस की रात मरे हुए कबूतर को दफ़नाने की डरावनी-सी तरकीब, चावल के दाने, हल्दी, मिर्च और नीबू के अजूबे से प्रयोग, काले कौवे और कुत्ते का कोई टोटका, कोई कान में फूँकी जाने वाली तजवीज़, कोई मंत्र फुँका धागा तो कोई ख़ुफ़िया पर्ची वाला बन्धन, रात को मुक़र्रर वक़्त पर पढ़े जाने वाले लाल-काली किताब के करामाती दोहे...जीवेश के माता-पिता ने सब कुछ आजमाया पर हर तरकीब फेल। किसी को भी अन्दाज़ न था कि यह प्यार-व्यार का चक्कर है। सोहनी महिवाल का अफ़साना लोग भूल चुके थे। इम्तिहान पास करने के लिए रटे जाने वाले शेक्सपियर के रोमियो-जूलियट में लोगों को कुछ भी मोहब्बतनुमा अब तलक न दीखा था।

इश्क़ की बात कम्प्यूटर पर बतकही, वहशी तस्वीरों और नापाक क़िस्म के सिनेमा की आवाजाही, गर्म जेब और ठंडे दिल वाले लड़के-लड़कियों की दोस्तियाँ, वन नाइट स्टैंड के कामुक ख़्वाबों और मोहब्बत के लिए मुख़्तलिफ़ जुगाड़ों में कहीं फँसकर रह गई थी। कम्प्यूटर के दौर के उस लड़के को इश्क़ का ठीक मतलब पता नहीं था। पता चलने का कोई उपाय भी न था। पिता के साथ कभी इस डॉक्टर पे, तो कभी उस फ़क़ीर पे। ख़ून, पेशाब और थूक के नमूनों की रिपोर्ट डॉक्टर ग़ौर से पढ़ता। छाती के एक्स-रे और बेरियम पिलाकर ली गई पेट की फोटुओं में वह जिस मर्ज़ को ढूँढ़ रहा था, उसमें इश्क़ का मर्ज़ शुमार न था। मेडिकल साइंस इतना अलहदा न था कि इश्क़ को भी मर्ज़ जान सके। एक बार पेपर में किसी लड़के की ख़ुदकुशी की ख़बर पढ़कर उसकी माँ ने उसका घर से बाहर निकलना बन्द कर दिया और सारा दिन उस पर निगरानी रखने लगी। पर इससे भला कुछ हो सकता था। वह आज का नाफ़रमान क़िस्म का लड़का था और उल्फ़त की रौ में बह निकला था।

जब कोई उससे कहता कि उस पर प्रेतछाया पड़ी है तो वह उसे ऐसे देखता मानो कच्चा चबा जाएगा। अपनी दीवानगी के लिए कोई भी हल्का लफ़्ज़ वह बर्दाश्त न कर पाता। पर चारों ओर हल्की और चुभती बातें ही रह गई थीं। कुछ उसका मज़ाक़ भी बनाते। उसका मन होता वह उस पर हँसने वालों के भी उसी तरह टुकड़े-टुकड़े

कर दे जैसे उसने ख़ाली डेस्क के कर दिये थे। एक बार उसने गली के एक कुत्ते के सिर पर बड़ा-सा पत्थर दे मारा था। वह जब भी उस गली से गुज़रता वह कुत्ता उसके पीछे पड़ जाता। मानो वह जानता हो कि यह इश्क़बाज़ है। उसे वह कुत्ता उन तमाम लोगों की तरह दीखता जो उसका मज़ाक़ बनाते। पत्थर की चोट से कुत्ता गुर्राता लँगड़ाता वहीं बैठ गया। तभी उसने एक बड़ा-सा पत्थर उसके सिर पर दे मारा। उसका सिर कुचल गया। उसका भेजा रोड पर लिथड़ गया। लिथड़े भेजे से निकलते ख़ून को वह देखता रहा। फिर ज़ोर-ज़ोर से हँसा। कहते हैं वह इश्क़ के कारण दीवाना नहीं हुआ था, बल्कि इश्क़ को न जान पाने ने उसे दीवाना बना दिया था। वह इक्कीसवीं सदी में इश्क़ में था पर उसे यक़ीन था कि नग्न जिस्मों की नुमाइश, नेट पर रोज़ लड़के-लड़कियाँ बदलने के खेल, जिस्म के लिए दग़ाबाज़ी, हमबिस्तर होने की आरज़ू में पलता फ़रेब...आदि-आदि ही इश्क़ हैं।

कहते हैं एक बार इश्क़ के नाम पर एक सहपाठी ने उसके लिए एक लड़की का जुगाड़ किया था।

दोनों ने उस रात साथ-साथ शराब पी थी और उसके साथ, साथ-साथ सोये थे। लड़की ने बाद में उसे कॉम्प्लीमेंट भी दिया था कि वह मस्त है, फिर हँसते हुए कहा कि रात का इश्क़ बेहद ख़ुशगवार था। उसने इश्क़ की कीमत भी कम लगाई थी। उसने उससे कहा था कि वह उससे कम पैसे लेगी क्योंकि वह उसे अच्छा लगा है। बाद में जब उसने अपने दोस्त को बताया कि यह उसने पहली बार किया, तो वह मुस्कुरा उठा। कहने लगा कि उसे अहसानमन्द होना चाहिए कि उसने उसे पहली बार इश्क़ दिलवाया। कई दिनों तक उसे वह रात याद आती रही। नंगे जिस्म हँसता उसका दोस्त उसे अक्सर दीखता। उसे अजीब सा लगता, एक मतली-सी, जैसे कहीं दूर से कोई आवाज़ आई हो और उसके सुने बिना गुज़र गई हो, जैसे कोई और भी है कोई चौथा यहाँ जिसकी छाती में सिर धँसाकर वह अपना मुँह छिपा सकता है, कोई जिस्म जिसमें कोई हरकत न हो जिसकी सोहबत में वह भी सीख पाए बिस्तर पर साथ-साथ सोने की तमीज़, कहीं कोई शब जहाँ कोई आवाज़ न हो और इश्क़ गुज़रता जाए सुरंग से पैसेंजर रेल की तरह, कोई जो कुछ कहे नहीं, बस कह जाए...बिस्तर पर उसके जिस्म पर दूसरा जिस्म था और उसने सोच लिया था कि कल वह गली के उस कुत्ते का सिर पत्थर से कुचल देगा, जो रोज़ उसके पीछे-पीछे आता है...।

...अरसा हुआ।

जीवेश आजकल जिम जाता है। अब लोग उसे 'बंडा' कहकर नहीं चिढ़ाते। जिम में कसरत कर वह ख़ुद को बेहतर करता रहता है। उसका पागलपन कम हुआ है। वह अब पुरसुकून तबीयत वाला हो गया है। वह पहले से कहीं ज़्यादा बेहतर दीखने लगा है। ख़ूबसूरत तो वह है ही। जब गुज़रता है तो नज़रें उसकी ओर उठ जाती हैं। उसके साथी उससे रश्क खाते हैं। वह है ही इतना शानदार।

जिम में इंस्ट्रक्टर की निगरानी में वह डंबल करता है। डंबल करते-करते अपनी फड़कती ट्राइसेप्स को देखता जाता है। बाज़ुओं के नीचे उसकी ट्राइसेप्स मज़बूती से खिंची हैं। जब मुट्ठी भींचकर जिस्म से सटाकर हाथ को सीधा करता है तो ट्राइसेप्स की मछली किसी ताक़तवर जानवर की रान की तरह उभर आती है, एकदम सधी, चिकनी और ख़म से लबालब। शर्ट की बाँहें बाजुओं पर कस जाती हैं। डेल्टाइड का मज़बूत डोलता गोश्त इस तरह उभर आया है कि शर्ट की बाँह की सिलाई खिंचकर फैलने लगी है। बाँह के ऊपर वह चमकता रहता है बेलौस और बेसाख़्ता। जब हाथों को मज़बूती से मोड़ता है तो भड़कती मज़बूत बाइसेप्स फूलकर नीचे से ऊपर को सरकती जाती है, उस पर सजी मोटी नस को और फुलाती हुई मानो शर्ट की बाँह को फाड़कर तार-तार कर देगी। चौड़ी कलाई वाला फड़कती मीट की रानों से सजा उसका मज़बूत पुरगोश्त हाथ देखते ही बनता है।

घर के अपने कमरे में उसने एक आदमकद शीशा लगा रखा है। कभी इत्मीनान से अपने कमरे का दरवाज़ा अन्दर से बन्द कर वह उस शीशे के सामने कपड़े उतारकर खड़ा हो जाता है। ख़ुद को निहारता है इत्मीनान से। उसके गाल उसके लम्बे ख़ूबसूरत चेहरे पर खिंचे हैं। इस तरह से कि एक उन्मत्त क़िस्म की मादकता उस पर रोशन होती रहती है। खिंची खाल और उथली गर्त वाले उसके गाल उसकी आदमीयत को एक बेलौस क़िस्म की दमक देते हैं। बेफ़िकरी की धुन में मस्त उसकी ख़ूबसूरत आँखों के ठीक नीचे गोरी-चमकदार खाल को उभारती हुई चीक बोन एकदम साफ़ दीखती है। जबड़े की लकीर एकदम तरतीब से है कानों के नीचे से ठोड़ी तक, उसकी आदमीयत को थोड़ा और नशीली बनाती हुई। गले में एडम्स एप्पल खाल के नीचे करीने से रखे दिल के आकार के किसी तराशे टुकड़े-सा है जो उसकी भारी डूबती-सी आवाज़ के साथ सलीके से ऊपर-नीचे होता रहता है।

वह शीशे में ख़ुद को तरतीब से निहारता है। उसके कन्धे विशाल हैं, बरगद की किसी मोटी शाख की तरह, जिसे छीलकर तराशकर मानो रोमन देवता एटलस के कन्धे का आकार देकर उसके कन्धों पर रख दिया गया हो। उसकी चौड़ी छाती पर पसलियों के ऊपर मीट के विशाल दो चौकोर टुकड़े चमकते हैं कुछ इस तरह उभरे और फड़कते कि वे शर्ट के बावजूद बाहर से दीखते हैं। कॉलर बोन की पूरी चौड़ाई में फैलकर नीचे को अपने विशाल चौकोर आकार में फैले हुए, कुछ यूँ कि छाती पर बेबटन शर्ट के भीतर से उन उभारों के बीच की गहरी नाली झाँकती है। उसने गले में एक चेन पहनी है जो इस गहरी नाली में सिमट जाती है। मांस के इन मज़बूत डोलों के लिए वह रोज़ बेंच प्रेस पुशप्स, इनक्लाइन प्रेस, पुलोवर डिप्स, फ्लाइस, डिकलाइन प्रेस और नैरो ग्रिप प्रेस करता है, लस्त होकर निढाल हो जाने तक। उसकी मज़बूत चौड़ी छाती पर एक रोआँ तक नहीं है, एक अजीब सी मादक चमक इन तराशे गए मज़बूत टुकड़ों पर चमकती रहती है।

वह शीशे में ख़ुद को देखकर मुस्कुराता है।

अपने बालों को उठाकर अपने चेहरे को निहारता है। उसके बिखरे, भूरे, चमकीले बालों के नीचे से उसका गोरा माथा पानी पर चमकते सूरज-सा झाँकता रहता है। माथे के दोनों ओर हल्की सी गोलाई के साथ फैली उसकी घनी भौंहों में ग़ज़ब का आकर्षण है। बाईं भौंह के बीच किसी चोट का एक दिलकश-सा कट है। माथे के बीच भौंहों के तरतीब से सजे बाल मिलते हैं, जिनके नीचे से एक लकीर शुरू होती है माथे के बीचों-बीच सीधी ऊपर को भूरे बालों की बेपरवाह मदमस्ती में खोती हुई सी, हर वक़्त, हर पल, हर क्षण मानो उसके होने को तसदीक़ कर रही हो।

उसकी पतली भूरी आँखों में ग़ज़ब की सेक्स अपील है। एक क़िस्म का मासूम-सा मवालीपन। अपने पतले विस्तार और आँख के कोनों की खाल में लकीरों के साथ वे ऐसी लगतीं मानो रोशनी और धूप से ख़ुद को बचाती थोड़ी दबकर अपने में खो गई हों। एक ख़ामोश-सा पानीपन उनमें मिचमिचाता। एक डूबती-सी चमक की परत उस पर शीशा-शीशा होती। एक मदमाती-सी ख़लिश, एक भड़कती-सी दीवानगी, एक पुकार, एक डूबता-सा आग्रह उन आँखों में हरकत करता रहता। जब पलकें उठाकर वे बेपरवाही से देखतीं तो उन्हें प्यार करने का मन हो आता। कोई दीवानी लड़की अपने सपनों में उन पर अपने नम होंठ रखती, तो कोई उसके पार देखती और डूबती जाती उसमें...बेपरवाह।

उसके गुलाबी होंठ लड़कियों से दीखते पर जब वह बोलता तो उसकी मर्दाना गहरी आवाज़ पर चलते होंठ उसका पता कुछ और ही बताते। उसकी हँसी में कोई बहुत कामुक मदमस्त-सा आदमी सुनाई देता अपनी आतुर भारी आवाज़ की खिलर का जादू बिखेरता। उसके जिस्म पर कुछ भी बेफ़ालतू नहीं था, कुछ भी कम नहीं, एक कतरा नहीं, चर्बी का एक टुकड़ा नहीं, एक शेप, खाल की एक लटकन, एक गाँठ, एक चमक, एक लाइन ऐसी नहीं जो शरीर पर बेबात आ जमी हो।

...सच में ख़ुदा ने बहुत मन से उसे बनाया था, ख़ुदा की बनाई इस शै को वह अपनी हर धड़कन से सँवारता है...शीशे में निहारता है, बहुत भीतर तक टकटकाता- सा घूरता है, आदमीयत की मय के अल्कोहल को चाटकर उसके नशे की तासीर पता करता है, पुरुषत्व की बेफ़िक्र और उन्मत्त लाइनों के हर वक्र, हर रंग को तबीयत से मुसलसल देखता है, जिस्म के हर हिस्से पर सरकती उसकी शराब-शराब निगाहें मुस्कुराती-सी बड़े इत्मीनान से खाल और मीट के हर क़तरे का मुआयना करती हैं, मानो कोई किताब पढ़ रही हों डूब-डूब कर, उन मायनों के साथ जो लिखे होते हैं जिस्म की दो लाइनों के बीच...।

सुधीर हर आवाज़ को ध्यान से सुनता है।

आवाज़ें उससे बातें करती हैं। आवाज़ों से उसका याराना बहुत पुराना है। जहाँ से याददाश्त शुरू होती है उससे भी पुराना।

वह हर चीज़ को उसकी आवाज़ से जानता है। जानने की कोई और तरकीब भी कहाँ? जब आप देख नहीं सकते तो कैसे जानिएगा? सो वह जानता है कि हर

चीज़ की अपनी आवाज़ होती है, हर गति की अपनी सदाएँ। अलग-अलग लोगों के चलने की आवाज़ें अलग-अलग होती हैं। किसी का चलने का अन्दाज़ सुनने की चीज़ है। पता नहीं किसी की चाल में क्या दीखता होगा, पर अगर उसे सुनो तो वह गुज़रने वाले का पता बताती हैं। ग़ौर से सुनो तो साँसों की आवाज़ में भी एक लय है, उतरती-चढ़ती लय। क़दमों की आहट के दरवाज़े तक पहुँचते-पहुँचते वह उस शख़्स को पहचान ही लेता है। यदि नहीं पहचान पाता है तो उसकी अजनबीयत पर 'कौन है' कहकर चुप हो जाता है। क़दमों की आवाज़ में अपनापे की लय हो सकती है, हो सकती है पराएपन की खनक या उदासी या ख़ुशी की हड़बड़ाहट, वह जानता है। समझता है कि जो चीज़ें आवाज़ नहीं करतीं उन्हें किसी और तरह से जानना-समझना पड़ता है। उन्हें छुआ जा सकता है, सूँघा जा सकता है या चखा जा सकता है। पर कुछ चीज़ों का कुछ भी नहीं किया जा सकता।

चाँद-तारे आवाज़ नहीं करते, उनमें से कोई ख़ुशबू भी नहीं आती...। पर दुनिया में कई ऐसे लोग हैं जो उससे चाँद-तारों की बात करते हैं, उनके क़िस्से बताते हैं। चाँद-तारों को वह क़िस्सों-कहानियों से समझता है। ख़ासकर बचपन में बताए माँ के क़िस्सों से। जब वह छोटा था वह आकाश में हाथ उठाकर चाँद-तारों को छूने की कोशिश करता। माँ उसे देखकर मुस्कुराती, उसके सिर को सहलाती। चाँद-तारे परी लोक की तरह हैं। आज भी सुधीर के लिए वे वैसे ही हैं, सपनीले, दूर मुल्क के, परियों की दुनिया के। जब कहीं चाँद का ज़िक्र आता है तो उसे माँ के क़िस्से याद आते हैं। बचपन में वह माँ के पैरों में लटकती पायल को हिलाता, उसकी टिनटिनाहट को सुनता। माँ ने तारों के टिमकने को इसी तरह बताया था। तारों का टिमकना यानी माँ की पायल की टिनटिनाहट।

सदाओं के अपने रंग हैं, उन रंगों की अपनी रंगत। वह आहटों से इतना प्यार करता है कि अक्सर चुप ही रहता है। उसका घर शोर-शराबे वाले मुहल्ले में है। भरे बाज़ार की हज़ारों आवाज़ों के बीच बैठकर वह ख़ुश होता है, मानो आवाज़ें नाती-पोते हों और वह घर का सबसे पुराना बुज़ुर्ग। जब ख़ुश होता है तब भी सुनता है, जब उदास होता है तब भी।

...इस तरह सुधीर के लिए सुनना दुनिया है। आवाज़ें दुनिया की जान...

आवाज़ें उसे दुनियादार बनने में मदद करती हैं।

वह मोमबत्तियाँ बेचता है। मोमबत्ती बेचते समय वे आवाज़ें ही हैं जो उसे ग्राहक का मिज़ाज बताती हैं। ग्राहकों के पदचाप, उनकी बातें, मोमबत्तियों को उठाने-रखने की आवाज़ें, महिला ख़रीदारों की चूड़ियों की खनक, जूतियों की चर्र-मर्र, ख़रीदने आए लोगों की कानाफूसी, साँसों की लय, उनके अल्फ़ाज़ों का शऊर, कोई अचीन्ही-सी खटक...हर चीज़ को परखने के बाद मोमबत्ती की कीमत और उसे बेचने की बातें वह करता है। हर घंटे बजता घड़ी का घंटा बताता रहता है बीतते वक़्त की रफ़्तार। एक बिल्ली रोज़ रात म्याऊँ-म्याऊँ करती है, बिना नागा बचे खाने के लालच में,

इस तरह पता चलता रहता है रात का बीतता वक़्त। बिस्तर के पायों की ख़ुफ़िया दरारों से आती घुनों की आवाज़ से पता चलती है बीतती हुई उमर। एक धुन है जो बताती है कि यह मच्छर है, एक तान है जो यह बताती है कि यह झींगुर है। दूर कहीं रात की रेल की आवाज़ से ठीक पहले सात बार घड़ी का घंटा अगर न बजे तो वह कह ही देता है कि आज लेट हो गई। जब उसे दुनिया से दूर जाना होता है तो वह कान में रुई ठूँस लेता है।

तो, अपर्णा का पहला आशिक़ आज भी उसका पीछा करता है।

कभी किसी आहट पर पलटकर देखती है तो जीवेश की पतली, भूरी, कंजी आँखें उसे दीखतीं। कभी लगता मानो उसके घर का पता ढूँढ़ता वह आ रहा है। कभी जब कोई घर की डोर बेल को बार-बार बजाता जाता तो उसका दिल ज़ोर-ज़ोर से धड़कता—कहीं यह वही तो नहीं।

जीवेश आज भी उसे ढूँढ़ रहा है। नेट पर, फ़ोन डायरेक्टरी में, गली-मुहल्लों में, पर वह मिलती नहीं। वह बस इतना जानता है कि वे दोनों एक ही शहर में हैं। इसी शहर में। वह कभी भी आ सकता है। अपर्णा को हर पल, हर वक़्त लगता है जैसे आज ही किसी क्षण कहीं वह उससे टकरा जाएगा।

## तुम्हारी आहट में जो खनक है...

उन दिनों वह कॉलेज का इम्तिहान दे रही थी जब उसकी चचेरी बहन ने उससे कहा था—'इल्ज़ाम तुम्हारी ख़ूबसूरती का नहीं है, यह तो जीवेश जैसों की दीवानगी पर है।' उसे सुकून हुआ। इस तरह से कम लोग कहा करते थे। पता नहीं क्यों, नुक्स अपर्णा में ही देखते, तू दीखती ही ऐसी है, कोई क्या करे—पर चचेरी बहन कुछ और कहती थी।

चचेरी बहन रोमांटिक फ़िल्में देखती। गुदगुदाने वाले उपन्यास पढ़ती। जब उससे बात होती तो तमाम बातें निकलतीं। अपर्णा उससे बहुत खुली थी। सबसे पहले उसी ने अपर्णा को बताया था कि क्या-क्या होता है। आदमी और औरत के दरमियान। एक दिन जब घर में कोई न था तब उसने कम्प्यूटर पर उसे सब दिखाया था। स्क्रीन पर चमकती पोर्न साइट्स को वह भौचक-सी देखती रह गई थी। यह दुनिया उसे पता न थी। पता भी कैसे हो भला? कौन बताता? स्कूल में कुछ सहेलियाँ इस बारे में बातें करतीं। कुछ सहेलियाँ आदमियों के जिस्म के बारे में बातें करतीं। पर उसे लगता मानो यह सब झूठ है। अपर्णा के लिए चीज़ें इतनी परतों में दफ़न थीं कि पहली बार हक़ीक़त पता चलने पर भी उसे लगा मानो यह सब गप्प हो। उसे ये सब बातें बेहद गन्दी और शर्मनाक लगतीं। उसके क्लास की एक लड़की तो बाक़ायदा काग़ज़ों पर

चित्र बनाकर बताती कि क्या होता है। कुछ दूसरी लड़कियाँ यह सब देख हँसतीं। मज़े लेतीं। कोई इक्का-दुक्का मुँह पर हाथ रख—हा, हाय राम...शिट—कहतीं। तो, यूँ यह सब चलता रहता। एक दिन उसी लड़की ने उसकी कॉपी के पीछे आदमी के उसी अंग का चित्र बना दिया था। उसे पता न चला। बाद में वह कॉपी माँ के हाथ लग गई। अपर्णा को मानो काटो तो ख़ून नहीं। उसने माँ को उस लड़की के बारे में भी बताया, कहा भी कि हो न हो यह सब उसी की हरकत है। पर माँ ने न माना। उसकी जो ख़बर उन्होंने ली कि आज भी याद कर मारे हया और ख़ौफ़ के अपर्णा गड़ जाती है...एक बार क्लास की एक लड़की ने कहा था कि कभी नेट पर देखना, स्कूल में मोबाइल एलाउड नहीं वरना वह यहीं सब दिखा देती...तब भी उसे यक़ीन न हुआ, भला ऐसा भी होता है कहीं?

पर आज। चचेरी बहन ने कम्प्यूटर की एक पोर्न साइट से एक वीडियो चला दिया था और वह—छिः...छिः—करती उसे देख रही थी। किसी क़िस्म के जरायम का इल्म भी था, तो कोई उत्सुकता भी। सब एक क़िस्म की हड़बड़ाहट में लिपटा हुआ। उसके हाथ-पैरों में पसीना आ गया। ज़बान सूख गई। हलक में जैसे कुछ अटक गया। वह एकटक देखती गई। कितना तो क़ाबिले-नफ़रत। घिनहा। कराहियत से भरा। कितना मकरूह। भद्दा। उसकी चचेरी बहन ने उसके ज़ेहनी हालात को भाँप लिया। फिर उससे एक वादा लिया—देख किसी को कहना नहीं। पल भर को दोनों की नज़रें मिलीं और अपर्णा ने अपनी पलकें झुका ली। चचेरी बहन ने उससे कहा—'इट हैपेन्स। एवरीवन डज दिस। डोंट बी पैनिक।' उसे भी लगा कि यह हरकत उसे न करनी चाहिए थी, पर अब क्या किया जा सकता था भला। अपर्णा को लगा कि उसकी चचेरी बहन 'स्पॉइल्ड' है। पता नहीं क्या पर जैसे कहीं कुछ ग़लत हुआ है। कोई कुसूर, कोई ख़ता, कोई जुर्म...। आज सोचती है तो लगता है कि कुछ चीज़ों को राज़ बने रहना चाहिए। उसे लगता है कि जिस्म एक ऐसी ही चीज़ है। अगर वह अपने हर राज़ को, हर असरार को बाँट ले तो जैसे उसका अफ़साना कुछ कमतर हो जाए। उसे लगता मानो हर जिस्म अपने में कुछ राज़ बटोरता रहता है। फिर जब कोई उसे प्यार करता है तो वह पुरअसरार जिस्म ख़ुद को बेपर्दा करने लगता है। दुनिया के मायालोक में जिस्म सबसे गहरा राज़ है—उसे लगता।

अपर्णा के जीवन में बहुत धीरे-धीरे चीज़ें बदलती गईं।

बीतते वक़्त के साथ-साथ उसे इश्क़ का ख़याल सबसे रूमानी ख़याल लगने लगा। हर थोड़ी देर में इश्क़ का कोई ख़याल उस पर तारी होता, फिर दूर चला जाता, वह किसी दूसरे काम में मशगूल हो जाती, फिर पल भर बाद फिर से वह ख़याल लौटने लगता। इत्मीनान से ख़ाली वक़्त में अपने जिस्म पर उँगलियाँ फिराने का सुख उसे सबसे प्रीतिकर लगता। शीशा अब उसे देखकर मुस्कुराने लगा था। वह अपने ख़यालों के जश्न में, तक़रीब में डूबती जाती। पर फिर भी जैसे कहीं कुछ था जो न बदलता था। लकड़ी की ख़ाली डेस्क को कुल्हाड़ी से टुकड़े-टुकड़े करता जीवेश

उसे बार-बार दीखता। वह ख़ौफ़ से काँप उठती। उन दिनों दुनिया एक जवान होती हसीन औरत के लिए तैयार न थी।

स्टार ऑफ़ डेविड वाली मोमबत्ती तैयार थी। अपर्णा उसे करीने से देख रही थी। कमरे में उसकी ख़ुशबू थी। ख़ुशबू को सिर्फ़ सुधीर पहचानता था। आँख वाले इतनी कम शिद्दत से सूँघते हैं कि उन्हें कई ख़ुशबुओं का पता ही नहीं चलता।

आवाज़ें सुधीर की दुनिया बनाती थीं, ख़ुशबू उसी दुनिया का विस्तार करती थी।

हल्के नीले और सुर्ख लाल में स्टार ऑफ़ डेविड वाली मोमबत्ती किसी जादू- सी दीखती। तारों के साथ उतर आए पूरे आसमान-सी।

सुधीर को लेकर अपर्णा के मन में बहुत से सवाल होते। पर वह पूछने की हिम्मत न कर पाती। पता नहीं सुधीर से उसके अँधेरों के बारे में इस तरह से बात की जा सकती है या नहीं, ऐसा वह सोचती।

उसने कहीं पढ़ा था कि अँधेरों की कोई राख नहीं होती, उसे जहाँ से कुरेदो वहाँ से ख़ून की एक धारा फूट निकलती है—शायद किसी किताब में, शायद कोई शायरी थी, कोई नज़्म...अब याद नहीं, पर जो बात थी वह उसे याद है। उसे लगता है मानो अँधेरे उन बहते लावों की तरह हों जिन पर लहरें अपना सिर फोड़-फोड़ कर भाप होती रहती हैं। कभी यह भी लगता कि अँधेरे शायद अमावस नहीं बल्कि चाँदनी की मरती हुई रोशनी का वहम हैं। उसे लगता अँधेरा बदज़ात होता है। वह रेगिस्तान की तरह होता है जो पानी और आँसू में कोई भेद नहीं करता उसकी रेत इन दोनों को एक ही तरह से सोख लेती है। जब सुधीर को देखती है तो ख़याल आता है कि जन्म से मौत तक चलता है अँधेरा मुसलसल, बिना हिचकिचाहट। वह उसी तरह फूटता है जिस तरह झिझकती कोई कोंपल किसी टहनी पर फूटती है, जो पतझड़ की उम्मीद में उगती रहती है। तिस पर भी वह ख़ौफ़ज़दा नहीं करता, न उदास करता है, क्योंकि कुछ के पास उसके सिवा कुछ और होता ही नहीं। ऐसा नहीं है कि सुधीर अपने अँधेरों पर ख़ामोश ही रहता हो। उसकी बातों में उसके अँधेरे की बातें भी शुमार होती हैं, मानो अँधेरा कोई जोशो-ख़रोश हो, कोई अलहदा-सी, मौज़ूँ-सी बात हो।

'मुझे अपनी बहन से रंगों पर बात करना अच्छा लगता है। मेरा गाँव पहाड़ों का गाँव है और लोग कहते हैं कि वहाँ की सुबह बहुत ख़ूबसूरत होती है। पहाड़ों के पीछे से इस तरह का वहम होता है कि पहाड़ पीछे हैं या सूरज। बहन मेरे लिए सुबह को बाँचती थी। सुबह को देखकर मुझे सुबह के बारे में बताती। कुछ इस तरह मानो किताब पढ़कर सुना रही हो। मैं उसकी आँखों से सुबह को देखता, उसकी बातों से सुबह को महसूस करता। वह कहती कि जब कोई सुबह की बात करे तो उसे सिन्दूरी और आसमानी रंगों के एक-दूसरे में घुलने की बात कहना। कायनात भी ऐसी ही बनी है एकदम सुबह की ही तरह, एक रंग में दूसरे के घुलने से। लोग दो रंगों के मिलने के बारे में बहुत कम जानते हैं, बस इसीलिए उन्हें कायनात अजूबी लगती है। ऐसा बहन बताती।'

'रंगों को बिना देखे, उन्हें सिर्फ़ और सिर्फ़ सुनकर जानना एकदम अजीब सी बात लगती है, है न, है न सुधीर।'

'तुम हँसोगी पर बहन कहती है कि रंगों को जानने के लिए देखना ज़रूरी नहीं है। देखकर तो लोग रंगों को जाया कर देते हैं।'

वह मुस्कुराया। वह ख़ामोश बैठी रही। वह रोज़ शाम सुधीर के घर आ जाती है। सुधीर का घर एक कमरे वाला, बहुत तंग-सा घर है।

...वे दोनों ख़ामोश बैठे रहे।

बाहर हवा बहती थी खिड़की के पल्ले को थपकती। कोई बैरागी गीत गाकर गुज़रा था अभी-अभी। एक तनहाई थी इन्तज़ार करती, उस बैरागी के गुज़रने के बाद चारों ओर फैल जाने को उत्सुक। दरवाज़े के पीछे एक चूहा सूखी रोटी का टुकड़ा कुतर रहा था। एक बादल सरकता था खिड़की के टुकड़ा आकाश पर।

अपर्णा के स्कूल की सहेली सच कहती थी।

अपर्णा जहाँ से भी गुज़रती, वह सैकड़ों घूरती आँखों के बीच से गुज़रती। हर जगह उसकी ओर उठती आँखें, उस पर टिकती-सरकती आँखें, बेपर्दगी से घूरती आँखें, कनखियों से इतनी बेशरमी से नज़रबाज़ी करती आँखें कि कनखियों का कोई मतलब न रह जाए, चुहल भरी चपलता से टकटकाती आँखें...सैकड़ों आँखें। उसने जिस्म पर करीने से साड़ी लपेटने का तरीक़ा सीख लिया था। ब्लाउज़ पर करीने से प्लेट्स को टिकाकर वह सेफ्टी पिन लगाती। उसकी कुछ सहेलियाँ उस पर हँसतीं, उसके कपड़ों पर, उसकी झिझक पर, उसकी सीधी तरतीब वाली चाल पर...। क्लास में सिर्फ़ दो लड़कियाँ ऐसी थीं जो साड़ी पहनती थीं। पूरे कॉलेज में कुल जमा दस या बारह। कभी उसे लगता कि वह साड़ी पहनने वाली दूसरी लड़कियों से पूछे कि क्या वे भी उसकी ही तरह, उसी वजह से साड़ी पहनती हैं। क्या कोई इश्क़ का साया उनका भी पीछा करता फिरता है? कॉलेज में तमाम लड़कियाँ तमाम प्रकार के अत्याधुनिक कपड़े पहनती हैं, पर फिर भी सबसे ज़्यादा घूरती आँखें उस पर ही उठती हैं।

हमेशा की तरह चीज़ें बदल रही थीं। अपर्णा को लोगों का इस तरह घूरना अब कोई अजीब बात न लगती। परन्तु फिर भी इस बात में किसी क़िस्म का मजा लेने का ख़याल उसे न आता था। उसे लगता वह अलहदा है। उसकी ख़ूबसूरती सच में बला की ख़ूबसूरती ही है। पर इस बात पर ख़ुश होना उसे न आया था। उसका मन हँसता। तनहाई में वह उन चेहरों के अक़्स देखती जो उसे तफ़सील से अक्सर घूरते, नज़रबाज़ी से बाज न आते थे। घूरने वाली कुछ आँखें एकदम तयशुदा थीं। एक लड़का जो कॉलेज के गेट के बाहर लॉन की दीवार के पास गुलमोहर के पेड़ के नीचे रोज़ मिलता है। बिना नागा। इत्मीनान से उसे घूरने की चाहत में वह वहाँ खड़ा रहता है। उसे गुज़रता देखता है। वह सोचती है कि उस लड़के को देख वह एक दिन मुस्कुरा देगी। उसकी सहेली कहती है इसमें सोचना क्या, अगर अच्छा लड़का हो तो मुस्कुरा तो देना ही चाहिए। कौन अजूबी बात है? यह भी एक राब्ता

है, कोई कुछ करे या न करे, बस इन्तज़ार करता रहे, गुज़रते हुए देखने का मौक़ा न खोना चाहे, तो इस सबसे भी एक रिश्ता बन जाता है, भले वह रिश्ता एकतरफ़ा ही कहा जाता हो। राब्ता एकतरफ़ा कहा जाए तब भी वह होता है। उसे कम से कम मुस्कुराना तो देना ही चाहिए—सहेली उससे कहती।

सुधीर को अपर्णा ने ही ढूँढ़ा था।

किसी ने बताया था कि मोमबत्तियों के सबसे ख़ूबसूरत और अलहदा डिज़ाइन वही बनाता है। वह देख नहीं सकता पर फिर भी उससे बेहतर कोई और फ़नकार नहीं। वह ख़ुद की बनाई मोमबत्तियाँ बेचता है। एक छोटी-सी ठेलेनुमा दुकान है उसकी। पर नाम और काम इतना मशहूर की घंटे भर में सारी मोमबत्तियाँ बिक जाती हैं। सुधीर के अन्धे होने की बात अपर्णा को अटपटी न लगी। जहालत से भरी उसको घूरती सैकड़ों मर्दाना आँखें देखकर कभी उसे यह भी लगता कि अगर इस क़िस्म की वहशियाना नज़रबाज़ी न होती तो दुनिया कितनी लाजवाब होती। उसने अपनी सहेली से एक बार कहा था कि वह बंडा उर्फ़ जीवेश को कह दे कि एक इश्क़ वहाँ भी होता है जो आँखें बन्द कर दीखता है, जो न दीखने पर दीखता है, देखकर देखा तो क्या देखा, जो बन्द आँखों में न दीखा, ख़्वाब में न आया...तो कैसा इश्क़।

उसे कोई अचरज न लगा कि अन्धा होकर भी सुधीर इतने लाजवाब डिज़ाइन कैसे कास्ट कर लेता है।

अपर्णा सम्पन्न घर की लड़की है। पिता का अच्छा-ख़ासा व्यापार है। शहर से थोड़ा बाहर उनका एक बेहतरीन मकान है। पाँच कमरों, बड़ी खुली छत और सामने एक ख़ूबसूरत लॉन वाला मकान। सो सुधीर के एक कमरे के घर और उसकी गुरबत का सुनकर पहले तो अपर्णा थोड़ा झिझकी। कहीं यह भी ख़याल आया ही कि जब कोई चीज़ सीखनी है तो झिझकना क्यों। माँ की बातों ने मन में जमे जाले को थोड़ा और साफ़ किया—'जहाँ ग़रीबी है, वहीं अच्छेपन का ख़याल भी है, जहाँ तकलीफ़ है वहीं समझदारी पलती-बढ़ती है...।' सुधीर के साथ उठते-बैठते उसे लगता कि माँ की बात सोलह आने सही है। जहाँ मुफ़लिसी है वहीं उम्मीद भी है, गुरबत में ही अलहदा सपने पलते हैं, कहीं कोई बेहतरी का ख़याल भी वहीं उग पाता है, जहाँ चीज़ें कम हैं वहीं उनको सहेजने का शऊर है, जहाँ चीज़ें कमतर हैं वहाँ उनसे मोहब्बत की तमीज़, जहाँ दुख वहीं जज़्बा...ख़ुशी और इनसानियत का रास्ता गुरबत की दुनिया से न गुज़रे तो कहाँ हो...। ग़रीबी जो पालती है वह सबसे अमूल्य है, ग़रीबी न हो तो जैसे बेहतरी की ज़रूरत ही न रह जाए...उसे लगता रहता। कोई फ़र्क़ नहीं पड़ता ग़रीबी से, क्योंकर पड़े...।

'यक़ीन करो मैं बहुत ख़ूबसूरत हूँ।'

अपर्णा ने सुधीर से तिबारा कहा। इस बार मुस्कुराते हुए। उन सैकड़ों आँखों के ख़िलाफ़ जो उसे घूरती रहती हैं, उससे कहा जो उसे कभी देख नहीं सकता, सिर्फ़ उसका ख़याल कर सकता है, महसूस कर सकता है।

'मुझे पता है।'

अपर्णा जानना चाहती थी कि क्या पता है तुम्हें सुधीर...क्या? वह उत्सुक हो उठी थी—सिर्फ़ महसूस कर पाने की किसी रवायत में किसी औरत का हसीन दीखना पता नहीं क्या तो होता होगा...?

'तुम्हारी आहट में एक खनक है। तुम्हारे क़दमों की लय से तुम्हारे चेहरे का नूर टपकता है। जब घड़ी का घंटा टीक दस बार बजता है तुम्हारे आने की ख़ुशबू आती है कमरे की खिड़की के रास्ते। तुम्हारी पायल जब टिनकती है तो क़िस्सों में सुने आकाश के तारे एक-सी धुन में टिमकते हैं, लुकझुक होते हैं। जब पिघलते मोम की ख़ुशबू आती है तब लगता है तुम यहीं हो मेरे बहुत पास...पर...पर।'

'पर क्या?'

अपर्णा ने सुधीर की उँगलियाँ अपने हाथों में बन्द कर लीं।

'मैंने कभी सोचा नहीं था कि कोई लड़की कभी मुझे भी चाह सकती है।'

'तुम देख नहीं सकते पर मोमबत्तियाँ बनाते हो। तुम अँधेरे के बाशिंदे हो पर रोशनी बेचते हो। तुमसे बेहतर, तुमसे प्यारा और कौन होगा सुधीर...कोई भी तो नहीं।'

पहले उसने सुधीर की छाती पर हल्की सी धौल जमाई। फिर उसके माथे को चूमा। फिर बाँहों में भर लिया।

## आज एक हर्फ़ को फिर ढूँढ़ता फिरता है ख़याल

सुधीर के कमरे में जो मोम थी वह इतनी शर्मसार थी कि ज़रा सी गर्मी से पिघलने लगती। इतनी पानी-पानी कि एक बार भी न भूले ताप पर पानी-पानी हो जाना। उसके कमरे की मोम इतनी सेक्सी थी, इतनी पतली, इतनी चिपचिपी कि बहती थी बेलौस अपने लेईपन में हर चीज़ को अपने आगोश में समेटती, हर चीज़ के जिस्म पर अपनी मुलायम गर्मी की चादर बिछाती...तिनके, धूल, पंख, कीड़े, बारीक कण, छोटे-महीन टुकड़े, रवे जितने छोटे-छोटे अदृश्य से दाने...हर चीज़ को ख़ुद में शामिल करती वह इस तरह बहती मानो मोहब्बत हो।

अपर्णा को मोमबत्तियों का शौक़ था। एक बहुत पुराना शौक़। जब इस शौक की कहानी याद करती है तो उसे एक चेहरा याद आता है। दूसरे आशिक़ का चेहरा। पहला आशिक़ उसका प्यार न था, पर दूसरे को उसने चाहा था। वह उसकी मोहब्बत था। चश्मे के नाज़ुक फ्रेम के पीछे से झाँकती किसी किताब में डूबी उसकी मदहोश कर देने वाली आँखें आज भी उसे दीख जाती हैं और उसके भीतर एक टीस उठती है—'अदीब...ओह अदीब'।

'कोई कभी अपने इश्क़ को कह पाता है, जो मैं कहूँगी अदीब...।'

अपर्णा ने उससे कहा था उस दिन। उस दिन वह उनकी आख़िरी मुलाक़ात थी। अदीब कोई वादा चाहता था। उसे लगा था कि शायद वह यह वादा चाहता है कि अपर्णा कभी उन दोनों के इश्क़ के क़िस्से को किसी को न बताए। पर वह कुछ और वादा चाहता था। किसी और बात को न कहने का। अपर्णा समझ न सकी थी और कहने लगी थी—'कभी किसी को कह पाई है औरत अपना प्यार, कभी नहीं तुम निश्चिन्त रहो अदीब...।' पर वह बात कुछ और ही थी। वह चौंकी थी जब उससे विदा लेते अदीब ने कहा था कि उसे अच्छा लगेगा अगर वह उन दोनों के इश्क़ का क़िस्सा लोगों को बता दे। उन दोनों के इश्क़ के अधूरे क़िस्से को कह दे कभी किसी से।

'...अगर तुम हमारे इश्क़ का क़िस्सा किसी को बता दोगी तो मुझे अच्छा लगेगा...आख़िर इश्क़ का क़िस्सा ही क्यों बन्द पड़ा रहे किसी ताले में...वह ही क्यों हो इतना बदनुमा और अनकहा...'

अदीब ने उसके होंठों को चूमते हुए कहा था—'क्या ही अच्छा हो कि दुनिया में कहीं कभी वह किसी को कह पाए उसके और अदीब के मोहब्बत का अफ़साना।... ताकि कहीं कुछ दिलों में महफूज़ रह जाए हमारे प्यार का यह अनोखा क़िस्सा...'— और फिर चला गया था कभी न लौटने...। अँधेरे पार्क में वह उसको जाता हुआ देखती रही थी। लगा दौड़कर एक बार उससे फिर लिपट जाए। उसे बाँहों में भर ले। रो ले जी भर। पर वह खड़ी रही। काठ की तरह। एकदम साकिन। वह अदीब से किए वादे को कभी भी समझ न पाई। भला कभी कोई अपने इश्क़ का क़िस्सा कह सकता है। क्या कोई भी चाह सकता है कि कोई कभी कह दे उसके इश्क़ का क़िस्सा। लोगों को अपने इश्क़ के क़िस्से को बता दे। यह अदीब से किया वादा है कि उससे मोहब्बत के क़िस्से को कहने का ख़याल अपर्णा को बार-बार उकसाता है। लोग अपनी मोहब्बत को बताते नहीं। पर अदीब चाहता था कि यह बताया जाए। 'प्यार कोई गुनाह नहीं। क्यों न कोई कह ही दे ख़ुद के प्यार का क़िस्सा। प्यार एक ऐसी बात जो ज़ेहन में आती है सबसे ज़्यादा बार पर कही जाती है सबसे कम...' अदीब कहता था।

जब-जब अदीब याद आता है तो यह बात अपर्णा पर तारी हो जाती है—'मैं कहूँगी अदीब, ज़रूर कहूँगी...' जब ख़याल आता है कि वह लौटकर नहीं आएगा। कि अब उसका आना शायद मुमकिन नहीं। तब उसे लगता है कि अभी, बस अभी कोई उसे मिल जाए और वह उससे कह दे उसका और अदीब का अधूरा-सा इश्क़ का क़िस्सा...।

अपर्णा के घर की बुक शेल्फ का एक हिस्सा तरह-तरह की मोमबत्तियों से भरा हुआ है। उसे अदीब ने ही कहा था कि किताबों की जगह दुनिया में अगर कोई चीज़ ले सकती है तो वह मोमबत्तियाँ ही हैं। उसे यह बात अजीब लगी थी। आख़िर किताब-किताब होती है। मोमबत्तियाँ, मोमबत्तियाँ। भला किताबों की जगह मोमबत्तियाँ कैसे ले सकती हैं।

उन दिनों अदीब थियेटर में काम करता था। वह नाटक के किरदारों की प्रैक्टिस करता। उनके डायलॉग दुहराता। उनके एक्सप्रेशन्स को हूबहू करता, फिर उसे दुबारा करता, फिर पूछता—अबके ज़्यादा दुरुस्त रहा क्या...? एक नाटक में वह किसी दीवाने से किरदार की प्रैक्टिस करते हुए हाथ फैलाकर आगे को बढ़ता हुआ कहता था—'जिस तरह जिस्म में जलते रहते हैं लफ़्ज़, कोई इबारत...जिस तरह कोई फ़लसफ़ा उतरता है नसों में, जिस तरह दिल को जलाती रहती है कोई नज़्म'—उसके चेहरे पर कोई एक्सप्रेशन न होता और फिर वह धीरे-धीरे बेंच पर बैठ किसी मजनूँ सह फिलॉसफ़र की तरह सोचता-सा कहता—'जैसे लफ़्ज़ों के जंगल में जलते हैं दावानल...' फिर उठता इधर-उधर देखता, ख़ुद में डूबता-सा कहता, तनहाई और दर्द के जज्बातों के साथ—'लफ़्ज़ों के जंगल में दावानल...' फिर आकाश की ओर दोनों हाथ उठाकर कहता चीख़ता-सा—'दावानल, दावानल...लफ़्ज़ों के जंगल में, दावानल...दावानल...'—अपर्णा को सब कुछ याद आता जाता है। अदीब की यादें बिना दाग़ वाले शीशे-सी हैं, जिसके इधर और उधर कोई अन्तर नहीं रह जाता। वह फिर हवा में मुट्ठी तान कहता जाता चेहरे पर पक्के इरादे की यक़ीनी और गहराती संजीदा लाइनों के साथ—'जलती हैं, जलती हैं मोमबत्तियाँ जैसे...जैसे किताबों से मोहब्बत करने वाले थामते हैं मशाल कोई, जैसे किसी किताब की आग में ख़ुद को भस्म कर देने का मन करता है...।' फिर एकदम से रुक जाता बुत की तरह, फिर धीरे-धीरे दूसरी तरफ़ घूमता...। अपर्णा की ओर देखकर कहता—'इसके बाद दूसरे ऐक्टर के डायलॉग हैं..'

अपर्णा ताली बजाती। वह सिर झुकाकर उसका इस्तिकबाल-सा करता, मुस्कुराता।

यूँ अदीब का मोमबत्तियों से वास्ता एक नाटक भर से न था। उसकी एक लम्बी कहानी थी। अपर्णा कभी शेल्फ़ से उठाकर कोई मोमबत्ती जलाती है। फिर बुदबुदाती-सी कुछ दुआ करती है—'अदीब जहाँ भी हो ख़ुश हो, उसे लम्बी उम्र मिले।' कभी मोमबत्ती की लौ को देखते उसकी आँखों में पानी उतर आता है, वह चुन्नी से अपनी आँखें पोंछती है। अदीब की एक तस्वीर अपनी अलमारी से निकालती है। बिस्तर पर अपने सिरहाने रख उसे देखती है। उसके होंठों पर, उसके माथे पर अपनी उँगली चलाती है। उसे चूमती है। फिर उसे एक तरफ़ कर तकिए में अपना सिर छिपा लेती है।

...मोमबत्तियों की रोशनी से उसका नूर टपकता है, मोम-मोम, वह अदीब, वह साँवली देह वाला उसका वह प्यार, मोम के रंगों में दहकती हैं उसकी बातें, उसका स्टाइल, उसकी हँसी, उसकी ख़ामोशी...

जब किताबों के साथ तरतीब से रखी मोमबत्तियाँ देखती है, कई-कई रंगों की मोमबत्तियाँ तो उसे लगता है मानो कोई हाल का पैदा बच्चा हो जो अपना रोना भूलकर टकटकाता रहा हो रोशनी को...बरसों से अनकही बात हो कोई, जैसे कैंची

से काटकर अँधेरों को कतरा-कतरा कर देने की कोई ख़्वाहिश, पूरी रात भर के लिए आग, आग, आग...

वह मोमबत्तियों को छूती है। उनका पारदर्शक रंग, उन पर पुरानी आग के निशान, जल चुकी लौ की कालिख लिये सीधी खड़ी महीन-सी बत्ती, मोमबत्तियों के जिस्म पर बूँद-बूँद जमा मोम टपकने को बेताब-सा, धार-धार चिपकी मोम की लकीरें मानो अपने किसी ग़म का गवाह बना लेना चाहती हों...हर चीज़ पर बेहद नफ़ासत से वह अपनी उँगलियाँ चलाती है।

वह मोमबत्तियों के आयतन को देखती। वे जो जगह घेरतीं उसे वह महसूस करती। उसे लगता मानो उनकी जगह घेरने के पैटर्न हैं। उनका कम या ज़्यादा जगह घेरना फ़ितरतन है। उन्हें उनकी अपनी जगह चाहिए, शेल्फ़ में भी, आपकी आँखों में भी, तभी वे आपके दिल में अपने लिए कोई जगह तलाश कर पाएँगी। उसे लगता कि उनका आकार रेखाओं का खेल है। उनके किनारों का मुड़ना, उनके पार्श्व, उनके जोड़, उनमें चारों ओर चिपके टुकड़े, उनके जलने और उनके जिस्म के बीच का क्षितिज, उनका बाँकपन, उनकी ख़मदार लकीरें, गोलाइयाँ, उनके चतुर्भुज-पंचभुज, उनकी लाइनों को काटती लाइनें, उनकी लाइनों से झिझकती लाइनें, उनकी हर कायमी, हर बुनावट, हर फैलाव...मनचली लाइनों के खेल-सा है।

वह चुनकर मोमबत्तियाँ लाती थी। हर किसी का अपना पैटर्न था, डिज़ाइनों और कालिब पर उनके-उनके मोम का दावा। डिज़ाइनों की तरतीब में मोम पूरी तहज़ीब से जमा होता। अगर न हो तो डिज़ाइन रूठ जाए। शक्ल बिगड़ जाए। मोमबत्ती दुकान में पड़ी रह जाए। उसे ख़रीदार न मिले। कैसा यह खेल है, कैसी चाहत कि मोम चुपचाप पसरता है किसी मनचाही शक्ल के प्यार में और उसी करीने से जमता जाता है, बहुत आहिस्ते से हो जाने अपने ख़ुद के आकार की कोई मोमबत्ती।

अपर्णा को यह बात जादुई लगती। एक सही कायमी, सही हैयत, सही शक्ल के लिए मोम को मरना नहीं पड़ता, वह बसता है, जमता है, बनाता है...रोशनी के आख़िरी कण तक, राख होने के पहले तक डटा रहता है। कैसी तो दीवानगी। पिघलकर बहने को आतुर रहने वाला फ़ितरती मोम एक पूरे डिज़ाइन में अपनी हर बूँद जज़्ब कर देता है। एक ख़याल की दीवानगी में लुटता है, कुछ लाइनों की मोहब्बत में ऐसा मचलता है मानो मोम ही न हो, ख़त्म होता जाता है ख़मदार लकीरों, आबशार-सी मोम की रवायत, नुक़ता और सिफ़र के लिए, फिर वह मोम नहीं रह जाता, वह कोई ऐसी चीज़ बन जाता है जिसे जलाया जाए पूरी रात रोशनियों की चाहत में...।

उन्हीं दिनों उसे मोमबत्तियाँ बनाने वाले सुधीर के बारे में पता चला था और वह उससे मिलने चली आई थी।

उस दिन बारिश हो रही थी। दरवाज़े के बाहर उसने अपना छाता टिकाया ही था कि उसे सुधीर की आवाज़ सुनाई दी, थोड़ी हुक्म-सी—'कौन है भई। क्या काम?'

वह पल भर को चुपचाप खड़ी रही। जब कोई और आवाज़ न आई तो कहा—'मेरा नाम अपर्णा है। आपसे मिलना है।' दरवाज़ा खुला। दरवाज़े के एक तरफ़ सुधीर खड़ा था, दरवाज़े का पल्ला पकड़े। उसका हुलिया इतना अस्त-व्यस्त था कि भ्रम हुआ मानो अभी सोकर उठा हो।

'लगता है आप भीग गईं।'

पहले उसने हाँ में सिर हिलाया पर फिर जब ख़याल आया कि सुधीर देख नहीं सकता तो कहा—'बारिश बहुत है।'

'माफ़ करें दरवाज़ा खोलने में देर हो गई।'

अपर्णा ने सैंडिल बाहर उतार दी। सैंडिल उतारने झुकी तो उसे ख़याल भी न रहा कि उसके कपड़े गीले हैं। उसका जिस्म भीगा था। कपड़ा जिस्म से चिपक गया था। वह झुककर सैंडिल उतार रही थी। जैसे ही अहसास हुआ वह थोड़ा सकपका गयी। सुधीर सामने खड़ा था। उसकी आँखों पर काला चश्मा था। उसकी हड़बड़ाहट की आहट सुधीर को सुनाई दी। चूड़ियों की खनक और सैंडिल को नीचे रखने की आवाज़, बारिश की तेज़ बौछार की आवाज़, अपर्णा के कपड़ों के सरसराने की आवाज़, एक सैंडिल उतारकर दूसरा उतारना छोड़ खड़े होकर चुन्नी ठीक करने की कुछ अनसुनी-सी आहटें...।

'आई एम ब्लाइंड। मैं कुछ भी नहीं देख सकता।'

सुधीर ने बड़ी सफ़ाई से कहा। अपर्णा झेंप गई। उसने पल भर को सुधीर के चेहरे को देखा। काले चश्मे और उसके चेहरे की मुस्कान को एक झपकी देखा—'आई एम सॉरी।'

'इसमें ऐसी कोई बात नहीं।'

पहले-पहल वह इस बात पर ख़ुश हुई कि वह जिसके पास मोमबत्तियों की दुनिया को जानने आई है, वह देख नहीं सकता, पर अगले ही पल उसे अपने इस ख़याल पर अफ़सोस हुआ, जैसे कोई फाँस फँसी हो अचानक बहुत गहरे।

## ख़ामोशियों की बेहयाई

तो इश्क़ की पहली आहट इस सुकून के साथ आई थी कि सुधीर देख नहीं सकता। तब पता नहीं था कि सुकून बड़ी कुत्ती चीज़ है। मालूम न था कि किन्हीं के दरमियान सुकून का होना कब गिरफ़्त में ले-ले पता नहीं चल सकता। पता चलने में वक़्त लगता है। पर तब तक कई बार आप सुकून के सामने बेझिझक कपड़े उतार देते हैं। अपर्णा को भी तब कहाँ पता था कि सुकून के दिल में तसल्ली धड़कती है, उसकी रगों में एक क़िस्म की बेगुनाही दौड़ती है। उसे पता न था कि सुकून

की आँखों में बेशर्मी होती है, उसके दिमाग़ में कोई अधूरा-सा ख़याल होता है। वे दोनों बेख़बर थे कि सुकून की ज़बान के नीचे लज़ीज़ अल्फ़ाज़ों का ज़हर होता है, उसकी साँसों में कोई तड़प होती है। पता न था, पता चलने में वक़्त था कि सुकून का चेहरा देखो तो नहीं लगता कि इसकी परतों के नीचे कहीं दग़ाबाज़ी भी होगी कि वह बेवकूफ़ बनाएगा, हर लेगा, अपनी मुट्ठी में दबोच लेगा सामने वाले का दिल, कुछ बहुत हसीन लड़कियों के सपने उनकी नींद से उठकर सुकून के सपनों में आ जाते हैं और उन्हें इसका इल्म भी नहीं होता...।

अपर्णा को 'सुकून' था कि सुधीर देख नहीं सकता।

सुधीर बेफ़िक्र था कि भला कभी कोई लड़की उसे भी चाह सकती है?

अपर्णा देखने वाले से रश्क खाती थी। घूरने वाले को देखकर झेंप जाती थी। आँखों से ख़ौफ़ का ख़याल आता-जाता रहता था। सुधीर के न देख पाने से वह ख़ुश थी। मसरूर थी।

सुधीर हर चीज़ को छूकर महसूस करता था। उसे छूने में कोई झिझक न होती थी। वह छूने को ख़्वाहिशमन्द रहता। छू लेने के लिए एक बेख़ौफ़-सी आरज़ू होती उसके मन में। उँगलियाँ सरकाकर महसूस करना उसकी फ़ितरत थी। दुनिया उसके छूने को गुनाह न मानती थी। वह छुए न तो क्या करे भला? वह बड़ी मोहब्बत से हर चीज़ के जिस्म पर उँगलियाँ फिराता था। वह नाबीना था, उसके लम्स को बदचलनी जानने की कोई वजह न थी।

अपर्णा औरत थी। वह घूरने और टकटकी लगाने वालों से रश्क खाती थी। पर उँगलियों से डरने की कोई वजह न हुई थी अब तक। छूने में गुनाह था। बेशक। पर जो शख़्स देख न पाता हो, वह छुए न तो क्या करे। वह तो छुएगा ही। क्या किया जा सकता है भला?

...इस तरह दोनों के दरमियान तसल्ली की काहिलियत थी, फ़ुर्सत की कमीनगी थी, रंग, मोम, आवाज़ और शमा की फिसलन भरी दग़ाबाज़ियाँ भीं...और कोई भी बाख़बर न था, कोई इरादा, कोई वजह, कोई मालुमात न थे कि ख़बरदार हो लिया जाए...

अपर्णा के मन में कहीं कोई बेकरारी थी, कोई गहराती-सी तकलीफ़, कोई इनायत...कि सुधीर देख नहीं सकता।

सुधीर को ख़ुद के न देख पाने का ख़याल ही न था। वह इतना क़ाबिल और मशगूल था कि उसे ख़याल ही न आता कि किसी के मन में उसे लेकर कोई तकलीफ़ है, कोई रहमदिली है, कोई तड़प है...।

सुधीर थोड़ा बेताब रहता पता नहीं क्या जानने तो आती है यह लड़की?

अपर्णा उसकी हर हरकत को ग़ौर से देखती, पता नहीं कैसे यह हर काम कर पाता है? अपर्णा उसे कम से कम तकलीफ़ देना चाहती। जब चाय पीने की इच्छा होती वह किचन से चाय बनाकर ले आती। उसके घर में, उसके किचन में चाय

बनाते उसे कुछ भी अटपटा न लगता। बस एक ही बात उसके ज़ेहन में होती कि वह एक ऐसे शख़्स की मदद कर रही है जो नाबीना है। जिसकी मदद करना हर किसी का फ़र्ज़ है। एक बार तो इस डर से कि कहीं वह बाथरूम में गिर न पड़े उसके नहाने का पानी तक बाल्टी में रख आई। उसे ज़रा भी ख़याल न आया कि इन सब बातों के कुछ और भी मतलब होते हैं। हद तो तब हो गई जब एक दिन जाने से पहले अपर्णा ने सुधीर के कपड़ों को दोहर कर रैक में रख दिया। उसके जाने के बाद सुधीर ने जब उन कपड़ों को पहना तो उसे उन कपड़ों में से अपर्णा की ख़ुशबू आई।

अपर्णा को लगता कि वह एक बिना आँख वाले की मदद कर रही है। पर सुधीर की तो दुनिया ही ऐसी थी। बिना आँखों के भी बेहद ख़ुशगवार। इस बात का अपर्णा को पता न चलना था।

अपर्णा खुलकर उठती-बैठती, ठट्ठा लगाकर ज़ोर-ज़ोर से हँसती, खुलकर चुप होती, बेझिझक सुधीर को घूरती, बेख़ौफ़ ताक-झाँक करती, बेझिझक डूबती ख़यालों में, बेपनाह सजती-सँवरती, लकदक मुस्कुराती, अपनी तरह से बैठती, ठीक अपने अन्दाज़ में चलती, बेतकल्लुफ-सी कभी कुर्सी पर कभी सुधीर के बिस्तर पर...उसे लगता उसे कोई देख नहीं रहा। पर उसकी कुछ आवाज़ें, ख़ुशबू, फुसफुसाहट, कोई खनक, कोई टिकटिकाहट...सुधीर तक पहुँच जाती। सुधीर को लगता अपर्णा को उसका साथ बहुत भाता है। अपर्णा की आवाज़ों से उसका मन खिल उठता। उसकी खनक, उसकी मुस्कुराहट की कोई महीन-सी आवाज़, उसकी चाल की बेपरवाही को बयाँ करती कोई सदा, कोई बेतकल्लुफी का अहसास... सुधीर के दिल में उतरता रहता।

'कहते हैं इश्क़ अकेली ऐसी शै है, जिसके आने का ठीक-ठीक पता नहीं चलता...' अपर्णा को अदीब के उसी नाटक की लाइनें अक्सर याद आतीं जो वह उसे अपनी भरी-पूरी तबीयत से सुनाया करता था।

वह नाटक की प्रैक्टिस कॉलेज के पार्क में करता था। अपर्णा अपनी सहेलियों के साथ उसके नाटक की प्रैक्टिस देखती। उनके एक नाटक में इश्क़ पर बहुत-सी बातें थीं। वे सब बातें अदीब ने रट रखी थीं। अदीब सीधा खड़ा होता ज़मीन की ओर सिर झुकाए और धीरे-धीरे अपना सिर ऊपर करता कहता—'कभी बेजान धरती की कोख से बीजों की सोहबत में अँखुआकर फूटता है इश्क़'—स्टेज पर इस सीन में उसके ऊपर पड़ती रोशनी धीरे-धीरे बढ़ती जाती। उसका ऊपर उठता चेहरा आसमान की ओर तक उठ जाता, गर्दन की नसें खिंच जातीं और दायाँ हाथ छाती पर रखा होता, वह थोड़ी ऊँची-सी आवाज़ में कहता—'इश्क़ जो कभी यकायक किसी अकस्मात् टूटते तारे की तरह से गुज़रता जाता है अपनी रोशनी के गुबार के साथ आकाश के बियाबान से।' थियेटर में उसकी एक सहेली उससे फुसफुसाकर पूछती—इस बात का क्या मतलब हुआ? वह उसे चुपचाप सुनने को कहती। एक दूसरा लड़का जिसका

नाम गणपति था, दर्शकों से मुख़ातिब होकर ज़ोर-ज़ोर से कह रहा होता—'इश्क़ जो ज़हर होकर आता है उतरने घूँट दर घूँट, कभी पलता रहता है क़ब्र में कंकाल होती किसी लाश के साथ-साथ...।' मंच पर डायलॉग के साथ-साथ बढ़ती आवाज़ें धीरे-धीरे मद्धिम पड़ती जाती हैं और मुट्ठियाँ भींच थोड़ा सिर झुका तपते चेहरे और काँपते होंठों से धीमे से लगातार बढ़ती आवाज़ में अदीब कहता जाता—'कहाँ पता चलता है कि जो झूल गया फाँसी पर वह मिट्टी की मोहब्बत में था, कितनी मुश्किल से दीखती है उस इश्क़ की लकीर जिसके जुनून में कोई तोड़ता है अपना दम जेल की सलाखों के पीछे'—तीन ऐक्टर पीछे चले जाते और एक लड़की जिसका नाम लावण्या था, धीरे-धीरे सामने आती, गहरी साँस भरकर कहती—'...कि जंगलों में अपने डंक में ज़हर लिये बिच्छू की तरह रेंगता है इश्क़... '—फिर बाईं ओर मुड़कर दूसरी ओर चेहरा कर कहती जाती—'इश्क़, इश्क़...हवा में तैरती वह भाप है जो अगर सुबह होती तो किसी पत्ते पर ओस का मोती होता'—अपर्णा की सहेली जुहेरा को यह डायलॉग बड़ा अच्छा लगता—इश्क़...हवा में तैरती वह भाप है जो अगर सुबह होती तो किसी पत्ते पर ओस का मोती होता।

अदीब फिर अपने संवाद कहता। सबसे पीछे, उलटा खड़ा, पीछे लटकते काले कपड़े की ओर मुख़ातिब होकर और कोरस की तरह कुछ और ऐक्टर उसके कहे डायलॉग को दोहराते—'मुफ़लिस मुल्कों की क़ब्रों पर दूर के अनाम लोगों के आँसुओं की तरह फूटता रहा जो इश्क़...भीतर पल रहे ग़ुस्से और ज़िद के रंगों के मिलने से बना जो इश्क़...इश्क़ पसीना, इश्क़ ख़ून, इश्क़ जिस्म पर घावों की कोई मनचाही इबारत... '—स्टेज पर अँधेरा छा जाता और फिर कुछ मशालें दिखाई देतीं—'कैलेंडर की तारीख़ों पर लाल गोलों-सा इश्क़, इश्क़...इश्क़ मौत का मज़ा... '—अदीब चीख़ता-सा कहता, मानो कोई नज़्म पढ़ रहा हो—'इश्क़, इश्क़ मौत का मज़ा, दीवारों पर नारों-सा गुदा, हाथ की भिंचती मुट्ठी-सा कितना मदमस्त यह इश्क़, इश्क़...।'

अपर्णा और उसकी सहेलियाँ अदीब की रिहर्सल देखकर ख़ुश हो जातीं, खड़ी होकर ताली बजातीं। अपर्णा उससे बाद में कह देती कि यह इश्क़ की बात उसे समझ न आई। भला यह कैसा इश्क़? वह मुस्कुराता, फिर एकदम चुप हो जाता। अपर्णा की आँखों को पल भर को देखता। फिर कहता कि वह समझाएगा उसे कि इसका क्या मतलब है। आख़िर वे जवान हैं, पढ़ाकू हैं उनसे बेहतर इश्क़ को कौन समझ पाएगा? पर जैसे इतने के बावजूद भी उसे समझा पाना कठिन हो। उसके नाटक में बहुत कम लोग आते थे। उनका एक ग्रुप था। एक नाटक मंडली जो इस तरह के नाटक करती रहती। कॉलेज में बहुत से लोग अदीब को लेकर कुछ अजीब सी बातें बताते, कहते कि वह कोई ठीक लड़का नहीं है। पर वह उससे प्यार करती थी, उसे दूसरों की बातें ग़लत लगतीं...। इश्क़ हो तो माशूक के ख़िलाफ़ बातें ग़लत ही होती हैं—एक बार किसी ने उससे कहा था—इश्क़ में माशूक के ख़िलाफ़ किसी

बात की कोई कैफ़ियत नहीं होती। कोई ऐसी जगह नहीं होती जहाँ उसके ख़िलाफ़ कहे लफ़्ज़ रुक सकें।

अपर्णा और सुधीर देर तक साथ-साथ बैठे रहते। बातें करते। मोम पिघलाते, साँचे गढ़ते, डिज़ाइन की तरतीब पर बात करते, कास्ट तैयार करते, एक-दूसरे की उँगलियों पर अपनी उँगलियाँ रखे कास्ट की गीली मिट्टी को सही तरह से जमाते, मोम की धुआँ छोड़ती पतली धार को कास्ट में डालते, बूँद-बूँद टपकाते, पिघलते मोम में रंग घोलते, रोशनी और अँधेरों की दुनिया के बीच रंगों पर बात करते, किसी जम चुकी मोम का कास्ट तोड़ते, किसी मोमबत्ती के जिस्म पर अपनी उँगलियाँ फिराते...।

सुधीर अपर्णा को शान्त होकर सुनने को कुछ कहता।

अपर्णा को कुछ भी सुनाई न देता।

अपर्णा रोशनी के लिए खिड़की के पल्ले खोल देती।

सुधीर हँस पड़ता।

गीली मिट्टी में लिथड़ी उन दोनों की उँगलियाँ कास्ट की सतह पर एक-दूसरे के ऊपर बेतरतीबी से फिसलतीं। कास्ट की गीली मदहोश मिट्टी में सनी उनकी उँगलियाँ इस तरह फिसलतीं मानो एक-दूसरे में समा जाएँगी। उँगलियों की गर्मी से कास्ट की लिपटती-फिसलती मिट्टी गुनगुनी-सी तप्त हो जाती।

अपर्णा सुधीर को ग़ौर से देखती, बड़ी फ़ुर्सत और तबीयत से।

सुधीर को पता न चलता था कि वह देख रही है।

अपर्णा जानती थी कि वह देख नहीं सकता। नाबीना है।

सुधीर को पता न था कि चाहने वाला जब ग़ौर से देखता है तब क्या होता है।

दोनों की बेपरवाहियों के अपने-अपने क़िस्से थे। दोनों की दुनिया के दरवाज़े एक के बाद एक खुल रहे थे। कोई तनहाई बेईमान हो रही थी। ख़ामोशियों की बेहयाई खुलकर सामने आ रही थी। देखने और देख न सकने के बीच एक रास्ता था दोनों तरफ़ न मालूम कितनी दूरियों तक पसरा हुआ। वे तैर आए थे और पता नहीं था कि यह सबसे बड़ा दरिया है, बहरे-आज़म है। बहरे-आज़म को कोई पार नहीं कर पाया, जो मुकद्दर है वह थककर उसमें डूबना ही है।

'तुमने मोमबत्तियाँ बनाना कैसे शुरू किया?'

'बहुत लम्बा क़िस्सा है।'

'बताओ...।'

'आज तक किसी को नहीं बताया।'

'क्यों?'

'उसमें कुछ ऐसा है कि बताया नहीं जा सकता।'

'अगर मैं वादा करूँ कि किसी को न कहूँगी तो।'

'तब भी नहीं।'

'अगर मैं वादा करूँ कि न कहूँगी एकदम न कहूँगी, क्या तब भी नहीं?'

'मुझे पता है, तुम वादाख़िलाफ़ी न करोगी।'

'पर फिर भी नहीं।'

'हाँ।'

'ऐसा क्या है?'

'ऐसा ही है।'

'ऐसा कुछ नहीं होता। वादा पक्का हो तो फिर बता ही देना चाहिए।'

'न...।'

'ये तो ज़िद है। न बताने की ज़िद।'

अपर्णा का इस तरह से कुरेदना सुधीर को अच्छा लगा। कुरेदने पर उसे ख़याल आया कि कुरेदने से घाव की पपड़ी उतरती है, पर कुरेदने से शीशा भी तो साफ़ होता है। यह ठीक है कि कुरेदकर अंगारों में दफ़न राख को उधेड़ा जा सकता है, पर कुरेदकर ही तो नाख़ून साफ़ किए जाते हैं नेलपॉलिश के नये रंगों के लिए...कुरेदना उकसाता है, कुरेदना कह देने का जज़्बा देता है...ऐसा उसे लगा।

'बचपन में मेरी माँ कहती थी कि मैं अलहदा हूँ। इस दुनिया में मेरे होने के ख़ास मतलब हैं।'

'वो सच कहती थीं।'

'लोग सूरदास को अन्धा नहीं मान पाते, जानती हो क्यों?'

'नहीं पता।'

'वे शक करते हैं कि अगर वे अन्धे थे तो अपनी कविताओं में इतने जीवंत अक्स कैसे खींच पाए? कैसे लिख पाए वह सब जिसे पढ़कर लगता है कि बिना देखे नहीं लिखा जा सकता था।'

'हाँ, ये बात तो है। मैंने सूरदास को पढ़ा है पर कभी इस तरह नहीं सोचा।'

'लोग अन्धों को अन्धा नहीं मान पाते हैं।'

'ऐसा तुम्हें लगता है।'

'यक़ीनन। इसीलिए तो सूरदास की बात कही। लोग कहाँ मान पाते हैं कि वे नाबीना थे। बचपन से नाबीना। तुम फिर से पढ़ के देखो। यह लगेगा कि अगर नाबीना थे तो ऐसा कैसे लिख पाए, मानो सब कुछ देख रहे हों।'

'बात तो सही है।'

'माँ एक बात और कहती थी। एक अजीब सी बात।'

'क्या?'

'वह कहती कि जिन्होंने भी दुनिया को चौंकाया वे वे लोग थे जो देख नहीं पाए, या तो पूरी तरह से नहीं देख पाए, यानी नाबीना थे या उस तरह से नहीं देख पाए जिस तरह से देखा जाता है, यानी उनका देखना ठीक-ठीक वैसा न था जिस तरह आँखों वाले देखते हैं।'

'यह एक मुख़्तलिफ़-सी बात है।'

'मुझे इस बात का मतलब बहुत दिनों बाद समझ आया। जब मैं बड़ा हुआ तब। पर तब माँ को गुज़रे अरसा बीत चुका था। माँ अगर ज़िन्दा होती तो मैं माँ को बताता कि मुझे उसकी बात का मतलब समझ आ गया।'

बाहर बारिश शुरू हो गई थी। अपर्णा ने अधगीले कास्ट पर एक सूखा कपड़ा डाल दिया था। हवा में उतरती नमी थी, जिस्म में रमती एक फुरफुराती-सी ठंडक। मिट्टी की गन्ध को जज़्ब किए पानी की एक अलहदा-सी ख़ुशबू तैर रही थी।

चींटियों की एक लाइन बाथरूम की देहरी के किनारे-किनारे मुँह में अंडे दबाए सरक रही थी, ख़ुद में डूबी हुई, मगन, बेचैन और हड़बड़ाती-सी।

## इज़्तिराब

'जब मैं बड़ा हुआ तब इस बात की तलाश में निकला कि क्या हक़ीक़त में मैं अलहदा हूँ। माँएँ अपने बच्चों को प्यार करते हुए न जाने क्या-क्या तो कहती रहती हैं। वे प्यार में बहुत से ग़ैरमामूली अल्फ़ाज़ कहती हैं और बच्चा बड़ा होने तक उन अल्फ़ाज़ों को अपनी छाती से लगाए रखता है। माँ के प्यार भरे लफ़्ज़ उसे वहम में डाले रहते हैं, उसके साथ उसकी मौत तक चलते हैं, मुसलसल धड़कते हैं...है न।'

'हूँ...यह तो है।' अपने घुटनों को छाती से लगाए और उन पर अपना सिर टिका सुधीर को अपलक निहारती अपर्णा ने कहा।

'फिर जैसा हमारे यहाँ होता है कि अगर ज़िन्दगी में कुछ तलाशना हो, कुछ पाना हो तो किसी साधु या पीर-फ़क़ीर के पास चले जाओ। मैं भी चला गया।'

...जैसे कोई थियेटर चल रहा हो और स्टेज के बीच का पर्दा उठता हो, गुज़श्ता दिनों में बीते किसी अफ़साने को दिखाता हुआ...

'यहाँ कैसे आया बच्चा...।' साधु ने कहा।

रात घिर आई थी। सुधीर थोड़ा झिझकते हुए उस आश्रम के भीतर आया था। दो कमरों का वह आश्रम उस निपट तनहाई में इतना मगन था कि उसके वहाँ होने का अहसास ही न होता था। ज़मीन पर बिछात पर बैठा साधु एक उम्रदराज़ बुज़ुर्ग था। उसकी पनीली पीली आँखों पर एक मोटा-सा चश्मा था। लहराती सफ़ेद दाढ़ी छितरकर पेट तक फैली थी। बीड़ी और चिलम के कारण मुँह के पास दाढ़ी-मूँछ पीली-मटमैली हो गई थी। वह मोटी तोंद पर बेहद चुस्त तहमत लपेटे था। पास ही खड़ाऊँ रखी थी और सामने एक सिगड़ी जल रही थी। सुधीर को आश्रम की गन्ध थोड़ी अलग-सी लगी थी।

'मैं सेवा-टहल भी कर सकता हूँ। बर्तन साफ़ करना, खाना पकाना भी...।' सुधीर ने कहा।

साधु ने देखा कि वह अन्धा है और वह देख नहीं सकता। थोड़ा सोचा, फिर कहा—अच्छा ठीक है।

साधु लोगों को ध्यान लगाना सिखाता था। सुबह चार लोग आते थे। साधु उन्हें शान्त बैठना और ध्यान लगाना सिखाता। सुधीर साधु की सेवा करता। आश्रम में झाड़ू लगाता, पानी भरता और ध्यान भी सिखता। साधु उसे ध्यान लगाने वालों की पाँत में सबसे पीछे बैठने को कहता। वह वैसा ही करता।

'आँखें बन्द हों। आँखों को लम्बे समय तक बन्द रखना पहला अभ्यास है। जितनी देर तक बन्द रख सकें, रखें, यह ज़रूरी है। पहली और बेहद ज़रूरी बात।'

सुधीर सोचता न जाने क्या तो होता होगा आँखें बन्द करने से...पता नहीं?

'...जब बुद्ध ने पहली बार आँखें बन्द की थीं, वे चौंक-चौंक कर आँखें खोल लेते...आँखें बन्द करने पर उनके सामने कुछ बेहद दुनियावी, ख़ौफ़नाक मंज़र दीखते। कभी ख़ौफ़नाक प्रेतों की दुनिया दीखती तो कभी सिर कटी लाशें...तो कभी रात का हहराता प्रचंड समुद्र...कभी लाशों को नोचते गिद्ध दीखते तो कभी दारुणिक विलाप करते रोते-चीख़ते लोग...।'

साधु कह रहा था। वे सब उसे सुन रहे थे।

'...आँखें बन्द करते ही जिस चीज़ से सबसे पहले भिड़ना पड़ता है वह है भय... बन्द आँखों में वह डर होता है जिससे हम सबसे ज़्यादा डरते हैं। इस डर से मुक्त होने में बुद्ध को भी एक लम्बा समय लगा। यह सबसे कठिन अभ्यास है याद रहे...।'

साधु जब कहता तो एक रौ में कहता। उसकी आवाज़ में एक क़िस्म की मुलायमियत थी। कुछ ऐसी मुलायमियत कि बाहर से सुनाई देती चिड़िया की आवाज़ भी ख़लल पैदा करती।

'...जो देख नहीं सकते जैसे यह सूरदास...'

साधु ने सुधीर की ओर इशारा किया।

'...बस वे ही ऐसे लोग हुए जो इस भय से मुक्ति पा सके। वे इस हद तक समाधिस्थ होते हैं, जिस हद तक समाधिस्थ होने में बुद्ध को भी एक लम्बा समय लगा...।'

सुधीर को उस बात का जवाब मिल गया कि क्यों उसकी माँ कहती थी कि वह अलहदा है। रात को माँ उसे कोई कहानी सुनाती। उसके बालों में उँगलियाँ फिराती। उसे चूमती। उसे बार-बार कहती कि वह अनूठा है, अलहदा है...। उस रात सुधीर को माँ की बहुत याद आई थी। सुबह उसने साधु से कहा कि वह जिस काम से आया था वह हो गया है, अब उसे जाना है।

'...बहुत से लोग तलाश करते हैं कि वे क्या हैं? उन्हें आना पड़ता है। फिर वे जान जाते हैं। तुम बहुत जल्दी जान पाए यह अच्छा है।'

'मुझे क्या काम करना चाहिए...?'

'जो ठीक लगे।'

'फिर भी।'

'तुम्हारे हाथों में कमाल है। ख़ासकर उँगलियाँ। तुम जो आश्रम को साफ़ करते हो तो इसका कोना-कोना दमक उठता है। मैंने कभी किसी के हाथों में, उँगलियों में ऐसा कमाल नहीं देखा...।'

अपर्णा चुपचाप सुन रही थी। सुधीर के क़िस्से को अपने ज़ेहन में देख रही थी। बाहर बारिश थमने को थी। उसने मोम गलाने वाला बिजली का हीटर जला दिया था। हीटर की रक्ताभ होती कॉइल को देखते हुए उसने सुधीर से पूछा—'चाय पियोगे?' सुधीर ने हाँ में सिर हिलाया। अपर्णा ने दूध, पत्ती, पानी और शक्कर डालकर भगौना हीटर पर रख दी।

'ठीक कहता था साधु...तुम्हारी उँगलियाँ कमाल की हैं सुधीर...।'

'यह कोई प्राउड की बात नहीं पर कई लोगों से यह बात सुनी है। इसलिए जब साधु ने कहा कि तुम्हारी उँगलियाँ कमाल की हैं तो मुझे कोई अचरज न हुआ।'

'ओह, मैं क्या कहूँ सुधीर।'

'कहो न।'

'जब तुम्हारी उँगलियाँ डिज़ाइनों और लकीरों पर चलती हैं तो मैं उन्हें देखती रह जाती हूँ...। उनमें एक शऊर है, फिसलने और सरकने की तमीज़, उनके छूने में एक क़िस्म का बचकानापन है। मैं क्या कहूँ क्या तो है?' अपर्णा ने कहा।

'आश्रम से लौटते हुए मैं यह बूझता रहा कि उँगलियों का कौन-सा काम ऐसा होगा जिसे मैं कर सकूँ...।'

सुधीर ने बात बदल दी। वह बहुत तारीफ़ नहीं सुन पाता है। बस बात बदल देता है। भले तारीफ़ सिर्फ़ उँगलियों की ही क्यों न हो।

'इस तरह तुमने मोमबत्तियाँ बनाना शुरू कर दीं...है न...।'

अपर्णा जानती है कि वह बात क्यों बदल देता है। सो वह बुरा नहीं मानती।

'नहीं।'

'मुझे लगा ऐसा ही हुआ होगा।'

'नहीं, ऐसा नहीं हुआ।'

'फिर क्या हुआ, क्या काम शुरू किया तुमने?'

'तुम टोकती बहुत हो। मेरा अफ़साना मुझे ही कहने दो।'

'ओह सॉरी...!'

'तुम अक्सर सॉरी भी बोलती हो। हँसो, मुस्कुराओ, ख़ुश रहो यार...सॉरी क्या बोलना।'

'ठीक है, ठीक है...अब बताओ भी।'

'अच्छा अन्दाज़ लगाओ क्या काम शुरू किया होगा मैंने...।'

'तुम सीधे-सीधे क्यों नहीं बता सकते। ऐसी बुझौवल क्यों?'

'अरे बताओ यार!'

'उँगलियों का काम, उँगलियों का काम...उँ...तबला बजाना, यस तबला बजाना...।'

'हाँ, एकदम वही, तबला बजाना।'

'कितना बोरिंग काम है तबला बजाना।'

'हा, हा, हा, हा...एकदम नहीं। मैंने तो यूँ ही कह दिया था। यह काम न था वह...।'

'गिटार, सितार, ड्रम...।'

'न,न,न...संगीत की कोई चीज़ नहीं...।'

'बुनना...कातना...।'

'ये कैसे सूझा तुम्हें?'

'किचन की दीवार से टिका एक चरखा रखा है, तो लगा शायद वही हो...।'

'अरे वह तो मुश्ताक रख गया था।'

'मुश्ताक...मुश्ताक कौन?'

'तुम नहीं जानतीं। एक पुराना दोस्त है। उसका बेटा ड्रामा में गांधी का रोल कर रहा था। उसी का चरखा यहाँ रख गया था।'

भगौना में चाय उबलने लगी थी। अपर्णा भीतर से छन्नी और दो प्याले उठा लाई। कपड़े से पकड़कर भगौने से उठती भाप में अपना मुँह घुसाकर उबाल को फूँका। उबाल धीरे-धीरे नीचे चला गया। उसने पहले कप के मुँह पर छन्नी रखी और उसमें चाय उड़ेलने लगी।

'बता न सुधीर कौन-सा काम...कौन-सा...?'

'सोचो, सोचो...। सोचो डार्लिंग...।'

'डार्लिंग...?'

'ओह सॉरी यार...मुँह से निकल गया...!'

'तुम अक्सर सॉरी बोलते हो। हँसो, मुस्कुराओ, ख़ुश रहो यार...सॉरी क्या बोलना।'

दोनों खिलखिलाकर हँस दिये।

'पता नहीं कुछ क्लू भी नहीं आ रहा...राम जाने तुमने क्या शुरू किया...बता न, बता न सुधीर...।'

'मैंने चंपी करना शुरू कर दिया।'

'व्हॉट चंपी...तुम मज़ाक़ तो नहीं कर रहे।'

'बिलकुल नहीं, सच में मैंने चंपी शुरू कर दी। उँगलियों का काम यानी चंपी।'

सुधीर ने अपर्णा के हाथों को अपने हाथों में ले लिया—'क़सम से'—उसके हाथों को अपनी छाती से लगाया—'सच में'। वह अचरज से उसका मुँह देखती रही।

'तुमने चंपी की सुधीर...चंपी, चंपी...।'

'न सिर्फ़ चंपी बल्कि मैं मसाज भी देता था।'

‘आर यू सीरियस...मसाज करते थे तुम...मसाज...तुम मज़ाक़ तो नहीं कर रहे...।’

‘एकदम कोई मज़ाक़ नहीं...सच है...मसाज ही देता था...मसाज यानी प्रॉपर मसाज, एकदम सही वाली मसाज...वही करता था...।’

उसने अपर्णा का हाथ छोड़कर गर्दन की खाल तर्जनी और अँगूठे से पकड़कर कहा—एकदम सही वाली मसाज...एकदम...।

‘तुम तो बड़े इंट्रेस्टिंग आदमी हो यार सुधीर...।’

‘वो कैसे...?’

‘यार तुम मसाज देते थे।’

‘तबला बजाना बोरिंग काम मसाज देना इंट्रेस्टिंग...बड़े ही संजीदा ख़याल हैं आपके मैडम...।’

अपर्णा खिलखिलाकर हँस दी।

उसकी हँसी की धमक से नीम की टहनी पर बैठी चिड़िया फुर्र से उड़ गई। सुधीर के घर के बाहर गली में खड़ा खोमचे वाला मुस्कुराया। एक लफंगा दरवाज़े की सन्द से, चोरी से, सुधीर के कमरे के भीतर झाँका। खोमचे वाले ने उसे देख हाथ घुमाया यानी—क्या? लफंगे ने खोमचे वाले को देखकर हाथ घुमाया, यानी—कुछ नहीं?

‘इसके आगे का क़िस्सा न कहूँगा।’

‘मोमबत्तियों का क्या होगा...सुधीर...उनके क़िस्सों का...।’

‘जो क़िस्सा मसाज के रास्ते मोमबत्तियों तक जाता हो...उसे कैसे कह दूँ...क़िस्से का रास्ता इतना ऊबड़-खाबड़ है...कह दूँ तो कयामत आ जाए...।’

‘सुधीर बता न...बता न...ओह मेरी जान कह दे न...!’

‘मेरी जान...मेरी जान?’

‘हाँ...पर अबके सॉरी न कहूँगी...बता न...बता न सुधीर...।’

‘मसाज वाले क़िस्से में एक लड़की है। मोमबत्तियों के क़िस्से में एक लड़की है...कैसे कह दूँ...।’

‘कह दो...कह दो...।’

‘तुम ख़फ़ा तो न होओगी, उस लड़की का क़िस्सा सुनकर...।’

‘मैं इक्कीसवीं सदी की लड़की हूँ मैं नहीं चिढ़ती...।’

‘अच्छा जी...।’

‘हाँ, सच में।’

‘आशिक़ के मसाज का क़िस्सा सुनकर भी न चिढ़ोगी।’

‘ओह, मतलब तुम मुझे समझ नहीं पाए।’

‘इतने दिनों में समझ गया हूँ। एकदम।’

‘तो क्या फिर भी न बताओगे।’

‘बताऊँगा।’

‘बता न...बता न...ऐ सुधीर...!’

'नो मस्का...।'

'मैं क्यों मस्का लगाने लगी...।'

'बाद में कभी...।'

'अपना अफ़साना कहने से डरते हो...?'

'न...।'

'फिर!'

'सिर्फ़ उस लड़की को कहने से झिझकता हूँ...जो मुझे चाहती है।'

'कह दो। कुछ न होगा। यक़ीन करो। हम आज की दुनिया के लोग हैं। ये बातें भी कर सकते हैं। सच में। कह दो न, बताओ न...सुधीर, ऐ सुधीर!'

दोनों पल भर को चुप हो गए। फिर अचानक अपर्णा खिलखिलाकर हँस पड़ी—'बुद्धत्व की प्राप्ति के बाद चंपी...हो, हो, हो...ध्यानयोग के बाद मसाज... ही, ही, ही...'—बाहर गली से गुज़रता पगड़ीधारी थोड़ा ठिठका। सुधीर के कमरे से उठती अपर्णा की हँसी सुनकर वह खोमचे वाले को देखकर मुस्कुराया। खोमचे वाले ने उसे इशारा किया, मतलब—चल, चल...रास्ता नाप...। वह चल दिया। खोमचे वाले ने सुधीर के कमरे के बन्द दरवाज़े को देखा। वह मन ही मन मुस्कुराया।

अपर्णा की हँसी सुधीर के भीतर घुलती रही, भगौने में पड़ी छन्नी के टनटनाने की आवाज़, दरवाज़े की कुंडी के टिनकने की आवाज़, हवा का कोई आवारा-सा झोंका...सब उसकी हँसी की संगत कर रहे थे। सुधीर के उस तनहा से घर में कभी ऐसी खिलखिलाती हँसी न गूँजी थी। अपर्णा की हँसी कारूँ का ख़ज़ाना लुटा रही थी।

'...पता है अपर्णा, जब तुम हँसती हो तब तुम सबसे ख़ूबसूरत दीखती हो...।'

अपर्णा हक्की-बक्की सी सुधीर को देखती रह गई। उसने सुधीर का काला चश्मा झपटकर उसकी आँखों से उतार दिया।

सुधीर की आँखें उसके सामने थीं। उसकी बाईं आँख के काले वाले गोले के बीच एक बेतरतीब-सा सफ़ेद मटमैला धब्बा था। पूरी आँख सफ़ेद थी और सफ़ेद धब्बे में दफ़न काले गोले की एक झाँईं सी उसमें तैर रही थी। आँख दाहिनी ओर लुढ़की हुई थी मानो सदियों से बेहोश रही हो, मर चुकी हो। उसकी दाईं आँख बेहद अजीब थी, जैसे किसी ने उसके काले गोले को खुरच-खुरच कर निकाल दिया हो। पूरी सफ़ेद आँखों के बीचोबीच काले गोले के नाम पर एक छोटा-सा ग्रे रंग का बिन्दु-सा था। दोनों आँखों की पलकें मुस्तकिल थीं। अपलक। मानो कभी झपकती ही न हों। आँखों में एक क़िस्म की दिशाहीनता थी। अपर्णा सामने थी, पर वे दोनों आँखें बाएँ और दाएँ ओर लुढ़की हुई थीं। अपर्णा ने अपना चेहरा घुमा लिया। मुँह पर अपनी हथेली रख ली। उसके होंठ काँप उठे। चेहरा घुमाए-घुमाए ही उसने सुधीर को उसका काला चश्मा लौटा दिया।

'...मैं न कहता था कि लोगों को अन्धों के अन्धे होने पर शक होता रहता है...।'

अपर्णा दूसरी तरफ़ चेहरा घुमाए बेजान-सी खड़ी रही।

उसने आँखें मूँद ली थी। बन्द आँखों में उसे न तो कोई भूत दिखा, न सिर कटा मुर्दा, न रात का ख़ौफ़नाक हहराता समन्दर...उसे ख़ाली डेस्क को कुल्हाड़ी से टुकड़ा-टुकड़ा करती जीवेश की कंजी आँखें दिखीं, ख़ुद में सिमटती-फैलती ख़ूबसूरत भूरी आँखें जो पत्थर से कुचलकर मार दिये गए कुत्ते के भेजे से बहते ख़ून को घूरती हैं...उसे अदीब की आँखें दिखीं...उस दिन जब वह और अदीब, अदीब के बेडरूम में थे, सिर्फ़ वे दोनों, अकेले, और वह अवाक-सी उसके स्पाइक्स के पीछे से झाँकती स्टूडियस-सी उसकी ख़ूबसूरत आँखों को देख रही थी हैरान, तकलीफ़ज़दा, ख़ौफ़ और दर्द के अचानक उमड़ पड़े एक अजीब से हालात में, एक ख़्वाब जो उस पल तेज़ झन्नाटे से गिरकर किरच-किरच हो गया था, अदीब की आँखें ठीक उसी पल उसके आशिक़ की आँखें न रह गई थीं, अपर्णा के भीतर एक इमारत धसककर ज़मींदोज़ होती जा रही थी, आज याद करती है तो उसकी रूह काँप उठती है...

...मैं न कहता था कि लोगों को अन्धों के अन्धे होने पर शक होता रहता है...मैं न कहता था...मैं...—अपर्णा सुधीर के पास सरक आई। उसके कन्धों पर हाथ रखा। उसके चेहरे को घूरती रही—पता है सुधीर, तुम एक बेहद नेक शख़्स हो—सुधीर ने हाँ में गर्दन हिलाई। अपर्णा उठकर जाने लगी। सुधीर ने अपर्णा का हाथ पकड़ लिया—'क़िस्सा न सुनोगी?'

'तुमने कहा कि मसाज है, मोमबत्ती है, लड़की है...कि अफ़साने का रास्ता ऊबड़-खाबड़ है।'

'तुम्हारे लिए नहीं है अपर्णा। एक राह है जो तुम तक आती है, एक मुख़्तलिफ़ राह...उस राह पर कुछ भी ऊबड़-खाबड़ नहीं...।'

अपर्णा ने सुधीर के कन्धों पर अपना सिर टिका दिया।

सुधीर को लगा कि जैसे उसके ज़ेहन में चूहे की तरह सरपट भागते भूखे लफ़्ज़ हैं, जो चीनी मिट्टी के बर्तनों में उछलते-कूदते हैं तो वे ज़मीन पर गिर-गिर कर चकनाचूर होते जाते हैं...मानो चीनी मिट्टी के बर्तन न हों कोई ऐसी शै हो जो हराम हो...।

'तुम यहीं बैठो मेरे पास, मेरे से लगकर मैं तुम्हें पूरा अफ़साना सुनाऊँगा।'

'एकदम सुनाओ सुधीर...बिन्दास...।'

'पर एक शर्त है।'

'शर्त...?'

'हाँ...बोलो, पूरी करोगी...।'

'क्या शर्त...पहले बताओ...।'

'जो अच्छा लगता है, उसे न नहीं कहते...अपने आशिक़ को न कहना बड़ा गुनाह होता है।'

'अच्छा जी...तो ये बात...।'

'मैं तब सुनाऊँगा जब तुम भी मुझे अपनी मोमबत्तियों वाला क़िस्सा सुनाओगी... वादा करो, सुनाओगी न...।'

अपर्णा की मोमबत्तियों वाला क़िस्सा अदीब का क़िस्सा है। उसके दूसरे आशिक़ की कहानी। यह कहानी उसने आज तक किसी से नहीं कही। कैसे कह दे? कुछ है कि कही नहीं जा सकती। कभी ख़याल आया कि अपनी किसी सहेली को ही कह दे, पर नहीं कह पाई। फिर लगा जब सुधीर अपना मसाज वाला क़िस्सा बताने को तैयार है, तो वह क्यों नहीं कह सकती। अदीब ने भी उससे कहा ही था कि कभी किसी को वह उन दोनों के मोहब्बत का क़िस्सा बता दे। 'आख़िर मोहब्बत ही क्यों अनकही रह जाए?' ऐसा अदीब कहता था, आख़िरी मुलाक़ात पर कहता रहा था—'मोहब्बत का क़िस्सा ही क्यों तोड़ दे अपना दम?' उन दोनों को पता था कि शायद वे अब न मिलें। वह जाने से पहले उसे कह रहा था—तुम कहना कभी, किसी न किसी को कह ही देना हम दोनों के इश्क़ का क़िस्सा। अपर्णा ने यह भी सोचा कि वह सारी बातें नहीं बताएगी। जो क़िस्सा सुनाता है यह उसका हक़ है कि वह कितना सुनाए और कितना नहीं। वह कुछ हक़ीक़त तो छिपा ही सकता है। हक़ीक़त छिपाना ही क्या, वह तो कोई मनकही बात भी बोल सकता है। दुनिया के सारे अफ़सानानिगार मनकही बात बोलते रहे। क्या प्रेमचंद ने नहीं कही, मंटो और हैमिंग्वे ने भी मनकही बातें कहीं। लोग तो फ़िल्मों में भी मनकही बातें कह देते हैं। सब कहते हैं। जो कहता है वह मनकही भी कहता ही है, तो वह भी क्यों न कहे। कह देगी। ज़रूरत हुई तो मनकही बात भी कह देगी। पर कहेगी उसी तरह से जिस तरह से कहने का उसका मन हो। वह उसके और अदीब के क़िस्से को अपनी तरह से बताएगी। निश्चय ही वह सब बातें नहीं बताएगी, फिर अब यह जानने का कोई तरीक़ा भी तो नहीं है कि क्या-क्या हुआ था? क़िस्सों को इसी तरह से कहा जाना चाहिए कि कोई जान न पाए कि वाकई में हुआ क्या था। अगर इस तरह न कहो तो क़िस्सा बने भी कैसे?

फिर यह भी है कि अदीब की सारी कहानी कोई नहीं जानता। न वह, न उसके अम्मी-अब्बू न ही दुनिया का कोई और शख़्स ही...अब वह कहानी पूरी तरह से जानी भी नहीं जा सकती है, पर जितना पता है उतना तो कह ही सकती है। जब आशिक़ अपने गुज़श्ता इश्क़ का क़िस्सा बताए तो माशूक़ा को भी अपनी पुरानी मोहब्बत का वाकया बता देना चाहिए...कुछ तो अहसास हो कि यह इक्कीसवीं सदी है।

'मेरी भी एक शर्त है।'

'शर्त...?'

...

'हाँ, बोलो पूरा करोगे...।'

'पहले बताओ...।'

'जो अच्छा लगता है, जिसे प्यार करते हैं उसे न नहीं कहते...।'

'ठीक है बोलो।'

'पहले तुम अपना क़िस्सा पूरा करोगे, उसके बाद मैं...।'

सुधीर ने अपर्णा का हाथ अपने हाथों में लेते हुए कहा—ठीक है—वह थोड़ी देर तक उसके नाज़ुक गर्म हाथों को अपने हाथों में दबाए रहा, उसे लगा वह उसके हाथों को सहलाए, उसकी उँगलियों को आहिस्ते से रगड़े, अपनी उँगलियों से दबाकर उसे भींचे धीरे से...ठीक वैसे ही जैसा वह मसाज देते समय करता था।

## मंज़िले-मकसूद

सुधीर को चंपी और मसाज का काम मकसूद ने सिखाया था। मकसूद एक नेक दिल लड़का था। वह सुधीर से बहुत छोटा था। वह अक्सर पीर बाबा की दरगाह पर आता। वहीं उसे एक शख़्स मिला, एक फ़क़ीर। फ़क़ीर मज़ार की देखभाल करता। मकसूद के अम्मा-अब्बू न थे। वह ठीक-ठीक न जानता था कि उसका नाम मकसूद किसने रखा। सब उसे मकसूद कहते। मकसूद उसके ज़ेहन में दर्ज हो गया। वह मकसूद हो गया। फ़क़ीर उसे कहता कि उर्दू में 'मकसद' की बात करने वाले कई लफ़्ज़ हैं पर सबसे उम्दा लफ़्ज़ है मकसूद। बड़ा प्यारा-सा नाम, चाँद जैसा—मकसूद। यानी वह जो कम से कम किसी उम्दा मकसद का दीवाना-सा हो।

हरे लबादे और अपनी सफ़ेद दाढ़ी के साथ फ़रिश्ते-सा दीखता वह फ़क़ीर उससे कहता कि जब बिछौने में हाथ-पैर मारते किसी बच्चे को घर का कोई बुज़ुर्ग देखता है तो वह आसमान से तारे की तरह कोई लफ़्ज़ तोड़कर लाता है और वह उसका नाम हो जाता है—'मकसूद ओ मकसूद तू याद रख तेरा यह नाम दुनिया- जहान का दिया नहीं, यह किसी बुज़ुर्ग की पानीदार आँखों से तुझ पर इनायत हुआ...मकसूद ओ मकसूद इसके मायनों को याद रख, जज़्ब कर ले अपने ज़ेहन में इसे'—फ़क़ीर की उजली सफ़ेद दाढ़ी धूप में दमकती। उसके चेहरे पर एक रोशनी तैरती और आँखों में एक चमक, एक ताब। जब वह कहता तो लगता उसकी बातें कहीं किसी पराए मुल्क से आती होंगी। मुहल्ले के आवारा छोकरों के साथ घूमते-भटकते मकसूद न जाने कैसे तो उस फ़क़ीर की सोहबत में आ गया। फ़क़ीर किसी ख़नकाह में शामिल था और अपने शेख़ का सबसे लड़ैता मुरीद था और एक दिन इस दरगाह के पास से गुज़रते हुए उसे लगा मानो यह जगह उसे बुलाती हो, इसकी अगर इबादत हो तो बात शायद ख़ुदा तक पहुँचे,...इस तरह वह यहाँ रुक गया।

मकसूद अक्सर इस दरगाह आता। जब वह इस दरगाह के पास से गुज़रता तो उसे अपनी आपा याद आती। बचपन में वह आपा के साथ दरगाह जाता था। वह दरगाह भी इसी तरह की थी। छोटी, साफ़-सुथरी और अपनी ख़ामोशी में मगन। चार खम्भों पर टिके ख़ूबसूरत से ख़रबूज़िया गुम्बद और उसके ठीक नीचे ख़ामोश

हसीन-सी मज़ार। बेदाग़ हरे-हरे रंग में पुती। एक चबूतरा था, बस चार सीढ़ी ऊँचा जिस पर यह मज़ार थी। इतनी करीने और तरतीब से बनी कि लगता पहले बनाई गई हो और फिर चबूतरे पर रख दी गई हो। चबूतरा बहुत लम्बा-चौड़ा था, मज़ार के चारों तरफ़ फैला-पसरा। विशाल चबूतरे के बीच मज़ार ऐसी दीखती मानो पानी से लबालब किसी दरिया में कोई छोटा ख़ूबसूरत-सा जहाज़ खड़ा हो। अपने मस्तूलों के साथ ख़ामोश। रात की रोशनी में अपने हरे रंग में नहाई मज़ार को जब वह देखता तो ठिठक जाता।

उसे जालियों में से आती रोशनी में धुआँ-धुआँ उठती लोबान की लहरिया पाँतें याद आतीं। हवा में गोल-गोल होकर घुलते अगरबत्तियों के ख़ुशबूदार लच्छे और खस की ठंडी-सी गन्ध जिसे वह गहरी साँसों से खींचकर अपने फेफड़ों में भर लेता। इस ख़ुशबू से एक रिश्ता है। जब यह मकसूद की साँसों में उतरती तो उकड़ूँ बैठ अपने सिर को सफ़ेद कपड़े से ढककर इबादत करती उसकी आपा का चेहरा उसे दीखता। आपा के हाथ दुआ में उठे होते और उसके गोरे-सादे चेहरे पर एक पुरसुकून-सी ख़ामोशी तैर रही होती। वह उन्हें देखता। उसे फ़रिश्तों की कहानियाँ सच्ची जान पड़तीं। वह भी अपनी आपा के पास उसी तरह बैठ जाता, घुटनों के बल, चुपचाप और उसको एकटक घूरता। उसकी ज़िन्दगी में सिर्फ़ आपा ही थीं। कोई और न था। उसे मज़ार पर पड़ी चमकीली चादर बड़ी प्रीतिकर लगती। अक्सर वह बदल दी जाती। हर दिन एक नई चादर वहाँ होती, हरे रंग के किसी नये रंग में, गोटे और सलमा-सितारों से सजी। दूसरों की तरह वह भी मज़ार पर पड़ी चादर के किनारों को आँखों और होंठों से लगाता ताकि वह उसे छूकर उसकी मुलायमियत को जान पाए। वहाँ एक बहुत भली-सी ख़ामोशी होती, इबादत की बेहद रूहानी-सी बुदबुदाहटों से सजी हुई, वहाँ दबे पाँव चुप्पियों की आवाज़ आती रहती, मज़ार के पथरीले फैलाव में ख़ामोशी की कोई परिचित-सी नज़्म सुनाई देती रहती...।

जब-जब आपा की याद आती वह दरगाह चला आता। इस तरह वह यहाँ रोज़ आने लगा।

फ़क़ीर की बातों में तसव्वुफ़ के लफ़्ज़ थे। उसकी इबादत की फुसफुसाहट से रूहानियत की सदा आती थी। फ़र्श पर घुटनों के बल वह ऐसे तमीज़ से बैठता मानो फ़र्श के पत्थर से मोहब्बत करता हो। जब कहता तो उसे चुपचाप सुनने का मन करता। जब मज़ार पर सिजदा करता तो ख़ामोशी अपनी गहराइयों में फिसलती जाती। जब दुआ के लिए हाथ उठाता तो पूरा आसमान सिमट आता।

अक्सर शाम दो शख़्स उस मज़ार पर आते। एक के हाथ में पेटी होती और दूसरा ख़ाली हाथ होता। दोनों दरगाह के सामने ज़मीन पर बैठ जाते। ख़ाली हाथ वाला शख़्स तान छेड़ता और पेटी वाला उसमें हारमोनियम की चीनी घोलता। ख़ामोशी पर समा का रंग चढ़ता। फ़क़ीर सीढ़ियों पर बैठ उन्हें सुनता। ख़ाली हाथ वाला ऊँचे स्वरों में गाता। बुल्लेशाह के कलाम से दरगाह की दरो-दीवार खिल उठती। अमीर

ख़ुसरो की नज़्म से कायनात का हर ज़र्रा सिर हिलाता-सा मसरूर होता जाता। फ़क़ीर अपना चिमटा उठाए गोल-गोल घूमता। चिमटे की आवाज़ ख़ाली हाथ वाले शख़्स के ऊँचे स्वरों वाली लय से संगत करती, हर लफ़्ज़, हर ताल पर...। मकसूद उन तीनों को देखता रह जाता।

तो वह फ़क़ीर ही था जो कहता था कि किसी बुज़ुर्ग के ज़ेहन में मकसद की बात आई होगी और इस तरह तू मकसूद हुआ...कि कुछ काम कर, कुछ कर, कुछ खोज, कुछ बना...ओ मकसूद...। फ़क़ीर की बात का असर हुआ। आवारा छोकरों की सोहबत से निकलकर वह काम की तलाश में भटका। कई-कई दिनों तक। बहुत घूमने-फिरने के बाद उसने चंपी करने और मसाज देने का काम करना शुरू कर दिया। उसे अक्सर वह फ़क़ीर याद आता। कभी-कभी काम के वक़्त भी। मसाज देते वक़्त भी फ़क़ीर की बात उसके ज़ेहन में गूँजती—छूने में भी एक पाकीज़गी होती है—सफ़ेद दाढ़ी में बुदबुदाते उसके होंठ उसे दीखते—छूना भी इबादत हो सकता है, इश्क़ है छूना—फिर वह झल्ला जाता, शायद उसे लगता कि पता नहीं किससे तो क्या बात कह रहा है वह—कितने कमज़र्फ़ हो तुम, कितने बेवकूफ़ कि कुछ भी समझ नहीं पाते, आज के लौंडे तेरी फ़ितरत ही ऐसी है कि एक साफ़-सुथरा चाँद-सा नाम पाकर भी तू नाली में सड़े...। जब उसने फ़क़ीर को बताया कि वह चंपी और मसाज का काम कर रहा है, तो उसने उसे बड़ी लताड़ लगाई—नाली के कीड़े, तेरी सोहबत ही ऐसी है कि तुझे कुछ भी साफ़-सुथरा काम ठीक न लगेगा...दफ़ा हो जा और कभी शक्ल न दिखाना...।

मकसूद को मकसद की बात एक आवारा दोस्त ने बताई थी।

हुआ यूँ था कि आवारा दोस्त को एक अदद छोकरे की ज़रूरत थी। मसाज के जिस काम के लिए उसे छोकरे की ज़रूरत थी उसके लिए मकसूद एकदम सही था। पर उसे भान न था कि मकसूद के नाम में मकसद की गूँज है। कि जब वह काम पर लगेगा तो इतना परफ़ेक्ट हो जाएगा कि फिर उसका कोई सानी न रहे। इतना दुरुस्त कि ख़ुद इस आवारा छोकरे का काम फीका पड़ जाए। हुआ भी यही। आजकल कोई भी मकसूद के उस आवारा दोस्त को नहीं पूछता। जिसे मसाज चाहिए वह मकसूद को ही ढूँढ़ता है।

शहर का एक किनारा समन्दर का किनारा है। समन्दर की लहरें बरसों से वहाँ अपना सिर पटकती रही हैं। कुछ इस तरह कि सारी कायनात वहाँ खिंची चली आती है। शाम को सारा शहर समन्दर के इस विशाल रेतीले विस्तार पर उमड़ आता है। यह जगह चंपी और मसाज देने के काम के लिए एक बेहद माकूल जगह है।

उस आवारा दोस्त ने मकसूद को बताया था कि चंपी और मसाज का काम किस पर आजमाना चाहिए। वह कौन है जो बेहतरीन मसाज के लिए अपने पैसे लुटा सके। वह कहता कि वह तो दरिया के किनारे फिरंगियों के लिए आता है। रेतीले विस्तार के कुछ हिस्सों में ये विदेशी जिन्हें वह फिरंगी कहता था, धूप में उघाड़े पड़े होते। वह

धूप में पड़े फिरंगी जिस्मों को ढूँढ़ता। उस आवारा दोस्त के मुताबिक़ जिस जिस्म पर मसाज सबसे ज़्यादा असर करती है वह गोरी चमड़ी वाला फिरंगी ही है। पता नहीं ऐसा क्यूँ है? ख़ुदा ने सबको एक-से जिस्म दिये पर उन पर ही मसाज का इतना असर क्यों होता है, उसे नहीं पता। कभी-कभी तो उन पर मसाज का इतना असर होता है कि फिरंगी न सिर्फ़ मुँहमाँगी रकम दे देता है बल्कि अपना बटुआ खोलकर सारा पैसा लुटा देता है। कभी तो वह छप्पर फाड़कर देता है। इतना रुपया कि आँखें फटी की फटी रह जाएँ। वही मकसूद को बताता था कि जो हमारा रुपया है उससे भी बड़ा एक और रुपया होता है। उसे डॉलर कहते हैं। फिरंगी के पास डॉलर भी है और मसाज के माफिक गोरी चमड़ी भी।

जब उसे मकसूद का मतलब पता चला तब कहने लगा कि तू जो मकसद की बात करता है उसकी धमक भी इसी दरिया के किनारे है, कहीं और नहीं। वह समन्दर को दरिया कहता। वह मकसूद को बताता कि वह एक ऐसे मसाज देने वाले को जानता है जिसे एक फिरंगन अपने साथ अपने मुल्क ले गई थी। फिर वह वहीं रह गया। उस फिरंगन के साथ, उसके मुल्क में। फिरंगन उससे मसाज करवाती। उससे मोहब्बत करती। उसे भी फिरंगन और उसका मुल्क भा गया। वह भी वहीं रह गया। एक बार आया तो पहचान ही नहीं आया। शानदार कपड़े, रे बैन का चश्मा, चमचमाते जूते, कत्थई रंग का ख़ूबसूरत ब्लैज़र और एक चमचमाती कार...सच यार उसकी तो लाइफ बन गई। फिरंगन ने उस पर ख़ूब लुटाया। लुटाती भी क्यों न, वह उसका यार जो बन गया था। वह वहीं रहता है, आज भी। फिरंगन के घर में, उसकी आगोश में, बहुत ख़ूबसूरत से उस पराए मुल्क में...हमारे बीच का वह मवाली छोकरा। मिलता है तो कहता है कभी न लौटेगा। मसाज के रास्ते उसे सब मिला। सब। वो जो तू कहता है न 'मकसद'...वही, समझा बे मकसूद...।

मकसूद उसे बताता कि फ़क़ीर कहता था कि दुनिया में मकसद के मुख़्तलिफ़ इलाक़े होते हैं, हर मकसद अपने मुख़्तलिफ़ इलाक़े में रहता है...। इस बात पर वह आवारा दोस्त कहता कि इस शहर में मकसद का इलाक़ा दरिया की यह रेत है, यह समन्दर का किनारा है...यह याद रहे मकसूद वर्ना आज की हवा के हिचकोले में सूखे पत्ते के माफ़िक़ कहाँ उड़कर औंधे मुँह गिरेगा पता भी नहीं चलेगा...।

हुआ यूँ था कि उस आवारा दोस्त का काम बढ़ गया था। आवारा दोस्त का नाम बलराम था।

बलराम को एक शागिर्द की ज़रूरत थी, ताकि मसाज का काम थोड़ा आसान हो जाए। कोई चेला टाइप शागिर्द अगर मिल जाए तो सबसे बढ़िया। यद्यपि वह जानता था कि भला कोई क्यों मसाज का काम सीखेगा? इस काम को लेकर लोग तरह-तरह की बात बनाते हैं। इस काम में आदमी और औरत के जिस्म को छूना जो पड़ता है। सो लोग इसे अच्छी नज़र से नहीं देखते हैं। फिर हर काम की कीमत होती है। कोई भी काम करो तो दो पैसे तो मिल ही जाते हैं। फिर कोई मसाज का काम ही क्यों

करने लगा भला। यूँ भी यह एक नये क़िस्म का काम है। नये काम की तरफ़ लोग जल्दी नहीं आते। ऐसे कामों की कोई मशहूरियत नहीं होती। फिर वह पुरक़शिश भी नहीं होता है। उसने पहले भी एक-दो छोकरों से बात की थी। पर कोई तैयार न हुआ।

कुछ लफंगे टाइप के छोकरे उससे मसाज सीखने के चक्कर में रहते। पर उनका टारगेट मसाज सीखना न होता। बस वे एक या दो बार किसी फिरंगन की मसाज करने के फिराक में मँडराते रहते। बलराम ऐसे लम्पट छोकरों से सख़्ती से निबटता। कुछ छोकरे कभी उसे इस बात के लिए पटाते कि वह उन्हें मसाज के क़िस्से सुनाए। कि क्या-क्या हुआ, कैसा लगा...आदि-आदि। वह ऐसे लफंगों से भी दूर ही रहता। उसे ऐसे छोकरे की तलाश थी जो इस इल्म को इल्म की तरह ले सके। मसाज के काम में जिसे इल्मदां होने की ख़्वाहिश हो।

इस काम की ओर लोगों को खींचने की कुछ तरकीबें हो सकती थीं। उसे पता था। वह इन्हीं तरकीबों को आजमाता। नये छोकरों की एक कमज़ोरी होती है। वे जिस्म को लेकर थोड़े बेताब होते हैं। थोड़े से इश्तियाक़मन्द। ज़्यादातर इसे हँसी-मज़ाक़ की तरह लेते हैं, पर कुछ सीरियस भी होते हैं। मसाज का काम ऐसा मौक़ा देता है। किसी को ख़बर भी नहीं चल सकती कि मसाज करने वाला क्या महसूस कर रहा है। काम की शक्ल में यह किसी ख़्वाब को पूरे इत्मीनान से पूरा करने का मौक़ा देता था। भला जिस्म से जुड़ा कोई ख़्वाब इतने खुलेपन से जिया जा सकता है जितना कि मसाज में। समन्दर की खुली रेत पर, सारी दुनिया की निगाहों के सामने। चोरी अगर बेधड़क हो और वह भी सबके सामने तो फिर वह चोरी कहाँ रह जाती है?

इस तरह बलराम जब शागिर्दगी के लिए किसी छोकरे से बात करता तो इस काम की रूमानियत की बात भी उसे तफ़सील से बताता। बताता कि ऐसा मौक़ा भला कहाँ मिलेगा? पैसा तो ख़ैर ऐसा मुद्दा ही न था कि वे टिक पाते। किसी फिरंगन के साथ भाग जाने का रूमानी ख़याल पल भर को लुभाता तो था, पर इससे एक क़िस्म का ख़ौफ़ और पराए मुल्क की अजनबीयत के ख़याल भी उभरते ही थे। बावजूद इसके मकसूद पर उसकी बात का असर हुआ था। पैसा और रूमानियत दोनों मामले में। बलराम को यह न पता था कि मकसूद के ज़ेहन में बार-बार दरगाह वाला वह फ़क़ीर आता रहता है और उससे कुछ कहता रहता है। इस काम में मन रमाने का जो इज़हार वह कर रहा था उसकी सबसे बड़ी वजह भी वह फ़क़ीर ही था, उसकी बातें ही थीं। बलराम को यह सब पता न था। मकसूद ने भी उसे कभी न बताया। वह इसे उसके नाम से जोड़कर 'मकसद' वाली बात ही कहता रहा। हक़ीक़त उसे कभी पता न चली।

बलराम से मकसूद ने सब सीखा।

बलराम के पास एक छोटा-सा बक्सा था, जिसे वह अपने कन्धे पर लटकाए रखता। कुछ-कुछ वैसा ही जैसा कि बूट पॉलिश वालों के पास होता है। बल्कि उससे थोड़ा बड़ा। बलराम ने बक्सा खोलकर उसे सब दिखाया था। बक्से में तेल की तीन

शीशियाँ थीं। एक शीशी फिरंगियों के लिए थी। उसमें बेहद महीन पतला हल्की ख़ुशबू वाला तेल था। बलराम के कहने पर उसने अपनी हथेली के पीछे एक बूँद टपकाकर खाल पर फैलाकर उसे सूँघा। उसमें से एक ऐसी ख़ुशबू आ रही थी जो उसने पहले कभी न सूँघी थी। दूसरी शीशी दूसरे लोगों के लिए थी। यह भी एक नये क़िस्म का तेल था जो थोड़ा ज़्यादा चिपचिपा और गाढ़ा था पर उसमें कोई विशेष ख़ुशबू न थी। अपना सिर खुजाते हुए उसने बलराम से पूछा—...और यह तीसरी वाली शीशी—बलराम ने गाली का रूपक लगाते हुए कहा—'कुछ ठेठ टाइप लोग भी आते हैं, भो...वालों को सरसों का तेल लगता है। एक तो एक बार कह रहा था कि लहसुन के साथ गर्म किया वाला सरसों का तेल लगाओ। क्या करोगे बिजनेस में हर किसी के माफ़िक़ आइटम रखना पड़ता है।'

बक्से में एक बोतल जैसा कुछ था जिसे बलराम बार-बार थर्मस कह रहा था। उसमें गर्म पानी था। उसने मकसूद की हथेलियों पर थोड़ा-सा गर्म पानी डाला।

'पता चला...बस इतना ही गर्म। न इससे कम, न इससे ज़्यादा। एक ताप है, मीठा गुनगुना-सा ताप, जब ऐसे ताप वाले पानी के छींटे जिस्म पर पड़ते हैं तो जादू का-सा असर होता है।'

'तुझे कैसे पता..?'

'एक फिरंगी ने बताया था। उसने अपने मुल्क में कुछ दिन मसाज देने का काम किया था।'

'...अच्छा...'

मकसूद दरिया की रेत पर उकड़ूँ बैठ गया।

'ये मेरा सीक्रेट है। इस काम में मेरे चल निकलने की वजह यह गुनगुना पानी ही है। यह आइडिया सिर्फ़ मेरे पास था। बाक़ी लोग ठंडा पानी लगाते थे। इसे तू भी सीक्रेट ही रखना।'

'पर इसे छूकर तो ऐसा कुछ भी नहीं लगता।'

'पहले जब फिरंगी ने मुझे बताया था तब मुझे भी ऐसा ही लगा था। गुनगुना पानी भी इनसान की खाल पर ऐसा करतब दिखा सकता है कभी सोचा न था। पर यक़ीन मान मकसूद यार यह कमाल है, कमाल...बस वह ताप बना रहे। इसलिए इसे थर्मस में रखता हूँ।'

बलराम के बक्से में एक पूरी दुनिया थी।

लकड़ी के छोटे-छोटे टुकड़े जो हाथ-पैर की उँगलियों के बीच फँसाए जाकर उन्हें आहिस्ता से दबाने के काम आते। एक्यूप्रेशर के कटखन्ने बेलन जो जिस्म के अलग-अलग हिस्सों में अलग-अलग दबाव के साथ चलाए जाते। कुछ टुकड़े जो उँगलियों के बीच दबाए जाकर जिस्मानी खाल के गोश्त भरे उभारों पर हौले-हौले थपके जाते। कानों को भीतर से गुदगुदाने, खुजलाने के लिए तरह-तरह के बड्स। नेलकटर, मुलायम तौलिये और बालों को खुजलाने की एक तारों से बनी चीज़

जिसके किनारों पर मोती जैसा कुछ लगा था और भी जाने क्या-क्या। इन सब चीज़ों में न जाने किन-किन अजनबी और पराए मुल्क के लोगों के पुरसुकून अहसास जज़्ब थे। अनाम लोगों के दिलों की न जाने कैसी-कैसी गुदगुदियाँ रमीं थीं इन चीज़ों में। थपकते चैन के न जाने कौन-कौन से क़िस्से थे उस बक्से में क़ैद। उन चीज़ों में लिपटा कोई जादू था कि उसकी गिरफ़्त में वे अनजान लोग जिनकी ज़बान भी समझ न आती थी अपनी जेबें ख़ाली कर देते थे। मकसूद ने एक बार फिर से तेल को अपनी हथेली के पीछे की खाल पर टपकाया था, बूँद-दर-बूँद और खाल पर उसके फैलने, फिसलने और धीरे-धीरे जज़्ब होने को महसूस किया था, उसने आँखें बन्द कर ली, उसे सफ़ेद दाढ़ी वाला वह फ़क़ीर दीखा, दीखा कि वह उसके सामने उसका प्याला उठाए खड़ा है और उसने बस अभी-अभी उससे कहा है—कोई फ़र्क़ नहीं होता मर्दाना और जनाना जिस्म में, अपनी हया को हिरा चुकी नज़रें ही हैं जो यह फ़र्क़ करती रहती हैं...।

मकसूद ने मसाज देने के काम में ख़ूब दिल लगाया। समन्दर के किनारे कई दीवानी आँखें उसे तलाशती रहती हैं। अपने जिस्म पर मकसूद की उँगलियों के जादू की गिरफ़्त में क़ैद तमाम लोग बस उसे ही ढूँढ़ते रहते हैं।

सुधीर को मकसूद से मुश्ताक ने मिलाया था। अरे वही मुश्ताक जो सुधीर के घर चरखा रख गया था। जिस चरखे को देखकर अपर्णा को लगा था कि उँगलियों के जिस काम की बात सुधीर कह रहा है वह शायद कातने-बुनने का काम हो।

मुश्ताक मकसूद के साथ सुधीर के घर आता। हर दूसरे रोज़। ज़मीन पर चटाई बिछाई जाती। मुश्ताक कपड़े उतारकर चटाई पर औंधे लेट जाता। मकसूद सुधीर की उँगलियाँ आहिस्ते से मुश्ताक के जिस्म पर रखता। मुश्ताक का जिस्म स्लेट था जिस पर सुधीर को मसाज की हुरूफ़े-तहज्जी लिखने से शुरुआत करनी थी, पहली-पहली बार। सुधीर ने अपने उस्ताद मकसूद से सब सीखा। मकसूद उसे मसाज सिखाता और कहता जाता—यह जिस्म का मामला है, जो शख़्स घिन और हया दोनों से निजात पा सके वही इसमें रम पाए—मुश्ताक बेशरमों की तरह खिलखिलाकर हँस देता—भाईजान इसके और भी फ़ायदे हैं—मकसूद उसके कान खींचता, मुश्ताक चीख़ता—अबे छोड़ नहीं भाग जाऊँगा।

'मुझे लगता है देख सकने वाले लोगों और न देख सकने वालों के मसाज देने में एक बुनियादी फ़र्क़ होता है।' सुधीर ने कहा।

'वह कैसे?'

अपर्णा ने उत्सुकता से उसे देखा।

'जब मैं किसी को देखना चाहता हूँ तो अपने जिस्म पर उँगलियाँ फिराता हूँ। आप सूँघकर, महसूस कर नहीं देख सकते। ठीक तरीक़े से देखने के लिए छूना ज़रूरी है।'

सुधीर ने इस तरह कहा मानो वह कमरे में तनहा हो, कि वहाँ होकर भी अपर्णा न हो। कोई बहुत उतावला-सा अकेलापन हो जिसमें ख़ुद से ख़ुद को कोई बात कहने

को ख़ुद का बरसों का तनहा दिल धड़क रहा हो पूरी शिद्दत से। मानो पर्दे हटाकर ख़ुद के मन में झाँकने की कोशिश। दौलत की ख़्वाहिश में मन की दीवार पर कोई सेंध। मरुस्थल की तपती सूखी रेत पर मन भर पानी उड़ेलने और फिर उसे रेत के प्यासे सूखेपन में जज़्ब होते देखने का कोई ख़याल।

सूखे मृत दरख़्त पर घोंसले की कोई इबारत।

एकान्त में पेन थामे लफ़्ज़ों के इन्तज़ार-सा कुछ...।

'मुझे ठीक-ठीक नहीं पता था कि किसी औरत का जिस्म कैसा होता है? वह कैसी दीखती है? कोई उपाय भी नहीं कि कैसे पता हो। जब आप अन्धे हो, देख नहीं सकते तो फिर आप कुछ भी नहीं देख सकते। औरत को भी नहीं...तुम समझ सकती हो।'

'...'

'जब भी औरत को देखने का मन होता मुझे मेरी माँ याद आती। मैं बचपन में उसके पास सोता था। पर औरत सिर्फ़ माँ नहीं होती।...तुम हँसोगी पर एक बात है...मैंने...मैंने कई-कई बार औरतों की मूर्तियों पर अपनी उँगलियाँ फेरी हैं...उनके मुजस्समे पर, मुजस्समे के हर हिस्से पर बहुत इत्मीनान से अपनी उँगलियाँ चलाई हैं...जैसे...जैसे इस तरह मैं औरतों को देख सकता हूँ...।'

कमरे में एक खिड़की थी। खिड़की के पार नीम की डाली झूल रही थी। दरिया के पास से हवा का एक झोंका आया था अभी-अभी, समन्दर का खारापन सँजोये। खिड़की से फ़र्श पर पड़ती सूरज की रोशनी में लाखों नुक़ते तैरते टिमक रहे थे। बाथरूम की देहरी के नीचे पूरी किनारी पर जहाँ से कल चींटियों की क़तार गुज़रती रही थी मुँह में अंडे दबाए, वहाँ अब उनके गुज़र जाने के निशान बचे थे—मिट्टी के कण, काली बुँदकियाँ, अस्पष्ट-सी खोती दिखती धूसर लकीरें...। गली के पार वाले हैंडपम्प को कोई चला रहा था, एक सी धुन में, उस नज़्म के लिए जो उसके ज़ेहन में कुलाँचें मार रही थी। सुधीर और अपर्णा की बातों के बीच ख़ामोशी बात करती थी चुपचाप। उन दोनों के बीच कुछ लफ़्ज़ थे लजाते, मुस्कुराते, झिझकते, मुँह फेर-फेर लेते से...।

## कैमिला

इस तरह सुधीर शहर की सबसे ख़ूबसूरत औरत को कहता रहता कि उसे नहीं पता कि औरत कैसी दीखती है। कि जवानी की दहलीज़ पर औरत के दीदार का कोई उपाय नहीं। हो भी नहीं सकता।

अपर्णा 'औरत को न देख पाने को' सुनती, चुपचाप।

'मेरा एक दोस्त है मदन। वह इस मामले में मेरी मदद करना चाहता था। वह एक वेश्या को जानता था। उससे उसने बात की थी। वह मान गई थी। पैसे भी कम ले रही थी। पर...।'

'पर क्या...?'

'मुझे लगता यह ठीक न होगा। ऐसी औरतों को लोग जानते हैं। मैं एक ऐसी जगह रहता हूँ जहाँ हर किसी की मेरे घर पर नज़र रहती है।'

'हाँ यह तो है।'

'एक और बात ज़ेहन में आई थी।'

'क्या?'

'उस पल यह भी लगा कि पैसे देकर औरत को देखना ठीक न होगा। यह शायद ग़लत है।'

सुधीर यकायक कुछ और कहते-कहते पल भर को ख़ामोश हो गया। वह कहना चाहता था कि...तुम्हें नहीं लगता अपर्णा कि कुछ चीज़ों को कहा नहीं जा सकता, एक दुनिया है जहाँ कहने का कोई मतलब नहीं रह जाता, जहाँ ज़बान बाँझ हो जाती है, अल्फ़ाज़ ख़ाक और लफ़्ज़ों के मतलब मुट्ठी से फिसलती रेत हो जाते हैं?

'...आधा बचपन और आधी जवानी के दौर का एक चेहरा है। उसका नाम जीवेश था। हम उसे बंडा कहकर चिढ़ाते थे। ख़ूबसूरत मर्दाना जिस्म...।'

कहते-कहते अपर्णा थोड़ा झिझकी। पर फिर लगा जब सुधीर कह सकता है, तो वह क्यों नहीं? अपर्णा को लगा कि कुछ वजह है कि सुधीर झिझक रहा है।

'...तन्दुरुस्त, सुडौल, गोरा, लम्बा...कंजी आँखें घूरने-ताकने की पगलाई-सी जुंबिश के साथ...मैं भी उसके बारे में कह नहीं पाती। उसे कहना कठिन है। उसके प्यार में मैं शामिल न थी। वह उसका अकेला प्यार था। तनहा और मतवाला। प्यार अगर एकतरफ़ा हो तो उसे कहना और भी कठिन होता है।'

अपर्णा सुधीर की पूरी बात सुनना चाहती थी। सो उसने एक दीवार तोड़ दी थी। वह जानती थी कि औरत अगर थोड़ा भी चटका दे तो लगता है अभी सब कुछ दरककर गिर जाएगा और फिर कुछ न रह जाएगा इधर और उधर के दरमियान। यूँ कहना कहने की सहूलियत को बढ़ा सकता है पर दुश्वारियाँ भी पैदा कर सकता है। सुधीर के मामले में उसे लगा कि इससे कह देने की सहूलियत होगी। सो उसने कह दिया।

'एक स्पेनिश औरत थी। उसका नाम कैमिला था। मैं उसे मसाज देता था। मैं उसके मार्फत औरत को देखना चाहता था।'

अपर्णा के ज़ेहन में दो शब्द अटक गए—स्पेन की कैमिला और मसाज। इस बात ने उसके भीतर एक अजीब सा कौतूहल भर दिया। कोई मंज़र उसके ख़यालों में तैर गया। पर वह सुधीर से सुनना चाहती थी। वह इस बात को पूरा का पूरा जान लेना चाहती थी। पर इसके लिए उस दीवार को और तोड़ने की ज़रूरत थी।

‘जीवेश को याद करती हूँ तो लगता है मानो वह यहीं कहीं होगा। उसकी वहशी मोहब्बत मुझे डराती है। मेरा कलेजा मुँह को आता है। आज वह जहाँ भी होगा भरा-पूरा जवान होगा। उन दिनों बचपन की जो मासूमियत उसके चेहरे पर दीखती थी वह अब नदारद हो गई होगी। उसकी जगह जवानी के पक्केपन में लबरेज किसी दीवानगी-सी मर्दाना ख़ूबसूरती ने जगह ले ली होगी...यक़ीनन।’

‘...’

‘...लगता है कभी वह मेरे ख़्वाब में आएगा...।’

‘बोलो...बोलो अपर्णा बोलो...बोलो न...बोलो, बोल दो...।’

‘...कभी अपने ख़्वाबों में मैं उसे भरपूर प्यार करूँगी। आशिक़ अगर काहिल और वहशी हो तब भी वह याद तो आता है...बेशक...।’

...अपर्णा जानती थी कि सुधीर के अफ़साने के लिए झिझक को मिटाना ज़रूरी है...वे सचमुच बहादुर लोग थे जिन्होंने क़िस्से कहे और इस तरह भीतर की किसी झिझक को कपड़े से पोंछ दिया...उसने सोचा...

सुधीर को अच्छा लगा कि अपर्णा ने मिट्टी का तेल छिड़ककर पूरे काले पर्दे को धू-धू कर जला दिया।

‘तुम सच कहते हो सुधीर हम इक्कीसवीं शताब्दी के आदमी-औरत हैं। इस दौर ने कुछ दिया या नहीं पर एकान्त में प्यार की बातें कह देने की हिम्मत दी। इस तरह हया का कोई शीशा टूटा और इज़हार की कोई खिड़की खुली...।’

स्पेन में एक शहर है एलिकैंट। सुधीर और अपर्णा के शहर की ही तरह समन्दर के किनारे बसा। कैमिला वहीं की थी। एलिकैंट में पहाड़ियों की एक क़तार है। छोटी और चपटे सिर वाली पहाड़ियाँ जो समन्दर के किनारे-किनारे दूर तक फैली हैं। पहले वहाँ जैतून और चीड़ के मुंतशिर जंगलात हुआ करते थे पर अब पूरी पहाड़ी पर आबादी बस चुकी है। कैमिला को ये पहाड़ियाँ बहुत ख़ूबसूरत लगतीं।

उसके बचपन में जब वहाँ जंगलात बचे थे, वह वहाँ जाने की ज़िद करती। उसके पिता ट्रकों के टायर सप्लाई करने वाली एक दुकान में मुलाज़िम थे। कैमिला की माँ को गुज़रे सात साल हो गए थे और पिता ने दो साल पहले एक दूसरी औरत से शादी कर ली थी। छह भाई-बहनों में कैमिला चौथे नम्बर पर थी। उनका एक छोटा-सा आशियाना था दो कमरों वाला, एलीकैंट के दक्षिणी हिस्से में। उसके पिता की आमदनी कोई ख़ास न थी। अब उनका ज़्यादातर पैसा इस नई औरत पर जाया होता। कैमिला के दो बड़े भाई बहुत कम उम्र में ही पैसे कमाने लगे थे। बड़ा भाई डेलमार एक क्रूज में पियानो बजाता था और उससे छोटा वाला जेवियर एक दूसरे क्रूज पर वेटर का काम करने लगा था। दोनों घर से अलग रहते। बाक़ी सबको भी उसके पिता ने जल्द कोई ठिकाना ढूँढ़ने को कह दिया था। वह और उससे छोटी बहन और सबसे छोटा भाई सिर्फ़ इसी वजह से घर में टिके थे कि उनकी उम्र तेरह साल से भी कम थी और क़ानूनन उनका पिता उन्हें घर से बेदख़ल नहीं कर सकता था।

कैमिला की बड़ी बहन को महज़ सोलह साल की उम्र में काम तलाशने निकलना पड़ा था। उसने कुछ दिन एक स्थानीय चर्च में खिदमत की जिसके एवज़ में उसे खाना और रहने की जगह मिल गई थी। बाद में उसे एक टूरिस्ट एजेंसी में पर्यटकों को घुमाने वाली बस में एनाउंसर का काम मिल गया था।

सब धीरे-धीरे पिता का घर छोड़कर जाना चाहते थे। घर भी कोई घर न था। पिता और वह औरत रात को ही घर आते। सुबह चले जाते। एक-दूसरे का ख़याल रखते। बेशरमों की तरह एक-दूसरे से इश्क़ लड़ाते। कैमिला को छोटी बहन और भाई की परवरिश करनी पड़ी। हर चीज़ की ज़िम्मेदारी उसकी थी। घर को देखने वाला कोई न था। सिर्फ़ वह ही थी तेरह साल की उम्र में सारे घर को देखती-भालती। तिस पर भी उसे ज़िन्दगी से कोई शिकवा न था। वह अक्सर उन पहाड़ियों पर रात को जाती। कभी बड़ा भाई अपनी कार में उसे वहाँ ले जाता। उसे पता था कि कैमिला को वह जगह कितनी पसन्द है। उसका भाई डेलमार, डेलमार की मंगेतर हैले और वह, इस तरह तीनों उन आबाद पहाड़ियों पर भटकते। वहाँ से एलीकैंट ऐसा दीखता मानो समन्दर के किनारे-किनारे कोई लाखों नगों का हार पड़ा हो। वे वहाँ के पब में बियर पीते और डांस करते। कैमिला को तफ़री का शौक़ था। उसने सोचा था कि वह बड़ी होकर सारी दुनिया घूमेगी। जब वह बड़ी हुई उसने नर्सिंग की तालीम हासिल की और कुछ दिनों तक एक प्राइवेट अस्पताल में काम करती रही। फिर उसने रंगीन मोमबत्तियों की डिज़ाइनिंग करना और उन्हें कास्ट करना सीखा। नर्सिंग के साथ-साथ ऑफ ड्यूटी और ख़ाली वक़्त में वह मोमबत्तियाँ बनाती। एक डिपार्टमेंटल स्टोर के लिए उसने क्रिसमस के लिए बड़ी ख़ूबसूरत मोमबत्तियाँ बनाई थीं। उस साल उसे ख़ासे पैसे मिले थे। फिर मोमबत्तियाँ बनाने के और भी ऑर्डर मिले।

इस तरह उसने दुनिया घूमने के लिए कुछ पैसे इकट्ठे कर लिये थे। उसने शादी न की। सिर्फ़ प्यार किया। वह किसी बन्दिश में नहीं रहना चाहती थी। वह अपने क़दमों से दुनिया नापना चाहती थी। शादी के ख़याल पर उसे हँसी आती थी। घर के नाम पर उसे अपने पिता का घर याद आता था। घर की ज़िम्मेदारियों के नाम पर उसे उबकाई आती थी। उसने दुनिया घूमने का प्लान बनाया।

एलीकैंट सैलानियों का शहर है। दुनिया-जहान के यायावर और बेक़रार लोग यहाँ इकट्ठा होते रहते हैं। कहते हैं यूरोप में सबसे ज़्यादा क्रूज इसी शहर में चलते हैं। सैलानियों से लदे, रक़्स और मौसिकी के कोहराम में डूबे, शराब और ज़ायकेदार खानों की महक बिखेरते और रात के ख़ामोश दरिया के कालेपन में किसी दमकते गहने की तरह ये क्रूज न जाने कहाँ-कहाँ तो जाते रहते हैं। कैमिला के बड़े भाई डेलमार ने जो सैलानियों के साथ क्रूज और बस पर काम करता था उसकी मदद की। उसका प्लान बन गया। पहला प्लान चार माह का था। बाक़ी के बारे में उसने कुछ सोचा न था। इटली, ग्रीस, साइप्रस, टर्की, इजिप्ट, आबूधाबी, कुवैत, इंडिया, नेपाल, कम्बोडिया और फिलीपीन्स।

पर भारत आकर एक गड़बड़ हो गई।

वह ट्रेन में बैठी थी। ट्रेन उसी शहर को पार कर रही थी जिसमें अपर्णा और सुधीर रहते थे। रात थी। कुछ मुसाफ़िर सो गए थे, कुछ जाग रहे थे। जब वह वॉशरूम में थी, ट्रेन स्टेशन के आउटर में थोड़ी देर को रुकी थी। जब लौटी तो देखा कि उसका पर्स ग़ायब था। उसने इधर-उधर देखा पर वह न मिला। टी.टी.ई. को बताया। टी.टी.ई. ने कहा कि किसी ने चुरा लिया होगा। शहर के आउटर में यह होता रहता है। कैमिला को काटो तो ख़ून नहीं। उसके सारे पैसे, डेबिट कार्ड और कुछ ज्वैलरी उस पर्स में था। थोड़ी देर बाद उसके मोबाइल में डेबिट कार्ड से पैसे निकलने का सन्देश आने लगा। पैसे स्पेनिश मुद्रा यूरो में निकल रहे थे। वह थोड़ा घबरा गई। टी.टी.ई. उसकी बात को ठीक-ठीक समझ न पा रहा था। बस इतना जान पाया कि इसका पर्स चोरी चला गया है। उसने स्टेशन के जी.आर.पी. थाने में शिकायत करने की सलाह उसे दी। इस तरह वह अपने सामान के साथ इस शहर के स्टेशन पर उतर गई।

उसने पुलिस में कम्प्लेन की। थोड़े-बहुत पैसे उसकी जेब में थे। एक सस्ता होटल देखा और इस उम्मीद में कि जल्द ही उसका पर्स मिल जाएगा उस होटल में टिक गई। उसने अपने भाई डेलमार को भी इस वाकये के बारे में बताया। उसने सोचा था कि जैसे ही उसे उसका पर्स वापस मिल जाएगा वह लौट जाएगी। इस तरह एक हफ़्ता बीत गया। उसके पास जो कुछ थोड़ा-बहुत पैसा था वह भी ख़त्म होने लगा। पर हुआ यूँ कि उसे ऐसी भयानक घटना के बाद भी भारत का यह शहर अच्छा लगा था। ख़ासकर उस पल जब होटल वाले ने उससे कहा कि जब पैसे मिल जाएँ तब दे देना। वह अचरज से होटल वाले को देखती रही थी। फिर जब उसने यह कहा कि अगर वह पैसे न भी दे पाई तब भी कुछ नहीं होता, मुसीबतज़दा की मदद तो ईमान का काम है, तो उसके ताज्जुब का ठिकाना न रहा। होटल एक बेहद छोटा होटल था। तंग-सी गली में। कभी वह उस मुफ़लिस से होटल को देखती तो कभी उसके उस बुज़ुर्ग-से मालिक को जो उसे 'बेटी' कहकर सम्बोधित करता था। मुफ़लिसी में भी इतनी मोहब्बत देखकर वह दंग रह जाती। खाना इतना सस्ता कि एक यूरो में भरपेट मिल जाए। एक बिलकुल अलग-सी दुनिया। निश्चिन्त से लोग, रंग-बिरंगे कपड़ों में तफ़री करती भीड़, मन्दिर से आने वाली प्रार्थना की घंटियों की आवाज़, अजीबोग़रीब पर बेहद स्वादिष्ट खानपान, पान की दुकान और बीड़ी। मानो कोई जन्नत हो। वह अचरज में पड़ गई जब पान वाले ने उसे दस रुपये में चालीस बीड़ी दे दी। इतना सस्ता।

उसे लगता कि शायद उसके पर्स गुमने में भी कोई भलाई हो। न गुमता तो क्या वह ऐसी अचरज भरी दुनिया देख पाती। पर उसे लौटना था। उसने अपना वीसा एक्सटेंड करवा लिया था। उसने सोचा कि वह कुछ पैसे इकट्ठे कर ले ताकि वापसी का टिकट खरीद सके। इस तरह उसे मोमबत्तियाँ बनाने का ख़याल आया। होटल

वाला उसकी परेशानी समझता था। उसकी मदद करना चाहता था। उसी ने उसे उन शोरूम वाले एक-दो लोगों से मिलवाया था जो मोमबत्तियाँ बेचते थे।

पहले कैमिला ने उस दुकानदार को एक-दो डिज़ाइन बनाकर दिये। दुकानदार को वे डिज़ाइन बहुत अच्छे लगे। भारत में या तो चाइनीज़ मोमबत्तियाँ बिकती थीं या बेहद लद्धड़ क़िस्म की देसी। कोई नया डिज़ाइन न था। कैमिला के डिज़ाइन उस दुकानदार को बड़े पसन्द आए। उसका एक छोटा-सा शोरूम था एक मॉल में। बिक्री अच्छी थी।

कैमिला ने देखा कि भारत में मोमबत्तियाँ पूरे साल बिकती हैं। लोग गिफ़्ट में देते हैं, मन्दिर और दरगाहों में लगाते हैं, घरों में सजाते हैं, बार-बार लाइट जाने पर मोमबत्तियाँ ही काम आती हैं, दीवाली और शबे-बरात जैसे त्योहारों में तो इनकी इतनी माँग हो जाती है कि कितना भी सप्लाई कर दो कम है। इधर कुछ लोग ऐसे हैं जो चाइनीज़ मोमबत्ती नहीं ख़रीदना चाहते। वे स्वदेशी की बात करते हैं। पर भारत में बनी मोमबत्तियाँ इतनी सुन्दर नहीं हैं कि ख़ूब बिकें। दुकानदार ने अपने काउंटर के ऊपर एक छोटा-सा फ्लैक्स लगा लिया—स्वदेशी ख़ूबसूरत मोमबत्तियाँ यहाँ मिलती हैं। इस तरह कैमिला की मोमबत्तियाँ चल निकलीं। उसने एक कमरे वाला एक छोटा-सा फ़्लैट किराए पर ले लिया। बिल्डिंग के सबसे ऊपर वाले माले पर। उसने अपना वीसा फिर एक्सटेंड करवा लिया। वह अब कुछ और समय यहाँ रहना चाहती थी। होटल वाले को उसने पैसे दे दिये। उसने उसे ख़ासा रिबेट दिया। एक तो इतना कम किराया और सस्ता खाना ऊपर से रिबेट...कैमिला ख़ुश थी। एक दिन जी.आर.पी. थाने से उसके गुमशुदा पर्स के मुतल्लिक एक समन आया। वह थाने गई। पर्स गुमे चार महीने बीत चुके थे। उसने थानेदार से दो टूक शब्दों में कह दिया—मिले तो ठीक, न मिले तो भी ठीक...मेरी बला से। थानेदार उसे अवाक्-सा देखता रह गया।

कैमिला बेहद साधारण पर हसीन थी। उसका चौड़ा गोरा माथा उसके पतले भूरे गेसुओं से ढका रहता। कभी बहुत शौक़ से वह इस गोरी संगमरमर-सी पेशानी के बीचोबीच गहरे हरे रंग की बड़ी-सी बिन्दी लगा लेती थी। उसकी नीली आँखें पतली और लम्बी थीं। उसके चेहरे की बनावट अंडाकार थी और बाएँ गाल पर एक तिल था। उसकी पतली गर्दन और उभरी कॉलर बोन के साथ फैले चौड़े कन्धों में एक मुख़्तलिफ़ क़िस्म की कशिश थी। वह लम्बी थी, पर उसकी चाल में कोई ऐब न था। उसका जिस्म दरमियानी था। वह ख़ुदऐतमादी से भरी एक बेहद ख़ुशमिज़ाज औरत थी जिसे देखकर फिर से देखने का जी हो आता था।

'तुम मेरे साथ एलीकैंट चलोगे।'

उसने सुधीर से कहा था।

सुधीर उसे मसाज देने आता था। मसाज देने के बाद कभी-कभी दोनों बातें किया करते थे। कैमिला को सुधीर एक अजीब आदमी लगा था। सुधीर नाबीना था,

कुछ भी देख न सकता था और मसाज देता था। उसे देखकर उसे थोड़ा अचरज और थोड़ा अच्छा-सा लगा था। उसने उसे सबसे पहले समन्दर के किनारे देखा था।

एलीकैंट में मसाज देने के कई पार्लर हैं। समन्दर के किनारे कई लोग मिलते हैं जिनकी प्री बुकिंग लोग कर लेते हैं। यह एक बहुत फलता-फूलता कारोबार है। सुधीर को देख उसने सोचा कि वह इससे मसाज के लिए बात करे। वह जानती थी कि यहाँ औरतें ही औरतों को मसाज देती हैं इसलिए उसने पहले ही कह दिया था कि वह चाहती है कि सुधीर उसके फ़्लैट पर आए। पहले तो वह तैयार न हुआ। पर पैसों ने बात बना दी। सुधीर ने उससे वादा लिया कि वह किसी को न बताएगी कि वह उसे मसाज देने आता है। भारत में रहते-रहते वह इस बात को समझने लगी थी, कि इस तरह की बातें इस मुल्क में नहीं की जा सकती हैं। उसने हाँ कर दी थी।

'सिर्फ़ एक बार...वह भी घूमने-फिरने के लिए।'

कैमिला हँस दी—मैं तुम्हें खा थोड़े जाऊँगी। कैमिला बहुत टूटी-फूटी हिन्दी बोलती थी। उसके कहे को समझने के लिए उसे ग़ौर से सुनना पड़ता था।

कैमिला के सारे कमरे में मोमबत्तियाँ बिखरी रहतीं। हर तरफ़ रंग-बिरंगी मोमबत्तियाँ। फ़र्श पर, टेबल पर, किनारे रखे कार्टून्स में...पर कुछ दिनों बाद वे बहुत तरतीब से रखी जाने लगीं। उसका मोमबत्तियों का काम बढ़ गया था।

सुधीर इत्मीनान से अपर्णा को कैमिला का क़िस्सा सुना रहा था। अपर्णा बहुत धैर्य से सुन रही थी।

'मैंने उसके ही कमरे में पहली बार आग पर गर्म होकर पिघलते मोम की ख़ुशबू को सूँघा था। तुम्हें पता है अपर्णा ख़ुशबू में जादू होता है...।'

...बाहर कोई चिड़िया गा रही थी रुक-रुक कर। रात घिरने को लपक रही थी...

'अगर आप पिघलते मोम को ठीक से सूँघे, उसे थोड़ी देर तक फेफड़ों में भर लें तो वह ख़ून में घुलने लगती है। हर ख़ुशबू ख़ून में नहीं घुल पाती पर पिघलते मोम की ख़ुशबू वह ख़ुशबू है जो ख़ून में घुल जाती है और फिर ख़ून के रास्ते जिस्म की हर कोशिका में प्रविष्ट होती जाती है। जिस्म की जो ख़ुशबू होती है उसमें वे ख़ुशबुएँ शामिल होती हैं जो ख़ून के रास्ते कोशिकाओं तक पहुँचीं। हम जो सूँघते हैं, जतन से, वही हमारे जिस्म से फूटता है।'

रात घिर आई थी। काले बादलों में लिपटा आसमान अपनी रोशनियों से बिछड़कर उदास दीख रहा था। शहर का शोर तनहाइयों से हमबिस्तर था। दूर समन्दर की लहरें न जाने किन परदेसियों के लिए चट्टानों पर अपना माथा फोड़ रही थीं। रात की काली ताक़तवर परछाइयों में रोशनियों का जिस्म पिघल रहा था। कहीं कोई पर्दा गिर रहा था मोहब्बत की ख़ामोशियों का सरपरस्त होता। हवाओं में बादलों के गुदगुदाते दिलों की नमी थी घरों के ख़ामोश पर्दों को फरफराती। एक तसल्ली जज़्ब हो रही थी कि अब जो आएगी तो न गुज़रेगी यह शब जमती हुई उन नसों में जो

तनहा धड़कती रहीं बरसों से किसी के लिए बेपरवाह...। ज़मीन के सूखे लबों पर टपकने अँधेरे में तैरते बादलों से बूँदें गिरती आ रही थीं...।

'...कैमिला लेटी होती और मैं उसे मसाज दे रहा होता। पास ही बिजली के हीटर में मोम पिघल रहा होता...खदबदाता, धुआँ-धुआँ होता। वह जानती थी कि मुझे इसकी ख़ुशबू अच्छी लगती है। वह उसे खदबदाने देती। तेल में लिथड़ी मेरी उँगलियाँ उसकी पीठ पर सरकतीं...मेरी हथेलियाँ उसकी पीठ के नाज़ुक उभारों को दबातीं, सहलातीं...। पिघलते मोम को मैं सूँघता जी भर। उसके धुएँ को भर लेता अपने फेफड़ों में। कैमिला कभी मेरी उँगलियों को पकड़ लेती। उसे पीठ के किसी और हिस्से में सरका देती। मैं हीटर पर खदबदाते मोम की आवाज़ सुनता... खदबदाकर उछलते, उछलकर हीटर के गर्म जिस्म पर गिरते, फिर और पतला होकर फिसलते, बुलबुलों की आवाज़ में बेतहाशा फूट-फूट कर बिखरते, बाहर टपक-टपक कर मोटी धार में बहते मोम की आवाज़ को मैं सुनता...तअज्जुब से,... सूखे गले और धड़कते जिस्म में मोम की हर हरकत उतरती जाती...धीरे-धीरे...।'

...वह पल भर को ख़ामोश हो गया।

बाहर बूँदें टपटपाने लगी थीं। नीम की डाल भीगकर फहरा रही थी। चिड़िया भीग-भीग कर अपने पंख फड़फड़ा रही थी। घोंसले के चूजे आसमान की ओर मुँह बाए चिचिया रहे थे बूँदों की ख़्वाहिश में। नीम की हरी पत्तियों का झुंड धूल की परत उतारकर नंगा हो गया था, जिस्म से बूँद-बूँद पानी टपकाता। समन्दर के किनारे लड़कियों का एक झुंड भीग रहा था, जवानी की दहलीज़ पर पहली बार भड़भड़ाती बारिश में। ज़मीन के पेट में बीज कुलबुलाए थे उन पर रिसते आते पानी से।...

सुधीर ने अपर्णा के हाथों पर अपना हाथ रख दिया—

'आग पर खदबदाता, उछलता, गिरता, धार-धार बहता शीशे जैसा साफ़-सुथरा सफ़ेद मोम कैसा दीखता है अपर्णा...चिकना सफ़ेद शफ़्फ़ाफ़ मोम, पतला तार-तार, बूँद-बूँद अपने चिकनेपन में अपनी मटमैली-सी सफ़ेदी लिये...क्या तुम मुझे उस मोम को बाँच सकती हो अपर्णा...जो रिसता है तार-तार, फिसलता है बूँदों में...सरकता है आहिस्ते-आहिस्ते अपनी तरलता के लेईपन में...महीन, नाज़ुक,पानीदार...होता धुआँ-धुआँ...क्या तुम बाँचोगी उसे...।'

सुधीर के चेहरे पर ख़ामोशी थी।

अपर्णा के चेहरे पर बेताब-सी उत्सुकता।

सुधीर छाती से घुटने लगाए बैठा था। अपर्णा चाय बनाने उठी तो देखा पत्ती ख़त्म थी। किचन से बाहर बैरंग लौटी तो देखा सुधीर खिड़की में मुँह दिये बाहर देख रहा है। बाहर गिरते झमाझम पानी में उसका चेहरा था। उसके बाल भीगकर टपक रहे थे। शर्ट गीली होकर शरीर से चिपक गई थी। काले चश्मे पर पानी की बूँदें फिसल रही थीं।

'...कैमिला बताती थी कि उसके मुल्क में बहुत ठंड पड़ती है, पानी बहुत कम गिरता है। पहली बारिश में जिस्म की तपन पर गिरते झमाझम पानी के सुख के बारे में उसे कुछ भी पता न था...।'

'तुम उसे बहुत चाहते थे...है न...।'

'नहीं...।'

'नहीं...?'

'हाँ। मैं उसे नहीं चाहता था। मैंने उससे प्यार नहीं किया।'

'ओह...!'

'मैं तो बस यह देखना चाहता था कि औरत कैसी दीखती है...और कुछ भी नहीं। पर यह भी सम्भव न था।'

'क्यों?'

'मसाज में जिस्म के कुछ हिस्से वर्जित होते हैं इसलिए आप पूरी तरह से जान नहीं सकते। जिस्म के हर हिस्से तक उँगलियाँ नहीं पहुँच सकतीं। मकसूद ने इस क़ायदे और पाकीज़गी पर मुझे बहुत कुछ बताया था। बताया था कि एक लाइन है, बहुत महीन और इसे सिर्फ़ और सिर्फ़ वह शख़्स ही जान सकता है जो मसाज देता है। मसाज देने वाले को यह इल्म हर पल होना चाहिए कि एक दायरा है...कि यह बहुत सलीके और पाकीज़गी की बात है। हर उबाल, हर उत्तेजना को हथेली में मसल कर, ख़त्म कर ही यह काम सीखा जाता है। वह किसी फ़क़ीर की बात करता...किसी सच्ची ईमानदारी की...यह आसान न था...।'

'तुम भीग गए हो।'

'तुम्हें भीगना अच्छा नहीं लगता?'

'...जब-जब जीवेश की आँखें दीखती थीं...तब-तब डर के साथ एक और ख़्वाहिश भी होती थी...आँगन में फुहार होती बारिश में भीगते रहने की ख़्वाहिश... कि हाथ फैलाकर चेहरा आसमान की ओर उठाकर भीगती रहूँ...भीगती रहूँ...तब पता न था कि यह सिर्फ़ बारिश में भीगना भर नहीं है...।'

'...फिर से जीवेश...कौन है यह...कौन?'

'लम्बा क़िस्सा है। तुम्हारे क़िस्से से भी लम्बा।'

'सुना न...।'

'न, अभी नहीं...।'

'ऐ बता न...बता न यार...।'

'अभी वादा यह है कि पहले तुम अपनी मोमबत्तियों वाली कहानी पूरी करोगे... उसके बाद मैं अपनी मोमबत्तियों वाली कहानी सुनाऊँगी...।'

'वह तुम्हारा आशिक़ था क्या?'

'...तुम कपड़े बदल लो बीमार पड़ जाओगे...।'

'...ऐ बता न...।'

उसने अपर्णा को पकड़ने के लिए हाथ बढ़ाया। अपर्णा उससे दूर थी।

'...यह पहन लो।'

वह उसके कपड़ों की रैक से एक शर्ट उठा लाई थी। सुधीर ने शर्ट को छुआ—

'यही क्यों...?'

'इस शर्ट में तुम बहुत अच्छे दीखते हो...।'

उसने हाथों से टटोलकर उसकी बाँहों को पकड़ लिया। फिर धीरे से उसके माथे पर अपने होंठ टिका दिये। वह उसकी बाँहों में सिमट आई।

बाहर बिजली की रोशनी हुई और फिर उसके कड़कने की आवाज़ से कमरा कँपकँपा गया। गली में कोई रिक्शा गुज़र रहा था लय में टुनटुनाता। पानी में छपाका कर खिलखिलाते बच्चों का कोई बहुत अपना-सा शोर सुनाई देता था, रुक-रुक कर। बारिश ख़त्म थी और बारिश के गुमान में घरों की छतों से अब भी धार गिर रही थी। बादलों ने सरकना शुरू कर दिया था। छुपने-छुपाने की जुगत में आसमान की बाँहों में चाँद खिलखिला आया था और यह काहिल दुनिया भी उन दोनों की दूधिया चटक मोहब्बत में सराबोर होने जा रही थी।

## अक्स

'चलो अब आगे का क़िस्सा सुनाओ...।'

अपर्णा चटाई खींचकर उस पर बैठ गई। सुधीर के ठीक सामने बच्चों की तरह अपनी हथेलियों पर ठोड़ी जमाए—चलो अब आगे का क़िस्सा सुनाओ...

आज अपर्णा जल्दी आ गई थी। घर में मन न लगता था। जी करता सारा-सारा दिन सुधीर के साथ गुज़ार दे। पिता ने मोहलत दे रखी थी। पिता अपर्णा को इतना प्यार करते थे कि जो मोहलत वो अपर्णा को देते उसकी हद तय नहीं कर पाते थे। सारी दुनिया अपने में मगन थी। आज की बेपरवाह दुनिया। चारों ओर नज़रअन्दाज़ी थी। सड़कों, गलियों, नुक्कड़-चौराहों...हर जगह नज़रअन्दाज़ी का बोलबाला था। कहीं कोई शिकवा न था। कुछ इस तरह कि कोई जिये या मरे दुनिया को क्या लेना-देना। भागती-दौड़ती दुनिया में अपनी मशगूलियत के पीछे-पीछे भागती अपर्णा पर किसी को ग़ौर न करना था। कोई नज़र न थी जो उस पर टिकती कि यह लड़की कहाँ जाती है, क्या करती है। बेफ़िक्र होकर अदना-सी चीज़ों के पीछे भागती-दौड़ती दुनिया में ख़ुद में मगन अपर्णा को ग़ज़ब का सुकून मिलता। फिर आज की बदनाम दुनिया में इल्ज़ामातों की किसी को क्या परवाह? अपर्णा जैसी खुले ख़यालों वाली लड़की तो इसकी कोई फ़िक्र भी न करे। वह धीरे-धीरे खुले ख़यालों की दुनिया में आई थी। दुनिया ने क्या दिया और क्या दे देगी वह जानती थी, रात-दिन अपने मन में

तमाम क़िस्म की नफ़रतों और गुरूर को पालने-पोसने वाली दुनिया से उसकी कोई उम्मीद हो भी नहीं सकती थी। मानो तो बदनामी, न मानो तो फ़ितरत। एक लकीर है जिसे तमाम लड़कियाँ पार कर रही हैं। अपर्णा ने उसे कब का लाँघ लिया है। वह अपने ख़्वाबों के ख़िलाफ़ रत्ती भर भी किसी फ़ैसले को कुबूल करने को तैयार नहीं।

'बताओ न आगे क्या हुआ...?'

'जैसा कि मैंने कहा कि मसाज देने में भी एक क़िस्म की मुमानिअत होती है।'

'मुमानिअत?'

'यानी निषेध, प्रोहिबिशन...?'

'ओह!'

...बाहर हवा चली थी। दरवाज़े के ऊपर लगा टीन शेड खड़खड़ाया था। सूँ-सूँ की आवाज़ होकर एकदम ख़ामोशी पसर गई थी।...

'कैमिला को मसाज देकर मैं औरत को अधूरा जान पाया था। मेरे अँधेरे में औरत का एक अधूरा अक्स बन चुका था। मैं उस अधूरे अक्स में अटका हुआ था, मेरे हाथ में रंगों से भरे ब्रश थे पर मुझे पता न था कि औरत के अधूरे चित्र को पूरा कैसे किया जाए?'

वह चुप हो गया।

'फिर...।'

'बात ये हुई थी कि पहले तुम अपना क़िस्सा पूरा करोगी। तुम्हारा मोमबत्तियों वाला क़िस्सा। फिर मैं कहूँगा, अपना मोमबत्तियों वाला क़िस्सा।'

'झूठे। ऐसी कौन-सी बात हुई है मेरे तुम्हारे दरमियान।'

'तुमने साँपों को इश्क़ लड़ाते देखा है?'

'न। पर अब तुम बात को घुमा रहे हो।'

'न...। पहले मेरी बात का जवाब दो। लम्बे काले साँपों का इश्क़...।'

'अच्छा बताओ...क्या होता है, साँपों के इश्क़ में?'

'जब साँप इश्क़ करते हैं तो वे एक-दूसरे पर लिपट जाते हैं। एक-दूसरे में गुँथ जाते हैं। ज़मीन पर गुँथे-गुँथे लोटते हैं, सरकते चले जाते हैं। क़िस्से भी साँपों के इश्क़ की तरह होते हैं। एक-दूसरे में गुँथे...साथ-साथ लोटते, एक-दूसरे से लिपटकर सरकते...। बतकही की ज़मीन पर क़िस्से, एक-दूसरे से इश्क़ करते रहते हैं। इसलिए अब तुम अपना क़िस्सा शुरू करो।'

'ठीक है। पर उस मिट्टी के कास्ट को तोड़ देते हैं।'

'ठीक है...।'

मिट्टी के कास्ट को तोड़ना अपर्णा को अच्छा लगता है। वह सलीके से पहले उसके किनारों को झाड़ती है। धीरे-धीरे मिट्टी की ऊपर की ख़ुश्क परत उतारती है गोया उबला आलू छील रही हो जैसे। इतनी तहज़ीब से कि भीतर के मोम पर उसका नाख़ून न छू जाए। हटती हुई मिट्टी के पीछे से मोम झाँकता है। अपने रंग में मानो कोई दूध पीता बच्चा हो जो माँ का दामन हटाकर पल भर को उसे देख पोपले मुँह

से शरारत भरी मुस्कान बिखेर रहा हो। करीने से हटती परतों के अन्दर से मोम के रंगीन जिस्म के अवतरण को देखना अपर्णा को अच्छा लगता है। पल भर को वह सुधीर को घूरती है...अचरज से, प्यार से...कैसे कर सकता रहा वह, कैसे-कैसे कर रहा है वह यह सब...कौन-सा वह जतन, कौन-सी दिल्लगी...कैसे-कैसे वे जज्बात...जो वह करीने से गढ़ता रहता है, बनाता रहता है यह सब अपने कोने में समाई तनहाइयों की दीवानगी में...।

'हाँ, सुनाओ अब...।'

सुधीर ने कास्ट टूटने की आवाज़ को ग़ौर से सुना। फिर मोमबत्ती के अवतरण की बेहद नाज़ुक आवाज़ उसे सुनाई दी। फिर अपर्णा के झुमकों की हल्की-सी टिनटिनाहट और चुन्नी की बेहद महीन-सी सरसराहट—सुनाओ अब...।

'वह मेरा दूसरा प्यार था।'

'दूसरा? मतलब दो थे।'

'अरे नहीं। जीवेश वह था जिसने मुझे चाहा। मैंने उसे नहीं चाहा था। यद्यपि मैं ठीक-ठीक नहीं जानती कि ऐसे कितने थे जो मुझे चाहते थे।' वह मुस्कुराई।

'पर वह याद रहा। यह दूसरा वह था जिसे मैंने चाहा था।'

अपर्णा के चेहरे पर झिझक की एक लकीर खिंच आई।

'क्या नाम था उसका...।'

'अदीब...।'

'अदीब...?'

'पूरा नाम अदीब ख़ान। पर हम उसे अदीब ही पुकारते थे। हर कोई अदीब ही कहता।'

'अच्छा...तो आगे क्या...!'

'एक बात कहूँ। मज़ाक़ तो न बनाओगे।'

'बोलो।'

'डर लगता है।'

'हाँ, आजकल माहौल ही कुछ ऐसा है...।'

'मतलब?'

'यही हिन्दू-मुसलमान।'

'अरे वो बात नहीं है...।'

'फिर...।'

'औरत के इश्क़ का क़िस्सा उसके भीतर की किसी खोह में दफ़न होता है। उसे बताना किसी बाक़ायदा सही तरीक़े से दफ़नाए गए अस्थिपंजर को फिर से उखाड़ना होता है।'

'अभी तो तुम कह रही थीं कि तुम इक्कीसवीं सदी की लड़की हो। बड़ी बोल्ड हो।'

'तुम यह जानो कि मैं और कैमिला दो मुख़्तलिफ़ मिट्टियों से बनाई गई औरतें हैं।'

'समझ सकता हूँ। जानता हूँ पर तुमने कहा कि तुम बोल्ड हो।'

'हाँ, यह तो है, पर इतना आसान भी नहीं। जितना आसान कैमिला के लिए है उतना नहीं।'

'समझता हूँ कि यह दुनिया एक है पर तुम दोनों के लिए इश्क़ के अलग-अलग फ़लसफ़े गढ़े गए हैं। जो दो मुल्कों के बीच खिंची लाइन होती है वह इश्क़ के फ़लसफ़े को बाँटने वाली लाइन भी होती है।'

वह उसे सुनती रही।

'लगता है कि उन अलग-अलग फ़लसफ़ों में लफ़्ज़ों की दग़ाबाज़ी है।'

'तुम्हारे लिए इश्क़ के मतलब और कैमिला के लिए इश्क़ के मतलब में अदावत है। हमारे यहाँ औरत के लिए ईज़ाद इश्क़ के फ़लसफ़े में दुनिया की सबसे घनी और परतदार ज़मीन है जिस पर जिल्लत के कँटीले जंगलों का राज है...।'

'ओह सुधीर...तुम कितना ठीक-ठीक समझते हो...कितना दुरुस्त...।'

'तुम मुझे कह सकती हो। देखो, यहाँ मैं हूँ और तुम हो। यह जो दरमियाँ है यह मौत तक चलेगा...कहो...बिन्दास कहो अपर्णा...।'

अपर्णा खिड़की के पास जाकर खड़ी हो गई। बाहर गली के पार चबूतरे पर एक मोची जूते चमका रहा था। वह इतना मगन था कि सूरज को चमकने के लिए उसके हाथों में नाच-नाच कर चमचमाते जूते के अलावा कोई और जगह अब तलक नसीब न हुई थी।

अपर्णा के मन में बहुत से अधखुले अक्स थे। वह कन्फ़र्म होना चाहती थी। वह नहीं जानती थी कि सुधीर के क़िस्से में आगे क्या हुआ? क्या ऐसे में अपने क़िस्से का सारा सच बताया जा सकता है। अगर इन दो मुख़्तलिफ़ क़िस्सों का अन्त ऐसा हुआ कि सुधीर बच जाए और उसका सारा सच सामने आ जाए तो? पर उसने यह तो कह ही दिया है कि वह उसका दूसरा प्यार था। उसे अब इसी बात से आगे जाना होगा। वह अब मुकर नहीं सकती। उसने यह भी कह दिया है कि इस दूसरे आशिक़ को उसने ही चाहा था। वह जीवेश न था, वह, वह था जिसको उसने अपना आशिक़ मानकर प्यार किया। उसके मन में सुधीर की कुछ दिनों पहले कही एक बात गुज़रती गई—यक़ीन करो, तुम वह हो जिसे मैं अपने ख़्वाब भी बता सकता हूँ—बार-बार गुज़री एक बात जो इस पल उसके ज़ेहन से लगातार गुज़रती जा रही है—...यक़ीन करो, तुम वह हो जिसे मैं अपने ख़्वाब भी बता सकता हूँ...। पर फिर भी यक़ीन करना मुश्किल था। उसे इस पर बात करनी ही चाहिए। यदि मामला न सुलटा तो वह अपने क़िस्से का सच छुपा लेगी। झूठ बोल देगी। ऐसा उसने सोचा। उसने थोड़ा दूसरी तरह से बात शुरू की—

'...मेरी माँ एक बात कहती है।'

‘क्या?’

‘मैंने उसे जीवेश की आँखों के बारे में बताया था।’

‘जीवेश...फिर आ गया जीवेश...पहले तुम इसके बारे में ही बताओ यार...।’

‘बस तुम इतना जान लो कि मैं उसकी आँखों से ख़ौफ़ खाती थी। माँ ने कहा था कि इश्क़ में एक क़िस्म की सहूलियत होती है। यक़ीन करने की सहूलियत। औरत आसानी से यक़ीन कर लेती है। पर यह ख़तरनाक है। औरत को आदमी पर थोड़ा शक करना ही चाहिए। यह शक ज़रूरी है। ऐसा वे कहतीं।’

‘...यार अब तुम यक़ीन करो या न करो...पर तुम इतना तो बता ही चुकी हो कि अदीब से तुमने मोहब्बत की। अब मैं इस बात को किसी भी तरह से सोच सकता हूँ। यह तुम्हें पहले सोचना था कि कहूँ या न कहूँ। तुम अगर न बताओगी तो ज़्यादा गड़बड़ होगी क्योंकि तब मैं यह सोचने को आज़ाद होऊँगा कि तुम्हारे और अदीब के बीच क्या-क्या हुआ होगा...।’

‘...बड़े दुष्ट हो तुम। तुम क्या सोचते हो कि क्या हुआ होगा मेरे और अदीब के बीच...।’

‘इधर आओ...कान में बताता हूँ..।’

उसने उसके कानों में बताया।

‘यू रोग...स्काउंड्रल...तुमने ऐसा सोचा भी कैसे...।’

‘तुम न बताओ मैं तो ऐसा ही सोचूँगा। अच्छा ज़रा यह भी ख़याल करो कि क्या दुनिया में कोई ऐसा आशिक़ होगा जो अपनी माशूक़ा के मोहब्बत का क़िस्सा सुनने को इतना ख़्वाहिशमन्द हो...बोलो...बोलो...।’

अपर्णा ने कुछ नहीं कहा। बस सुधीर की छाती में अपना सिर धँसा दिया। उसके मन में कुछ शब्द गूँजे—बताऊँगी सुधीर...ज़रूर बताऊँगी...एकदम...।

उस रात अपर्णा को ख़्वाब में जीवेश दीखा।

...आदमक़द शीशे के सामने वह खड़ा है...ख़ुद को घूरता...वह उसे घूर रही है, अपनी तरह से...वह एक ख़ूबसूरत आदमी है, वह उसके ख़्वाबों में आएगा... उसके पास कहीं और जाने की कोई तरकीब भी तो नहीं...

## अदीब, ओह अदीब-1

कॉलेज के दिनों में वे पाँच थे। उन पाँचों का एक ग्रुप था। अपर्णा, रिद्धी, जुहेरा, सौदामिनी और अदीब। अदीब कहता कि नम्बरों को पता होता है कि दोस्तों के ग्रुप कितने में बनते हैं। पाँच का ही ग्रुप होता है। पाँच इश्क़ का नम्बर है। वह कहता कि ‘एक’ इश्क़ का नम्बर है पर ‘तीन’ इश्क़ का नम्बर नहीं

है। क्योंकि 'एक' से अकेला होता है। 'एक' जो हमेशा मोहब्बत करता है। एक ही दीवाना होता है। एक ही तनहा होता है। सबसे तनहा नम्बर 'एक' है इसलिए इश्क़ की गिनती एक से शुरू होती है। इश्क़ की गिनती में एक के बाद 'दो' आता है और दो के बाद पाँच। दो इसलिए कि न चाहो तब भी कोई दो होते ही हैं, एक लड़का और एक लड़की। भले ख़्वाब में ही हों। इसलिए इश्क़ की गिनती में एक के बाद दो और फिर तीन और चार को छोड़कर सीधे पाँच आ जाता है। इसलिए वे पाँच हैं—ऐसा वह कहता।

पाँच के इस ग्रुप को उन पाँचों ने एक नाम दिया था—पंचायत। सारे कॉलेज वाले उनके ग्रुप को 'पंचायत' ही कहते।

पाँचों में से रिद्धी और अदीब ठीक-ठीक अपने नामों जैसे थे। जब किसी अच्छे काम की शुरुआत करनी होती या किसी अपशकुन का शुबहा होता तो वे लोग रिद्धी को आगे कर देते। रिद्धी का मतलब था—शुभ, अच्छा-अच्छा। अदीब पढ़ने-लिखने वाला बेहद तहज़ीब वाला लड़का था। किताबों में घुसा रहने वाला और शेरो-शायरियों की दुनिया का बाशिंदा। वह थियेटर में भी काम करता। उसके ख़यालों में फ़िल्मों में काम करने की कई बातें आती रहतीं। किताबें, नई-नई तालीम की बातें, कविताएँ और थियेटर यही सब उसके शगल थे। जैसा नाम वैसा काम। पर जुहेरा और सौदामिनी अपने नामों से एकदम उलट थीं। दोनों के नामों का मतलब चपल या बिजली होता है, पर दोनों बहुत 'डल' थीं। जुहेरा एकदम सिंपल और बहुत धीमे-धीमे बात करती थी। अक्सर चुप ही रहती। सौदामिनी सुस्ती में नम्बर वन थी। नाम का मतलब ज़रूरी बिजली था पर उसे हर ज़रूरी काम के लिए धक्के देने पड़ते थे।

'यार...तुम इधर-उधर की बातें बहुत करती हो...सीधे-सीधे अपने इश्क़ का क़िस्सा काहे नहीं सुनाती हो।'

सुधीर थोड़ा अधीर हो रहा था।

'ठीक है, ठीक है...अदीब वह था जिसे मैंने दिलोजान से चाहा था...।'

'दिलो...जान।'

सुधीर ने मज़ाक़ बनाया।

'न सुन सको तो कह दो। न बताऊँगी। आख़िर हो तो आदमी ही। पर अगर बताऊँगी तो अपनी तरह से ही।'

'यार ये आदमी और औरत की बात कहाँ से आ गई। तुम तो ज़रा में ही पिनक जाती हो। बोलो-बोलो आगे क्या हुआ।'

...किचन से बिल्ली के म्याऊँ करने की आवाज़ आई थी। खिड़की का पर्दा फड़फड़ा रहा था...

'अदीब बहुत साधारण क़द-काठी का था। पर उसमें एक अलहदा क़िस्म की कशिश थी। मैंने किताबों की लाइनों पर स्पाइक्स के पीछे सरकती उसकी आँखों

को बहुत तरतीब से देखा था। उनमें ग़ज़ब की कशिश थी। उसकी आँखें पल-पल अपना रंग बदलतीं। जब वह कुछ पढ़ रहा होता, वे बच्चों-सी मासूम होतीं। जब वह किसी को देखतीं तो उनमें एक चुहल-सी दीखती। जब वह ख़ामोश रहता तो उसकी आँखें डूबते सूरज-सी होतीं जो कोई ख़्वाहिश नहीं पालता बस चुपचाप आसमान पर रंग बिखेरता रहता है। जब हँसता तो लगता उसके स्पाइक्स के पीछे तारों भरा पूरा आसमान उतर आया हो...।'

...अपर्णा ने खखारकर गला साफ़ किया। सुधीर के सामने अदीब की ख़ूबसूरत आँखों की बात करना उसे गुनाह की तरह लगा...मानो इश्क़ का लिबास पहनकर चली आई कोई गाली हो, ख़ूँरेजी पर मुस्कुराता काँटा छुपाए गुलाब के लाल रंग में दुबका-सा कुछ...

'...उसके हाथ पतले और सधे हुए थे। कलाइयाँ पतली थीं और उँगलियाँ मुलायम लम्बी अपने पोरवों पर करीने से नाख़ून की गोल लाइन के साथ तालमेल बैठाए हुए। वह साँवला था और उसकी खाल पर एक अनोखी-सी चमक पसरी रहती थी। वह पीछे की तरफ़ बाल काढ़ता था और उसका चौड़ा माथा किसी दिव्य पुरुष-सा दमकता। पता नहीं ख़ुदा ने उसे इतनी सुन्दर भौंहें कैसे दी थीं। एकदम धनुषाकार माथे के बीच से आँखों के कोर तक लगातार पतली होती हुईं। वह थोड़ा बौड़म तरीक़े से बात करता था, होंठ और मुँह को लगातार खोलता-बन्द करता हुआ। उसकी हँसी भी एकदम गाँवड़ी टाइप थी, पर उसके दाँत बहुत सुन्दर थे एकदम गोविंदा जैसे। उसकी भौंहों के बीच माथे पर एक उथली गर्त-सी थी और उभरी ठोड़ी पर एक छोटा-सा गड्ढा था जिसे छूने का मन करता था। गोल्डन कलर के नाज़ुक फ्रेम के स्पाइक्स वाला उसका चेहरा इतनी तरतीब से जमा था कि लगता कि अगर छू दूँ तो उसकी कोई लाइन, कोई कर्व बिगड़ न जाए...। हो सकता है यह मेरा प्यार रहा हो कि वह इतना ख़ूबसूरत और शानदार दीखता था कि मुझे लगता कि उसे बनाते समय ख़ुदा पूरे मूड में रहा होगा...।'

तभी दरवाज़े पर दस्तक हुई।

पैरों की आहट, गला खखारने की आवाज़, जूतियों की चरर-मरर, दरवाज़े पर दस्तक की तरतीब...वग़ैरह से सुधीर जान गया था कि यह इम्तियाज़ है। दरवाज़ा खुलते ही अपर्णा को सामने देख इम्तियाज़ थोड़ा सकुचाया। फिर हाथ आँखों तक उठाकर आदाब किया। थोड़ी देर को खड़ा रहा। अपर्णा ने उसके झुर्रीदार साँवले चेहरे को पल भर को देखा।

'...आ जाओ इम्तियाज़...।'

'...शुक्रिया। बड़ी गर्मी है लाहौल वला कूबत।'

'अपर्णा ये इम्तियाज़ हैं। मेरे बहुत पुराने वाक़िफ़कारों में से एक...।'

'ये फ़ेहरिस्त लाया था।'

इम्तियाज़ ने अपनी जेब में से करीने से फोल्ड किया एक काग़ज़ निकाला।

'इन्हें दे दें...।'

सुधीर ने अपर्णा की ओर इशारा किया। अपर्णा ने काग़ज़ की वह लिस्ट देखी। इम्तियाज़ के जाने के बाद थोड़ा ग़ौर से देखी। उसमें सिलसिलेवार लोगों के नाम और उनकी उम्र लिखी थी—जनाब मुंतज़िर आलम, उमर पैंतालीस बरस, मोहतरमा शकीला बानो, उमर बहत्तर साल, मास्टर बोबो, उमर सात बरस...एक लम्बी फ़ेहरिस्त और आख़िरी में कुल जमा बराबर दो सौ ग्यारह। काग़ज़ खड़खड़ाने की आवाज़ से सुधीर जान गया कि अपर्णा ने फ़ेहरिस्त पढ़ ली है।

'...कुल दो सौ ग्यारह होंगे।'

'...हाँ। पर यह क्या है?'

'इन दो सौ ग्यारह लोगों में से कोई भी आज इस दुनिया में नहीं है। ये सब मर चुके हैं।'

अपर्णा ने अचरज से सुधीर को देखा।

'फ़ेहरिस्त में नीचे एक गोशवारा भी लगा होगा।'

'हाँ। लिखा है, बच्चे—बहत्तर, खवातीन—सत्तानबे, बुज़ुर्ग—एक सौ बयालीस और आदमी—पैंतालीस...।'

सुधीर के चेहरे पर अजीब सी ख़ामोशी फैल गई जैसे कोई ख़ौफ़, कोई बहुत गहरा दर्द...पता नहीं क्या। अपर्णा ने लिस्ट को एक-दो बार और उलट-पलट कर देखा।

'मरे हुए लोगों की फ़ेहरिस्त। क्या है यह सुधीर? बताओ न।'

'पहले तुम अपना क़िस्सा पूरा करो।'

सुधीर नकली मुस्कुराया। जग से एक गिलास पानी पिया—सुनाओ-सुनाओ, क़िस्सा सुनाओ...।

अपर्णा हैरानी से उस फ़ेहरिस्त को और सुधीर को देखती रही, इम्तियाज़ का झुर्री भरा लाग़र चेहरा उसे दीखा—क्या है यह सब, क्या, मरे हुए लोगों की फ़ेहरिस्त, इसका यहाँ क्या काम...हर एक फ़ौत हो चुके शख़्स का नाम और उम्र...पूरे दो सौ ग्यारह...क्या है, क्यों...?

'क़िस्सा सुनाओ अपर्णा। क़िस्सा। तुम्हारी मोमबत्तियों का क़िस्सा। अदीब का क़िस्सा। सुनाओ। चुप न रहो। सुनाओ। सुनाओ अपर्णा।'

सुधीर ने अपर्णा का कन्धा पकड़ लिया। फिर उसे झिंझोड़ा—सुनाओ, सुनाओ...। अपर्णा ने वह फ़ेहरिस्त दीवार पर खूँटी से लटक रही सुधीर की शर्ट के खीसे में रख दी। वह झिझकती-सी सुधीर के पास बैठ गई।

'अदीब दुबला था। बल्कि दुबले से थोड़ा ठीक। उसकी चाल में तेज़ी थी मानो हर रोज़ कुछ नया और अच्छा होने वाला हो। एक क़िस्म का शोख़ भरा जोशीलापन न सिर्फ़ उसकी चाल में बल्कि उसकी पूरी बनक में था। वह सारा दिन दमकता-सा रहता। वह जितना स्मार्ट और तेज़-तर्रार था उतना ही स्टूडियस भी। वह ख़ूब दिल लगाकर मैथ्स पढ़ता। कुछ इस तरह कि नम्बरों के बहुत से क़िस्से उसके पास थे।'

'नम्बरों के क़िस्से?'

'हाँ, मसलन यही कि क्यों एक और दो इश्क़ के नम्बर हैं पर तीन और चार नहीं।'

'ओह! हाँ, तुमने अभी बताया।'

'वह कहता था कि मैथ्स में सिर्फ़ दो ही चीज़ें होती हैं पहला जोड़ और दूसरा घटाना। लगातार जोड़ते जाओ तो वह मल्टिप्लिकेशन हो गया, लगातार घटाते जाओ तो डिवीज़न। एक निश्चित दायरे में जोड़ दो तो इंटिग्रेशन, एक निश्चित शऊर से कम करते जाओ तो डिफरेंशिएशन...तुम यक़ीन न करोगे पर इतना टैलेंटेट कि टैंजर,थ्री-डी, टोपोलॉजी सबको सिर्फ़ और सिर्फ़ जोड़-घटाने से समझा दे। मैथ्स में उसके हंड्रेड परसेंट नम्बर आते थे। एक नम्बर भी एक्ज़ामिनर काट न पाता। उसने मुझे एक बार एक किताब दी थी—गॉड मेड इंटिजर्स—कहता था कि इसे पढ़ो तुम्हें गणित से प्यार हो जाएगा, पर मैं पढ़ न पाई। ज़मीन पर चॉक से डाइग्राम बनाकर स्टैटिक्स, डायनेमिक्स और हाइड्रो डायनेमिक्स के कठिन से कठिन मामले सुलझा देता। कहता कि बस इतनी सी तो बात है कि कोई शेप जितनी जगह घेरे वह एरिया और जितना स्पेस घेरे वह वॉल्यूम, स्पीड को हम जिस तरह से महसूस करते हैं, उसके जो हमारे अहसास हैं उससे ही हम डायनामिक्स को समझ सकते हैं कि इसमें कुछ भी मुश्किल नहीं। वह मैथ्स के कठिन से कठिन फार्मूलों को इतना हल कर देता कि वे रोज़मर्रा के जोड़-घटाने में बदल जाते।'

अपर्णा पल भर को मरे हुए लोगों के बारे में भूल गई थी। सुधीर अब भी नहीं भूला था। अपर्णा को लिस्ट में दर्ज उन लोगों के बारे में कुछ न पता था। सुधीर सब जानता था। सुधीर उस बात से बाहर आने की कोशिश में अपर्णा की बात पर हूँ-हाँ कर रहा था।

'ये जो हिमकण होते हैं। कहते हैं, हर किसी का एक यूनीक डिज़ाइन होता है। अदीब का चैलेंज था कि उसे कोई भी डिज़ाइन दे दो वो उसका सारा मैथ्स समझा देगा। अरे बड़ा ग़ज़ब यार...कौन-सा पॉइंट कहाँ से चलेगा किस मैथमेटिकल कंडीशन को फॉलो करता कि वह ठीक-ठीक वह डिज़ाइन हो जाए। कौन-सा एरिया कहाँ कटेगा, कितना अलग, कितना जुड़ा...। प्लेन में टू-डी में क्या होगा तो कैलकुलस में कैसे निकलेगा, उस शेप का फ़ॉर्मूला क्या हो जाएगा अलग-अलग मैथ्स की अलग-अलग ब्रांचेस में...। उसका सानी नहीं था सुधीर...सच में। उसके कमरे में मैथ्स की शेप्स, नम्बरों, फ़ार्मूलों, सवालों से अटे पड़े काग़ज़ों का ढेर होता...कुछ समझ न आता, पर जब वह बताता तो हर चीज़ किसी चमचमाती नदी-सी साफ़-सुथरी हो जाती कि तलहटी का पत्थर तक दीख जाए। वह एक बात कहता था...।'

'क्या...?'

'कहता था कि मैथ्स का असली स्टूडेंट वो होगा जो सिर्फ़ जोड़ और घटाने से सारा मैथ्स को समझा दे...ये न कहे कि जा पहले कोऑर्डिनेट, डिफ़रेंशिय और इंटीग्रेशन समझ के आ फिर आना मैथ्स पूछने।...जो बेहतरीन लोग होते हैं वे ऐसे

ही होते हैं क्या सुधीर..? बेहद साफ़गोई से किसी बात को जानते, गुनते...मानो मैथ्स न हो बचपन में खेला सिथौलिये का खेल हो...।'

'पता नहीं...अपर्णा...।'

'जब मैथ्स का प्रोफ़ेसर किसी चीज़ को ठीक से समझा न पाता तब उस चीज़ को समझने सारी क्लास अदीब को घेर लेती। क्यों एक, दो और पाँच इश्क़ के नम्बर हैं क्यों तीन और चार नहीं...ओह सुधीर तुम यक़ीन न करोगे उसके पास इसका भी पूरा मैथमेटिकल ऐनालिसिस था। एक बार प्रोफ़ेसर ने उसे हुड़क दिया था कि ये क्या ईडियट टाइप इश्क़ के नम्बरों पर बात करता रहता है, तो उसने हाइलाइटर से बोर्ड पर लिखकर उस पूरे ऐनालिसिस को समझाया था...सारा बोर्ड इश्क़ के नम्बरों को डिड्यूस करते फ़ार्मूलों से भरा था और प्रोफ़ेसर उसे हक्का-बक्का देखता रह गया था...ऐसा पढ़ाकू, सोचो ज़रा...।'

बाथरूम के नल का टपटपाना तेज़ हो गया था। पानी आ गया था। अपर्णा ने हौज में नल को खोल दिया। पानी का शोर बाहर कमरे तक लपकने लगा।

'उसके बाप के पास बहुत पैसा था। इफ़रात। वह एक बाइक से कॉलेज आता था। वह बाएँ कान में छोटी चमचमाती बाली पहराता था। उसके चेहरे पर तरतीब से कटी दाढ़ी इतनी ख़ूबसूरती से सजी होती कि बस देखते रह जाओ...। जब वह थोड़ी गर्दन घुमाकर देखता तो मुझे अपनी माँ के दौर का एक पॉप सिंगर याद आता। क्या गाता था वह। एकदम इरोटिक, बेहद सेक्सी—आई विल बी योर फ़ादर फ़िगर...'

अपर्णा चुटकियाँ बजा-बजा कर ताल देती गुनगुना उठी—आई विल बी योर फादर फिगर...

'कहते हैं, जब वह पॉप सिंगर गाता तो लड़कियाँ पगला जाती थीं, ऑस्ट्रेलिया के एक कन्सर्ट में तो लड़कियों ने अपने कपड़े उतारकर स्टेज पर फेंक दिये थे... ऐसी वहशी क़िस्म की दीवानगी थी उसकी। पर अदीब...अदीब उससे भी कहीं-कहीं ज़्यादा ख़ूबसूरत और नायाब था...लोग उसे बेहद औसत 'लुक' वाला मानते थे पर मेरे लिए उससे ज़्यादा मदहोश कर देने वाला चेहरा कोई दूसरा न था...।'

...सुधीर के कमरे के नीचे कई किलोमीटर की बेतल गहराई पर ज़मीन के पेट में लावा खदबदा रहा था...चट्टानों को, मिट्टी को, रेत को, धातु को, हर चीज़ को अपने लम्स भर से पानी-पानी करता भड़कता, मदमस्त लावा...अपनी शदीद आग में उबलता, भाप होता, ख़ौफ़नाक दहकता...मानो अभी ज़मीन को फाड़कर ज्वालामुखी में बदल देगा...

'बाइक पर अदीब से चिपककर बैठना एक ऐसी चीज़ थी जिसके लिए मैं घड़ी की बीतती सुइयों को घूरती रहती। मैं कभी मुँह पर कपड़ा बाँधकर उसके साथ नहीं बैठी, सबको दिखाने में मुझे मज़ा आने लगा था। उसने भी कभी कुछ न कहा। वह बहुत ठंडा था, पर यह तय था कि उसके बिना मेरा गुज़ारा अब मुमकिन न था। जब

वह थियेटर करता मैं बहुत पहले से ऑडिटोरियम की आगे की सीट पर बैठ जाती। उसकी बहुत-सी तस्वीरें मोबाइल में क़ैद कर लेती। वह एक बेहतरीन ऐक्टर था। ग़ज़ब का। मैं बस उसे देखती रह जाती।'

'...'

सुधीर अवाक्-सा उसे सुनता रहा। वह ख़ुद में डूबी हुई बोलती रही—

'...पता नहीं उसे कुछ होता भी था या नहीं। क्योंकि उसने कभी मेरे प्यार पर रिऐक्ट न किया था। मैं इन्तज़ार में थी कि वह रिऐक्ट करेगा। मैं इस मसले पर उससे खुलकर बात करना चाहती थी। पर इश्क़ को कहो तो कैसे कहो। इश्क़ कितनी ख़ूबसूरत बात, इसे ऐसे कैसे तो कह दो। कह दो तो लगे कि इश्क़ का क़त्ल कर दिया, इस लफ़्ज़ के हाथ-पैर जकड़ दिये। मैंने कहने का ख़याल छोड़ दिया। मैं उससे सटकर बाइक पर बैठती। मेरा एक हाथ उसकी कमर पर और दूसरा उसकी जाँघों पर होता। उसकी पीठ पर चिपककर एक बहुत अपना-सा सुकून होता। कभी मैं उसकी गर्दन को चूम लेती। पर वह...वह सिर्फ़ मुस्कुराता पीछे देखता और फिर बाइक चलाने लगता...।'

उन दिनों कभी अपर्णा सोचती कि सारी दुनिया में अदीब ही क्यों, वही क्यों, क्या था कि वही, क्योंकि सिर्फ़ उसी को होना था...बेवजह था तो इश्क़ था, वजह होती तो कुछ भी न होता—वह कहती थी। इश्क़ की वजह पर ग़ौर करना अपर्णा को एक क़िस्म के गिल्ट से भर देता।

अदीब इतना साफ़, इतना चमकदार और इतना शफ़्फ़ाफ़ था कि लगता था कि वह कभी किसी को कोई नुकसान नहीं कर सकता। किसी को चोट पहुँचा देने का ख़याल अदीब को छू भी नहीं गया था। जब कभी उसे लगता कि उसने कुछ ग़लत कह दिया है या उसकी बातों से या उसके ऐक्शन से कहीं कुछ ऐसा हो गया है कि किसी को बुरा लगे तो वह बिना वक़्त गँवाए अपनी ग़लती सुधार लेता था। वह सॉरी न कहता था और न ही कोई सफ़ाई देता था, बस कुछ इस तरह कह देता था कि सामने वाला यक़ीन कर लेता। एकदम दिल से दिल वाली बात। शायद इसकी वजह यह थी कि वह बहुत एक्सप्रेसिव था। थियेटर में ऐक्टिंग और मैथ्स में उसको हासिल बेहद ख़ास क़ाबिलियत ने उसे ख़ुदएतमादी से भर दिया था। वह कहने और अपने ऐक्शन्स से सही-सही पैग़ाम दे देने की ख़ासियत रखता था। पर उसने अपनी ख़ुदमुख़्तारी और एक्सप्रेसिव होने को कुछ इस तरह लिया था कि गुरूर जैसी कोई शै उसे छू भी नहीं गई थी। वह एकदम सही बात एकदम सही समय पर कहता और सारे हम सबक़ उससे रज़ामन्द हो जाते।

उसका कोई दुश्मन न हो सकता था। इसलिए नहीं कि वह कोई ज़हीन क़िस्म का शख़्स था, बल्कि इसलिए कि उसके मन में ख़ुदग़र्ज़ी और गुरूर की कोई एक धुँधली-सी लकीर तक न थी। इतना साफ़ मना कि सही और ग़लत को इस तरह छाँट-छाँट कर अलग कर दे कि हर साथी को मानना पड़ जाए कि अदीब जिस बात

को सही कह रहा है वही सही है, जिसे ग़लत कह रहा है वही ग़लत। वह पॉपुलर था। अपनी क्लास में भी और पूरे कॉलेज में भी। कुछ लड़के-लड़कियाँ अपर्णा वाले पाँच के ग्रुप यानी 'पंचायत' से इसलिए रश्क खाते कि वह उनके ग्रुप में था। कॉलेज के प्रोफ़ेसरों का वह फ़ेवरेट स्टूडेंट था। यद्यपि उसकी उनसे ख़ासी बहस हो जाया करती, ख़ासकर मैथ्स वाले प्रोफ़ेसर से, पर उसकी साफ़गोई और गाँठें खोल देने वाली फ़ितरत से सब सुलटता जाता। ग़ज़ब का क़ाबिल तो वह था ही।

'पंचायत' के अलावा अदीब एक दूसरे ग्रुप में भी शामिल था। उस ग्रुप में थियेटर के लोग थे। अगर वह थियेटर में काम न करता तो उस ग्रुप में शामिल न होता। पर धीरे-धीरे वह उस ग्रुप में मशगूल होता गया। वह ऐक्टिंग करता था। नये-नये किरदारों के चैलेंजिंग रोल करना उसे अच्छा लगता था। उसने थियेटर के काम में बहुत मन लगाया। अक्सर जब वह ग्रुप में न मिलता तो ग्रुप को पता होता कि वह कहाँ होगा। कॉलेज के हॉस्टल में एक कमरा था। उस कमरे में ही वे लोग थियेटर का काम करते। वह कमरा तारक का कमरा था।

## अदीब, ओह अदीब-2

तारक एक अजीब क़िस्म का आदमी था।

वह कुर्ता और जीन्स पहनता। गर्दन तक लटकती उसकी छितरी दाढ़ी उसके गोरे ख़ूबसूरत चेहरे पर बड़ी ख़राब दीखती। पढ़ाई-लिखाई से उसे कोई वास्ता न था। तारक के मनमौजीपन के कई क़िस्से कॉलेज के लड़के-लड़कियाँ सुनाया करते। उसका मज़ाक़ बनाते। पर उस पर किसी बात का कोई असर न था। हॉस्टल में सिगरेट पीना मना था, पर वह तबीयत से सिगरेट पीता रहता। क्लास में भी कुर्ता पहनकर आता। प्रोफ़ेसरों के सवालों के ऐसे-ऐसे जवाब देता कि सारी क्लास हँस-हँस कर लोट-पोट हो जाती। इस तरह प्रोफ़ेसरों ने उससे सवाल पूछना छोड़ दिया था। कुछ प्रोफ़ेसर जो उसे छेड़ते उनकी क्लास में वह दूसरों से पूछे जाने वाले सवालों का जवाब भी देने लगता। इस तरह आख़िरकार सबको उसके वजूद का ख़याल रखना ही पड़ता। वह ख़ुद को पॉलिटिक्स, मीडिया, फ़िल्में और हिस्ट्री का जानकार मानता। लड़के-लड़कियों को इकट्ठा कर वह उन्हें दुनिया-जहान की हाँकता रहता।

उसकी दो बातों के सब मुरीद थे, एक तो उसकी ऐक्टिंग जिस मामले में वह पूरे शहर के थियेटरों में अच्छी-ख़ासी पैठ रखता था और दूसरा तकरीर देने का उसका अन्दाज़। तकरीरों में वह बहुत साफ़ बात कहता। उसकी दलीलों में ख़ासा दम होता। एक-दो बार तो उसकी तकरीरों की वजह से कॉलेज में ख़ासा तमाशा

हो गया था। लाल टीका दल वाले लड़के गले में भगवा गमछा डाले कॉलेज में इकट्ठा हो गए थे। वे सब कह रहे थे कि तारक माफ़ी माँगे क्योंकि उसने हिन्दू संस्कृति का अपमान किया है। पर तारक टस से मस न हुआ। कॉलेज के प्रिंसिपल और पॉलिटिकल साइंस पढ़ाने वाले प्रोफ़ेसर ने भी उसे समझाया। पर वह नहीं माना तो नहीं माना। हर किसी से यही कहता रहा कि बताओ भला उसने ग़लत क्या कहा है, उसकी कोई बात ग़लत नहीं है। उसका दावा था कि वह यह साबित कर सकता है कि वह जो कह रहा है वह सही है। इधर बाहर खड़ी भीड़ नारे लगा रही थी। भीड़ ने क्लासों को ख़ाली करवा लिया था। इधर कुछ लड़के तारक की तरफ़दारी करने लगे।

प्रिंसिपल ने आनन-फानन पुलिस बुलवा ली। मामला दर्ज हुआ। तारक तब भी न माना। वह कॉलेज के लड़के-लड़कियों के सामने पुलिस और भगवा गमछा वाले दोनों के ख़िलाफ़ बोलता रहता। कॉलेज के कुछ और लड़के-लड़कियाँ भी तारक के साथ आ गए थे। कुल मिलाकर मसला ऐसा था कि कॉलेज के तथाकथित शरीफ और दूरन्देशी क़िस्म के लड़के-लड़कियाँ उससे दूरी बनाकर चलते। कॉलेज में तारक के इश्क़ के क़िस्से मशहूर थे। पार्क में, कैंटीन में, किसी ख़ाली क्लास में और नहीं तो हॉस्टल के अपने कमरे में तमाम लड़के-लड़कियों से घिरा तारक ज़्यादातर के लिए एक क़िस्म का कौतूहल था और कॉलेज एडमिनिस्ट्रेशन के लिए ख़ासी परेशानी का सबब।

वह जानबूझकर ऐसा कहता रहता जिससे लाल गमछा वाले लोग भड़क जाते। कभी कोई ज़रूरत न होती पर फिर भी कहता। अगर वह कोई तकरीर दे रहा होता तो यह तय होता कि वह ऐसा कुछ तो कहेगा ही जिससे भगवा गमछा वालों को ख़ासी परेशानी होने लगे। वह जो थियेटर करता उस पर कॉलेज एडमिनिस्ट्रेशन की ख़ास निगाह होती। पता नहीं कब, कहाँ, कौन-सा बावेला न मच जाए।

अदीब और तारक की दोस्ती थियेटर की वजह से ही हुई थी।

तारक के पास कई किताबें थीं। उसके कमरे में उसके बिस्तर के नीचे दो लोहे के छोटे बक्से थे किताबों से भरे। कुछ किताबें उसकी टेबल पर और कुछ उसके बिस्तर पर बिखरी रहतीं। ज़ाहिर है, वे कोर्स की किताबें नहीं थीं। जैसा कि बताया गया कि उसे पढ़ने-लिखने से कोई वास्ता न था। इनमें से कुछ लाइब्रेरी की किताबें थीं जिन्हें वह वापस करने के मूड में नहीं था। थियेटर पर तो किताबों का एक पूरा अंबार ही था उसके पास। उसके कमरे में थियेटर वाले इकट्ठा होते। नये नाटक पर बातचीत होती। स्टेज को कैसे बनाया जाए, कौन-कौन से प्रॉप्स, सेट कैसा होगा, उसका एलिवेशन, बेसिक ग्राउंड प्लान, कम्पोसिट ग्राउंड प्लान... एक जानकार काग़ज़ों पर डिज़ाइन बनाता। स्क्रिप्ट तैयार होती, किरदार तय होते, डायलॉग्स की प्रैक्टिस की जाती और टीम का एक बन्दा ड्रेस की डिज़ाइन तैयार करता। हर चीज़ को बड़े सलीके से किया जाता। तीन महीने में एक बार फेस्ट

होता और तारक की टीम अपना नया नाटक लेकर तैयार होती। इतने बढ़िया नाटक का सबको इन्तज़ार रहता।

अदीब को एक मुख़्तलिफ़ वजह से भी तारक अपने साथ रखना चाहता था। थियेटर में ख़र्च बहुत आता था। तारक को पता था कि अदीब के पिता के पास इफ़रात पैसा है। इस शहर के पुराने रईसों में वे शुमार रखते हैं। अदीब न सिर्फ़ एक अच्छा ऐक्टर था, बल्कि एक क़िस्म का अच्छा मददगार भी। अगर बढ़िया ऐक्टर हो और पैसा भी ला सके तो इससे बढ़िया और क्या होगा? इस तरह अदीब की कम समय में ही थियेटर ग्रुप में धाक-सी जम गई थी। तारक ने उसे जानबूझकर अपने फ़ायदे के लिए प्रमोट किया था। यद्यपि अदीब किसी भी ख़ुसूसियत से कोसों दूर था। बात बस यह थी कि थियेटर के लिए आख़िरकार पैसे भी तो चाहिए थे। पर लोगों का क्या कीजै, जितने मुँह उतनी बातें। हर कोई दबे ज़बान यह कहता कि पैसों के ख़ातिर अदीब को आगे बढ़ाया गया। पर न तो तारक पर इसका कोई असर होता और न अदीब पर। फिर अदीब की शख़्सियत ही ऐसी थी कि वह हर बात पर पानी डाल देती। हर कोई इस हक़ीक़त को जानकर भी उससे रश्क न रख पाता। वह इतना नादान जो था। सब कुछ के बाद भी उस पर कोई फ़र्क़ न पड़ा हो जैसे।

अपर्णा को लगता कि अदीब दुनिया का सबसे कम नुकसानदेह शख़्स है। ऐसा जो कभी किसी को कोई दर्द न दे। एक क़तरा तकलीफ़ का भी सबब न बने कभी। 'पंचायत' में चार लड़कियों के बीच वह इस तरह मशगूल रहता कि लगता ही नहीं था कि वह उनसे अलग है। कि चार लड़कियों में वह अकेला लड़का है, यह ख़याल ही न आता। अपर्णा को बंडा उर्फ़ जीवेश वाली घटना के बाद से जो ख़ौफ़ सताता था अदीब उससे उलट कुछ और ही था। वह सब कुछ जो ज़्यादातर आदमियों में दीखता था वह अदीब में न था। वह काफ़ी अलग था। आदमी होकर भी उसमें काँटे जैसी कोई शै न दीखती थी। वह ऐसा था कि उसमें चुभने वाली कोई चीज़ मुमकिन न थी। लड़कियों से वह उनकी आँखों में आँखें डालकर बात करता, पर इतना साफ़ कि उसके ऐसा करने से किसी लड़की को कोई 'हिच' न होता। 'पंचायत' की चारों लड़कियों की बातों में वह पूरी शिद्दत से शामिल था—नेलपॉलिश के रंग, मोतियों की लड़ियाँ, टॉप्स, बिन्दी, ख़ुशबू, ब्रेसलेट, मोबाइल के कवर, अँगूठी, सैंडिल, ड्रेस,...हर चीज़ में उसकी सलाह होती। एक बार जब सौदामिनी को वह बता रहा था कि कौन से रंग की लिपस्टिक, ग्लॉसी या मैट फिनिश, लक्मे या रेवलॉन...सौदामिनी ने उसका हाथ चूमते हुए कहा—यार तुम कितने रोमांटिक हो—अपर्णा को उसका ऐसा करना बहुत बुरा लगा, वह पहला वाकया था जिसने उसे यह अहसास दिलाया कि वह मन-ही-मन अदीब को चाहने लगी है।...कैसा हेयर स्टाइल पफ़ या कास्केड, कैसा कट, कैसे क्लिप...लगता ही नहीं था कि अदीब किसी और दुनिया से आया

हो, वह बहुत बेतकल्लुफ़ी के साथ उन चार लड़कियों की दुनिया में शुमार था। यह भी एक वजह थी कि अपर्णा को वह बिलकुल भी नुकसानदेह न लगता था। आदमी होकर भी...।

बंडा उर्फ़ जीवेश की आँखों का ख़ौफ़, तिस पर बेशरमी से नज़रबाज़ी करती आँखें, उस पर माँ की हिदायत से उपजे डर और हिकारत के काँटे, तिस पर रोज़ की ख़बरों और सहेलियों के हिला देने वाले अनुभव...सारी बातों का लुब्बे-लुबाब अपर्णा के लिए यह था कि जो सबसे कम नुकसान पहुँचाने वाला आदमी होगा वही उसका आशिक़ होगा। इस तरह उसके इश्क़ का रास्ता अदीब तक जाता था, बस उसे पता न था कि यह इश्क़ है।

पर अदीब था कि कोई रिऐक्शन ही नहीं देता। अपर्णा के प्यार के हर इजहार पर वह बर्फ़-सा ठंडा बना रहता। ऐसे में अपर्णा उससे थोड़ा चिढ़ जाती। आशिक़ प्यार के जवाब में अगर ठंडा बना रहे तो एक समय के बाद औरत को उससे चिढ़ होने लगती है। दुनिया बदल चुकी है। अब कहाँ कोई शरमाता है। पर इसे देखो, पता नहीं क्यों ऐसा करता है—अपर्णा को लगता। साथ ही एक ज़िद भी पनपती, जो हर सीमा को लाँघकर बस उसे पा लेने को आतुर होती है। एक दिन मोटरसाइकिल में उससे चिपककर बैठी अपर्णा ने उसके कानों को अपने दाँतों में हल्के से दबा लिया। फिर उसकी टी-शर्ट के भीतर अपना हाथ डाल दिया। वह खिलखिलाकर हँसा। उसने मोटरसाइकिल की स्पीड बढ़ा दी। एक चुप्पी-सी छा गई। अपर्णा का हाथ उसकी छाती पर रेंग रहा था और वह ख़ामोश मोटरसाइकिल चलाए जा रहा था। अपर्णा ने उससे मोटरसाइकिल रोकने को कहा। वह चलाता रहा। फिर वह ज़ोर से चीख़ी—रोको, तुरन्त अभी—रोड पर उनके आसपास चल रही दूसरी गाड़ी वालों ने चौंककर अपर्णा की ओर देखा...। अदीब ने एक तरफ़ मोटरसाइकिल रोक दी। अपर्णा एक झटके में उतरी और पैदल चल दी।

'सुनो अपर्णा...यार सुनो तो।'

अपर्णा की आँखों में आँसू थे और वह सड़क किनारे फुटपाथ पर सीधी चली जा रही थी। अदीब उसके पीछे लपका—'यार, इट्स ए पब्लिक प्लेस, डोंट क्रिएट सीन...।' अपर्णा ने एक पल को पलटकर देखा। अदीब को उसके चेहरे पर दुख की लकीरें दिखीं। अपर्णा के चेहरे पर हिकारत और ग़ुस्से दोनों के भाव थे। उसने एक थ्री-व्हीलर को हाथ दिया, बैठी और चली गई। अदीब उसे जाता हुआ देखता रहा।

इश्क़ में एक ज़िद पलती है। अपर्णा के भीतर वह ज़िद गहरा चुकी थी। वह हर हाल में अदीब को पा लेना चाहती थी।

एक बार यूँ हुआ कि कॉलेज के एक लड़के को मैथ्स का कुछ समझना था सो वह अपर्णा के मार्फत अदीब से मिला। वे तीनों यानी अदीब, अपर्णा और वह लड़का कॉलेज के पार्क में थे। थोड़ी देर बाद लड़का चला गया। अपर्णा ने अदीब

के बालों में अपनी उँगलियाँ डाल दीं—सुनो अदीब...। वह उससे ज़्यादा कुछ और न कह पाई। वह बहुत धीरे से अपना चेहरा अदीब के चेहरे के पास ले आई। उसने उसके गालों को चूमा। अदीब जड़वत् बना रहा...उलझा और थोड़ा घबराया हुआ। मानो कुछ कहना चाह रहा हो, पर सोच रहा हो कि कहूँ या न कहूँ। अपर्णा का चेहरा उसके चेहरे पर था और उन दोनों के होंठों के बीच दो इंच का फ़ासला था। पर कुछ था जो कहीं अटका था। अदीब ने उन दोनों के होंठों के बीच अपनी हथेली अड़ा दी। अपर्णा ने उसकी हथेली को खींचकर अपने होंठ उसके होंठों पर रख दिये। उसने फिर से हथेली अड़ा दी और अबकी बार उसकी हथेली अपर्णा के होंठों पर जमकर कस गई। अदीब की हथेली अपर्णा के होंठों पर इस तरह चिपकी थी जैसे क़िले की दीवार पर गोह चिपकती है, खाल पर ख़ून की ख़्वाहिश में भूखी जोंक...। अपर्णा ने ख़ुद को अलग किया। अदीब एक झटके से उठा और मुँह फेरकर तेज़ क़दमों से चला गया। ग़ुस्से, ज़िल्लत और दर्द के जज़्बातों में उबलती अपर्णा ने उसे गालियाँ दी...वह चुपचाप चला गया, वह पलटकर अपर्णा की ओर नहीं देखना चाहता था, उसके आँखों में आँसू थे वह नहीं चाहता था कि अपर्णा उसे रोता देखे, हर कोई उसे एक चुहलबाज़, हँसमुख लड़का मानता था, वह इस बात को बनाए रखना चाहता था।

इतनी बेइज़्ज़ती, इतना तिरस्कार, इतना गुरूर...अपर्णा को लगा कि वह पागल हो जाएगी। जब इश्क़ तारी होता है तब और कुछ सूझता भी कहाँ है।

एक के बाद एक कयामत आती रही, तूफ़ान दर तूफ़ान, कयामत दर कयामत... हर रोज़, हर पल। अपर्णा को हर पल, हर वक़्त अदीब दीखता...अदीब, सिर्फ़ अदीब...उसकी हर साँस में, उसके ख़ून के हर क़तरे में...उसके जिस्म का हर जर्रा हर पल उसके ही नाम का जाप करता...अदीब, ओह अदीब...उसके जिस्म के हर क़तरे पर उसका नाम दर्ज होता जा रहा था...अदीब, अदीब, अदीब,...हर रात, हर ख़्वाब उसके ही ख़्वाब थे, हर ख़याल में बस वही था, बस वही...रात को टिमकते तारे उसी का नाम गुनगुनाते, टिकटिकाती घड़ी उसके नाम की आहें भरती...उसके बिस्तर की सिलवटें उसका ही नाम लिखतीं, मिटातीं, लिखतीं...अदीब, अदीब... हर शै बेमानी हो गई थी, कुछ भी पहन लिया, कुछ भी खा लिया, मोबाइल बजता रहता, टी.वी. न जाने क्या-क्या अनाप-शनाप बकता रहता...रात आती तो लगता मौत आ रही हो धीरे-धीरे, दिन होता तो लगता कितने आहिस्ते-आहिस्ते बीतता है वक़्त...फिर एक रोज़...।

'क्या हुआ अपर्णा? क्या हुआ फिर एक दिन...?'

सुधीर ने उत्सुकता से पूछा।

'इश्क़ की ज़िद गहरी होती जा रही थी सुधीर...वह पा लेना चाहती थी पर वह यह न जानती थी कि वह क्या पाना चाहती थी, वह खोना चाहती थी पर उसे पता न था कि खोने का एक मतलब मौत भी होता है, वह भूखी थी पर उसकी भूख

को ख़त्म करने का कोई निवाला न बना था अब तक...। उसकी पा लेने की ज़िद ख़ाली मुट्ठी हो जाने की ज़िद थी...क्या मिला है इश्क़ को सुधीर, क्या मिला... बोलो-बोलो...।'

सुधीर ख़ामोश सुनता रहा।

'...इश्क़ तो पत्थर खाता रहा है, लिथड़ता रहा है लाश होते अपने जिस्म के साथ, रिरकता रहा, बेख़ौफ़, चाकुओं से उतारता रहा अपनी ही खाल, अपने जिस्म से बहते ख़ून को देखकर अट्टहास करता रहा, बीमार होकर जार-जार होता रहा, गिनता रहा मौत के दिन ख़ुशी-ख़ुशी, चीख़ता रहा, रोता रहा दुनिया के ख़ौफ़नाक वीरानों में, दीवार पर उसकी ख़ून से सनी मुट्ठियों के निशानात आज भी दीखते हैं सरेराह...क्या मिलता है, क्या पाया इश्क़, क्या मिला इश्क़ को...मैं जानती थी, पर मैं इश्क़ में थी, मैं इश्क़ से बाहर कहीं नहीं जाना चाहती थी। इश्क़ एक क़ैद है... पता था कि यह एक क़फ़स है...ज़ंजीरों से जकड़ी एक दुनिया...जहाँ तड़प-तड़प कर मर जाने का मन करता है...।'

...सुधीर की शर्ट की जेब से अपर्णा की रखी उन दो सौ ग्यारह लोगों की फ़ेहरिस्त झाँक रही थी जो मर चुके थे, बाहर नीम के पेड़ के घोंसले से एक चूजा ज़मीन पर गिरकर मर गया था जिसके गिर्द चिचियाती चिड़ियों का शोर चारों ओर गूँज रहा था...

'...शायद अदीब जानता था कि मैं पागलपन की हद तक उसके इश्क़ में थी, शायद नहीं जानता था...शायद वह भी दूसरे मर्दों की तरह था, कमज़र्फ़, दग़ाबाज़ और बेवफ़ा, शायद नहीं,...शायद कुछ भी पता नहीं...पर तय था कि उसे सिर्फ़ और सिर्फ़ मेरा होना था...जिसका ज़र्रा-ज़र्रा जिसके लिए धड़कता हो वह भला किसी और का हो जाए...कभी नहीं, हरगिज़ नहीं, बिलकुल नहीं...।'

...हवा में गर्म नमी की मनमौजी चिंगारियाँ घुली-सी थीं, तपते सूरज के नीचे पड़ा नंगा समन्दर उबल रहा था, नीम के जिस्म का हर टुकड़ा उस पर रगड़ती धूप की तपिश को जज़्ब कर रहा था, ताप में झुलसकर नीम के पत्तों के झुंड फड़फड़ा रहे थे ख़ून सुखा देनी वाली तपती गर्म हवा में...

'...उस दिन मैं और अदीब, अदीब के घर में थे। उस दिन उसके घर में कोई और न था। सिर्फ़ हम दोनों थे। अकेले। उसके घर में, उसके बेडरूम में हम दोनों के सिवाय और कोई न था। मेरे ज़ेहन में इश्क़ अपने पूरे उबाल पर था...।'

अपर्णा जानबूझकर चुप हो गई।

उसने सुधीर के खीसे से वह फ़ेहरिस्त निकाली—मरहूम हो चुके लोगों की लिस्ट—तहसीन, उम्र आठ बरस...जहाँआरा, उम्र ग्यारह बरस...अब्दुल अलीम, उम्र पाँच बरस...हाजिब रहमान, उम्र आठ बरस...नगीन अतहर, उम्र सात बरस... नरगिस, उम्र चार बरस...तलल, उम्र दो बरस...अब्दुल बाक़ी, उम्र बारह बरस... फहमिदा, उम्र तीन माह...

'बोलो न अपर्णा फिर क्या हुआ...क्या हुआ अपर्णा, उसके घर में तुम दोनों अकेले...फिर, ऐ बता न...।'

...कासिम ख़ान, उम्र सात माह...इम्तियाज़ हुसैन, उम्र छह साल...आज़म हुसैन, उम्र चार माह...अब्दुल मुंतकिम, उम्र तेरह बरस...उम्मय्याह, उम्र पाँच बरस...दिलावर ख़ान, उम्र ग्यारह महीने...हसीना, उम्र चार बरस...नादिया खानम, उम्र दो माह...

'बोल न अपर्णा...बोल न...बता न फिर क्या हुआ...।'

दरवाज़ा खुलने और बन्द होने की आवाज़ सुधीर को सुनाई दी।

'अरे, ऐसी क्या बात हो गई, क्यों चली गई...। एकदम से अचानक।'

## लैवेंडर

'कल तुम अचानक चली गईं...ऐसा क्या हुआ?'

रात को अपर्णा को बहुत कुछ याद आता रहा...रात के अँधेरे में अदीब से हुई एक पोशीदा मुलाक़ात। वह आख़िरी मुलाक़ात थी। पर फिर भी एक उम्मीद थी उससे दुबारा मिलने की। अदीब कहता रहा—एक वादा करो...बोलो करोगी...वादा कि न कहोगी किसी से कभी नहीं...बोलो, करो वादा...। वादा था कि चुप रहना...हमेशा चुप...एक लफ़्ज़ भी कभी किसी को न कहना। वह कहना चाहती थी कि तुम अगर मुसलमान न होते तो यह सब इस तरह न होता...है न...। अपर्णा ने दूसरी तरफ़ मुँह घुमा लिया था। अदीब का उस मज़हब का होना अपर्णा के लिए कुछ इस तरह हो गया था, मानो उसके ज़िन्दा जिस्म से कोई बहुत इत्मीनान से खाल उतार रहा हो और उसे इस तकलीफ़ पर रोने की भी मनाही हो।

'नहीं बस यूँ ही...। कुछ ख़ास नहीं।'

आशिक़ से वादे के सामने अपर्णा चुप है। वह कुछ कह भी नहीं सकती। सुधीर के 'क्यों' का जवाब है, पर कुछ बातों को कहना बहुत कठिन है। एक ख़याल रात भर तारी होता रहा। एक बेहद ख़ौफ़नाक ख़याल। ख़याल कि मानो इस फ़ेहरिस्त के किसी नम्बर पर अदीब का नाम भी दर्ज हो।

'एकदम। मौत को बाँटकर क्या देखना। मौत मौत है।'

सुधीर ने थोड़ा सोचकर कहा। अपर्णा ख़ामोश रही। छत को घूरती।

'मौत मौत है। मौत हिन्दू या मुसलमान नहीं होती।'

वह सुधीर की बात का विरोध करना चाहती थी, पर अदीब से किया वादा कहीं अटकता था...उसके पास सबूत थे, पर वह चुप रहना चाहती थी...फिर यह सिर्फ़ वादा भर न था, इसको बताने के कुछ और भी ख़ौफ़नाक अंजाम हो सकते

थे...अदीब को लेकर अपनी ख़ामोशी पर अपर्णा को आजकल ख़ुद पर थोड़ा फ़ख़्र होने लगा है...।

'आगे सुनाओ...।'

'न, आज तुम सुनाओगे।'

'यार तुम्हारा क़िस्सा बड़े इंट्रेस्टिंग मोड़ पर है...तुम और तुम्हारा आशिक़ दोनों आशिक़ के बेडरूम में तनहा...सौदाई इश्क़ की धधकती आग के साथ एक ऐसी जगह तनहा जहाँ कोई आ नहीं सकता...इश्क़ का नशा हो और साथ-साथ इत्मीनान भरी, सुकून भरी ख़ामोशी और दोनों अकेले हों तो इससे रोचक क़िस्सा और क्या होगा भला...सुनाओ न...।'

'मैंने कहानी को जानबूझकर इंट्रेस्टिंग मोड़ पर छोड़ दिया है।'

'क्यों भला?'

'ताकि तुम्हारे जैसे टस से मस न होने वाले इनसान से दोनों कहानियाँ सुन लूँ। पहली यह मरहूम लोगों वाली और दूसरी कैमिला की मसाज वाली।'

'बड़ी दुष्ट हो...।'

'तुम्हीं न कहते हो कि क़िस्से इश्क़ लड़ाते साँपों की तरह होते हैं...मोहब्बत में एक-दूसरे में गुँथे।'

'एकदम दुरुस्त...।'

'पहले कैमिला, बाद में इन मौतों का क़िस्सा...।'

'ठीक है...।'

थोड़ी देर चुप रहने के बाद सुधीर ने बताना शुरू किया।

'तुम ठीक कहती हो अपर्णा, कैमिला जैसी औरतें एक अलग मिट्टी की बनी होती हैं। अपने मुल्क स्पेन के बारे में जब वह अपनी उजली-उजली आँखों से बताती तो लगता शायद स्पेन से चलकर ही बसंत की फ़िज़ाएँ हमारे मुल्क में आती हों...।'

'उजली-उजली आँखें? तुम तो ऐसे कह रहे हो जैसे तुमने उसकी आँखें देखी हों।'

'तुम टोको नहीं यार। बस बहते अफ़साने में पैर डालकर उसके पानी के गुनगुनेपन को महसूस करो। यक़ीन करो मुझे अपनी तरह से दीखता है।'

'अच्छा ठीक है...।'

सुधीर के सामने अपर्णा आलथी-पालथी मारकर बैठ गई—'अच्छा, ठीक है...।'

...कहते हैं, उत्तर अफ़्रीका से जो गर्म हवाएँ बहती हैं, सहारा के तपते रेगिस्तान को पार करती हुई, वे भूमध्यसागर की नमी को पीकर गुनगुनी हो जाती हैं और फिर भटकती रहती हैं स्पेन की घाटियों, पहाड़ों, जंगलों और शहरों में...। गुनगुने पानी की नन्ही बूँदों से भरी वे हल्की गर्म हवाएँ बहुत आवारा हैं, बदचलन भी। स्पेन के खेतों में पकने को तैयार होते अंगूरों के जिस्म को उनका गुनगुनापन सहलाता रहता है, दुनिया की कुछ बेहद नशीली शराब के लिए उनके जिस्म में मिठास घोलता। स्पेन की न जाने कितनी अनाम-अनजान घाटियों में खिलने को बेताब डेफोडिल्स, पॉपी

और लैवेंडर के फूल इन मदहोश करने वाली हवाओं के मुंतज़िर रहते हैं। लाखों-करोड़ों की संख्या में दुनिया से बेख़बर आसमान की ओर टकटकाते, कँपकँपाते वे इन्तज़ार कर रहे होते हैं अपने-अपने रंगों के साथ। लेवान्टे, लेस्टे, सिरैक्को, टैरेल, लैवेचे...न जाने किन-किन नामों की कितनी-कितनी तो गुनगुनी गर्म हवाएँ बहती रहती हैं स्पेन की सरज़मीं पर उसकी मोहब्बत में पैबस्त...जैसे हमारे मुल्क में आती है लू, काल बैसाख और मैंगोशावर ठीक वैसे ही...। ठंड से ही स्पेन के समन्दर की रेत इन्तज़ार करती है कि कब आएगी लेवान्टे, सिरक्को और टैरेल हवाएँ ताकि लौट आएँ उसके रेतीले फैलाव से चिपककर धूप को तापते दुनिया के कुछ बेहतरीन जिस्म। स्पेन में एक कहावत चलती है, एकदम सही कहावत कि आसमान में जन्नत वे ही लोग देखते हैं जिन्होंने स्पेन नहीं देखा...।

स्पेन में हर हवा की घाटियाँ तय हैं। तय हैं हर हवा के जंगलात, खेत, आसमान, शहर और अवाम। वह सब जिनके लिए वे आएँगी अपने सबसे कामुक रूप में। इतनी मदहोश और इश्क़बाज़ कि कभी सिरक्को की घाटियों में टैरेल नहीं बहती और न लेस्टे के जंगलों में भूल के भी आने का कोई ख़याल पालती हो लेवान्टे या लैवेचे। इतनी बावफ़ा। जब स्वीट पी की रंग-बिरंगी पत्तियों को उसकी माशूक़ हवाएँ सहलाती हैं तभी वह बीज हो पाती हैं। मुस्कुराते से लटकते तमाम पीले-लाल फल चाटते रहते हैं हवाओं का जिस्म अपने खट्टे-मीठे स्वाद को और ललचाने वाला बनाने। विलो, ऐल्म, फर, ऐवेकाडो, ओलिव, पाइन और ओक के पेड़ों की शाखों पर बैठी तमाम रंगों की तमाम चिड़ियाएँ तैयार करती रहती हैं मौसम का कोई नया राग जिसकी संगत को चली आती है पूरी कायनात बन्द खींचती, ठोंकती हथौड़ी से गुट्टों को, चाटी पर उँगली की थपक दे कान पास कर आवाज़ को तौलती, थपक से उठते नाद को दुरुस्त करती...।

दुनिया की कुछ बेहतरीन इश्क़ की कविताओं और मोहब्बत के क़िस्सों को स्पेनिश ज़बान ने सँजोया, अपने ज़ेहन में, अपनी नसों में, अपने ख़ून में...दुनिया के उन तमाम हिस्सों में जहाँ-जहाँ स्पेनिश लोग गए वहाँ-वहाँ थोड़ा सा चला गया था, उनका मुल्क भी।...जब ख़्वाबों में सिरक्को हवा बहती, जब नींद के रास्ते चले आते पॉपी के फूलों के लाल सुर्ख रंग, जब किसी बेख़याली में फेफड़ों में उतरती लैवेंडर की ख़ुशबू, जब टैरेल और लैवेचे की मोहब्बत की मिठास की शराब फड़काती नसों को, जब कोई बहुत परिचित पर अलहदा रह आया ज़ायक़ा ज़बान पर फैलता, जब जिस्म को थपथपाता गुनगुनाता पानी...तब स्पेनिश का कोई कवि अपने मुल्क से हज़ारों मील दूर कहीं किसी अनजान दुनिया में रच रहा होता इश्क़ की कोई अद्भुत कविता...। कहते हैं दक्षिण अमेरिका के समुद्र तटों पर संसार के सबसे ख़ूबसूरत जिस्म दीखते हैं, बताओ भला अगर वे सबसे ख़ूबसूरत न हों तो कौन हों...।

...सुधीर के कमरे की दीवार पर एक घड़ी टँगी थी, टिकटिकाती, अपनी हथेली पर अपनी ठुड्डी टिकाए चुपचाप सुनती सब कुछ...

'...कैमिला जिस कमरे में रहती थी वह एक बेहद नफ़ासत भरी जगह थी। कमरे में बहुत कम चीज़ें थीं, पर जैसे कमरे की हर चीज़ की दुनिया में सबसे सही जगह उस कमरे में उसकी अपनी जगह ही हो। एक दिल को छू जाने वाली तरतीब। एक शै से दूसरी शै के बीच एक ऐसा ख़ालीपन, ऐसी ख़ामोशी कि मन झरना-झरना हो जाए...।'

...दूर कहीं जाती किसी ट्रेन की मद्धिम-सी आवाज़ ने अभी-अभी बाथरूम से आती टपकती बूँदों की आवाज़ से संगत की थी, कोई पुरानी फ़िल्मी धुन हवा के साथ लहराती सुनाई देती, ग़ायब होती, फिर सुनाई देती...एक शोर करती चुप्पी थी हर आवाज़ को बुहारकर अपने बोरे में भरती...

'कैमिला के कमरे की हर चीज़ ऐसी लगती मानो शायरी की तरह से लिखी गई किसी इबादत में अपनी आँखें बन्द किए हो। कमरे की हर शै आकार और रंगों की कोई ग़ुलाम हो जैसे। कमरे में अपनी-अपनी मुख़्तलिफ़ जगहों पर रखे जाने से पहले हर चीज़ के दिल पर जैसे मोहब्बत की कोई इबारत लिख दी गई हो। इतना साफ़ और शफ़्फ़ाफ़ सा वह कमरा कि मैं दरवाज़े के बाहर अपनी चप्पलें उतारकर डोरमैट पर अपने पैर रगड़ने के बाद भी भीतर फ़र्श पर पैर रखते सकुचाता। कोई चीज़ उस कमरे में ऐसी न थी जो ग़ैरज़रूरी हो...कोई तिनका, कोई टुकड़ा, कोई किनारा...कुछ भी ऐसा नहीं जो ज़रूरत से एक इंच भी ज़्यादा हो...।'

'तुम इस तरह से मत कहो सुधीर वर्ना मुझे फिर से तुम्हारे अन्धे होने पर शक हो आएगा। तुम इस तरह से किसी सीन को कैसे कह सकते हो? कहीं मैं फिर से तुम्हारा चश्मा न उतार दूँ...यार...।'

अपर्णा ने ख़ुद में डूबते हुए कहा।

'उसका कमरा उस मल्टी स्टोरी में सबसे ऊपर था। उसके ऊपर बस छत थी आसमान के समानान्तर बिछी हुई। उसके फ़्लैट से लगा कोई दूसरा फ़्लैट न था वहाँ। उसकी ख़ामोशी में एक बेहद कामुक-सी चुप्पी घुलती रहती थी। उसे जिस बिस्तर पर मैं मसाज देता था उसकी पूरी लम्बाई में फैली एक विशाल खुली बालकनी थी। एकदम खुली, फरफराती। जिसके पार आसमान के नंगे जिस्म पर सरकते कपासी बादल दीखते थे। आसमान उसके कमरे की बालकनी में लटकते झीने पर्दे से अपनी जिस्म को छुपाने की नाकाम कोशिश में लगा रहता। उसके कमरे में कोई न आता-जाता था। आसपास कहीं किसी की कोई आवाज़ न आती थी। किसी के आने की कोई उम्मीद भी न थी। मोम और एक बेहद अजनबी मुल्क की मदहोश करने वाली ख़ुशबू से सराबोर उसका कमरा मानो जन्नत का कोई टुकड़ा हो...।'

'अच्छा...तो आपने आसमान भी देख लिया और उस पर लटकता झीना पर्दा भी...।'

'प्लीज़ बी क्वाइट...।'

अपर्णा मुस्कुरा दी।

'तो वही कैमिला एक बात कहती थी।'

'अच्छा एक बात तो बताओ सुधीर, वह स्पेनिश थी, तुम्हें स्पेनिश आती नहीं... फिर कैसे उसकी बात समझते थे...।'

'अपर्णा यार मेरा मूड न ख़राब करो...। तुम्हें क़िस्सा सुनने का ज़रा सा भी शऊर नहीं। कुछ चीज़ें अपने हिसाब से सोच लो। ख़ुदा ने दिल और दिमाग़ दोनों तो बख़्शे हैं तुम्हें...।'

कैमिला सुधीर से कहती थी कि जब कोई अपने मुल्क से बहुत दूर होता है किसी पराए मुल्क में, ठीक उसकी तरह से, साल भर से लौटने की जुगत में पैसे बटोरता, तब वह बहुत अकेलापन महसूस करता है। पराए मुल्क की अजनबीयत उसके दिलो-दिमाग़ पर तारी होती रहती है। सबसे भयानक अकेलापन होता है लोगों के बीच होकर भी इस बात का अहसास होना कि यह जगह उनका अपना मुल्क नहीं। तमाम लोगों के बावजूद भी इस पूरी सरज़मीं पर आप एक दूसरी ज़मीन में बेहद अजनबी क़िस्म की शै के अलावा और कुछ भी तो नहीं।

...और तब उसके भीतर-भीतर मोहब्बत की आग धधकती जाती। उसे लगता कि वह जितनी अकेली होती है प्यार की भूख उतनी बढ़ती है। पराए मुल्क का अकेलापन सबसे भयानक होता है इसलिए वह इश्क़ की सबसे शोख़ प्यास को भड़काता है। उसे लगता कि जब कोई अपने मुल्क में होता है तो उसे इश्क़ का मोल पता नहीं होता। उसे चारों ओर बेहद परिचित चेहरों से टपकता अपनापा दीखता रहता है। अपने मुल्क में इनसान अकेला होकर भी प्यार की दुनिया में जी रहा होता है। पर पराए मुल्क में वह सिर्फ़ अकेला होता है, एकदम अकेला। वह सुधीर से कहती कि जब वह स्पेन में थी उसे कभी पता ही नहीं चला कि उसका मुल्क कितना मादक और इश्क़बाज़ है। मुल्क की मिट्टी की फ़ितरत ही ऐसी है कि उससे इश्क़ का पता तब चलता है जब आप उससे कोसों दूर होते हैं।...और तब उस इश्क़ का न होना एक ऐसी प्यास जगाता है कि लगता है, मानो इस प्यास की कोई इंतहा ही न हो। वह कहती है कि सुधीर उससे जो यह कहता है कि उसका जिस्म गर्म है और जब वह उसे मसाज देता है तो उसके जिस्म की गर्मी सुधीर की हथेली पर उतर आती है, तो वह कहती कि यह इश्क़ की ऐसी तड़प है जो कोई समन्दर भी न बुझा पाए। सुधीर एक ख़याल के साथ उसे मसाज देता रहता—समन्दर भी कभी किसी की प्यास बुझा पाया है भला, अपने अनूठे नमकीनपन और ऐसी अजीम शान के बाद भी। तड़पकर दहाड़ती और बिखर-बिखर कर पानी-पानी होती, फैलकर झागों से चट्टानों को नहलाती, अपने रेतीले किनारों से रात-दिन मोहब्बत करती लहरों के बाद भी समन्दर किसी की एक बूँद प्यास भी कहाँ मिटा पाया...।

सुधीर को मोम की गन्ध का ऐसा चस्का लगा कि वह मोमबत्तियाँ बनाना सीखना चाहता था। मोम की ख़ुशबू उस पर इस तरह तारी होती कि वह अक्सर कैमिला को मोमबत्तियाँ बनाना सिखाने को कहता रहता।

कैमिला को मोहब्बत चाहिए थी और सुधीर कैमिला से मोमबत्तियाँ बनाना सीखना चाहता था।

पराए मुल्क की सरज़मीं पर प्यार की तलब गहरी होती जाती थी।

सुधीर के मन में औरत का एक अधूरा अक्स था...बरसों का अधूरा, पूरा होने को आतुर, उकसाता हुआ अक्स...।

'...क्या तुम मुझे मोमबत्तियाँ बनाना सिखाओगी?'

वह बाथरूम से हाथ धोकर आया था। कैमिला ने अपने ऊपर गाउन डाल लिया था और बिस्तर के कोने पर बैठी थी। उसने सुधीर को ऊपर से नीचे तक देखा—

'...एक शर्त है...।'

कैमिला ने उसके चेहरे को देखते हुए कहा। वह जान नहीं सकता था कि कैमिला उसे किस तरह से देख रही है।

अपर्णा बहुत देर से चुपचाप सुन रही थी।

'फिर से शर्त।'

अपर्णा ने कहा।

'हाँ...पर उस शर्त से एक और मकसद पूरा होता था।'

'एक और मकसद?'

अपर्णा ने सुधीर को अचरज से घूरा।

'हाँ...एक और मकसद। मेरा अपना मकसद। मेरा मकसद जो उसे कभी पता न चल सकता था। एक मकसद जो उसकी मोहब्बत की प्यास और मेरे कैंडल बनाना सीखने से भी ज़्यादा इन्टेंस था। इन दोनों से कहीं ज़्यादा कामुक, कहीं-कहीं ज़्यादा उतावला...।'

...किनारे स्टूल पर जग में पानी रखा था। खिड़की से आती धूप में तपता हुआ। उसके स्टील के चिकने जिस्म पर सूरज चढ़ रहा था धीरे-धीरे। पानी की सतह पर धूल की एक झीनी-सी परत थी मानो कोई शोला-शोला जिस्म कपड़े लपेटकर पानी से बाहर आते-आते रुक गया हो यकायक। नीम का एक सूखा पत्ता मवाली की तरह उड़कर आया था खिड़की के रास्ते पानी की सतह के साथ हमबिस्तर हो जाने...

'तुम जानती हो मैं औरत को देख न सकता था। औरत को देखने का एक ही रास्ता मेरे पास था कि मैं उसके हर वक्र, हर उभार, हर गर्त, हर सतह, हर ज्यामितीय...पर अपनी उँगलियाँ फिरा सकूँ, अपनी हथेलियाँ चला सकूँ...। पर ऐसा कर पाना मुश्किल था। औरत को एक बार देखने का ख़याल मुझे रात-दिन परेशान करता। पागलों की तरह भड़भड़ाता रहता मेरी जिस्म की खिड़कियों के पल्ले...। धूल भरी, धूप नहाई तूफ़ानी हवा में पागलों की तरह डोलती, लहकती रहतीं मेरी नसों की एक-एक शाख़ ख़ून के पत्तों से लदी-फँदी...।'

'...'

'जानती हो एक गुनाह होता है। ज़ेहन में घुसते ख़ंजर-सा, नज़्म के हर लफ़्ज़ से बलात्कार करता-सा एक गुनाह...।'

'क्या...क्या सुधीर...?'

'औरत की पत्थरों से बनी मूर्ति, प्लास्टर ऑफ़ पेरिस में ढला औरत का कोई मुजस्समा और मोम से बने औरत के किसी बुत को छू-छू कर औरत को देखने की कोशिश करने का गुनाह। यह जानकर भी कि हर मुजस्समा आत्माविहीन होता है, पर फिर भी उसे छूकर औरत को महसूस करने का जरायम। किसी मृत शै में, किसी बेज़बान चीज़ में, किसी मिट्टी में औरत को तलाशने का जुर्म। एक फ़रेब, एक दुश्नाम कि पत्थरों और मिट्टी के मार्फत दीख सकती है औरत।'

'...'

'मैं थोड़ा-बहुत कुछ जान पाया था औरत के बारे में कि वह कैसी दीखती होगी। कैमिला की चंपी करते, उसे मसाज देते मैं कुछ-कुछ जान पाया। पर इस काम में भी महसूस कर देखने की एक सीमा है। मसाज वर्जनाओं से भरा काम है। मैं वर्जना को तोड़कर औरत को पूरी तरह से देखना चाहता था।'

'...'

'न देख पाने की सबसे बड़ी तकलीफ़ औरत को न देख पाना है।'

...कहीं कुछ चटका हो जैसे कोई काँच का गिलास किचन में, कोई चूड़ी अचानक...कोई, किसलिए, कुछ, जो सिर्फ़ सुधीर को सुनाई देता हो, दुनिया को तमाम अनसुनी सदाओं की तरह...

'चंपी और मसाज के मार्फत जो दीखा वह नामुकम्मल था। मेरे अँधेरों में औरत का एक अधूरा अक्स था, मेरी जवानी के कैनवस पर एक आधी-अधूरी तस्वीर थी जिसे औरत कहते हुए मुझे झिझक होती थी, मेरी तमन्नाओं के आसमान में कोई औरत न थी क्योंकि मेरे लिए अभी तक औरत का इस ज़मीं पर अवतरण न हुआ था...।'

'...जो नहीं देख सकता वही देख सकता है सुधीर...क्योंकि वह देखने के मोल को समझता है...।'

...चूल्हे पर छोड़ आई गंज का बहाना लेकर अपर्णा चौके में आ गई। चौके में थोड़ी देर रो लेने के लिए कोई कोना न था। उबलते पानी से उठती भाप चारों ओर फैल रही थी। अपनी पनीली गरमाहट में खदबदा चुके पानी के असंख्य कणों को सँजोये वह भाप धीरे-धीरे हवा में घुलती जा रही थी।

'...कैमिला की शर्त में औरत को देख पाने की गुंजाइश थी...जिसकी वजह से मैंने कैमिला की शर्त को मान लिया था...।'

'फिर क्या हुआ?'

'बाक़ी बाद में...।'

'ये क्या बात हुई?'

'इंट्रेस्टिंग मोड़ पर कहानी को तो मैं भी छोड़ सकता हूँ।'

'ओह! तो ये बात है।'

अपर्णा का मन दुखी था। सुधीर को ख़ुश देखकर वह भी ख़ुश हो ली। उसने सुधीर के हाथों को अपने हाथों में लेकर आहिस्ता से चूम लिया।

## क़ब्र पर पिघलता मोम

सुधीर को वह दिन आज भी याद है जब वह इम्तियाज़ से पहली बार मिला था। हुआ यूँ था कि अगली गली में एक पान की दुकान है। पान वाले का नाम मदन है। सुधीर ने मदन से मोमबत्तियाँ बेचने की बात की थी। कहा था कि ख़रीद-फ़रोख़्त का एक-तिहाई फ़ायदा उसको मिलेगा। मदन तैयार हो गया। इम्तियाज़ मदन से मोमबत्तियाँ खरीदता था। साल में एक बार। वह भी कोई एक-दो नहीं बल्कि पूरी इकसठ। एक दिन मदन ने इम्तियाज़ को सुधीर से मिलवाया। शबे-बरात पास आ रही थी। हर शबे-बरात वह मरहूमों की याद में उनकी क़ब्रों पर मोमबत्तियाँ जलवाता है। वह क़ब्रिस्तान का रखवाला है। उसके पहले उसके अब्बू क़ब्रिस्तान की देखरेख करते थे। उनके बाद अब वह करने लगा। अबकी बार इम्तियाज़ को कुछ अलग क़िस्म की मोमबत्तियाँ चाहिए थीं। वह कुछ अलग करना चाहता था। उसका ख़याल था कि अगर सुधीर मरहूम बच्चों, औरतों और आदमियों के लिए अलग-अलग मोमबत्तियाँ बना पाए तो न सिर्फ़ वह थोड़े ज़्यादा पैसे देगा, बल्कि हो सकता है आगे आने वाले दिनों में शबे-बरात पर मोमबत्तियों की डिमांड और बढ़ जाए। 'क़ब्रिस्तान में दो सौ ग्यारह क़ब्रें हैं'—उसने थोड़ा ज़ोर देकर कहा। उसने यह भी बताया कि मरहूम लोगों की पूरी फ़ेहरिस्त उसके पास है। क़ब्रिस्तान में जिसे भी दफ़नाया जाता है उसका रिकॉर्ड रखा जाता है। बाक़ियों की भी जानकारी निकल सकती है।

बात पते की थी। यह एक नेक काम था। इससे मोमबत्तियों के काम को एक परमानेंट बिजनेस भी मिलता। हर साल शबे-बरात और हर साल मोमबत्तियों की ख़ासी खपत। कुछ लोग ऐसे भी थे जो क़ब्रों पर एक से ज़्यादा मोमबत्तियाँ लगाते। तो कुछ क़ब्रें ऐसी थीं, जिन पर कोई मोमबत्तियाँ लगाने नहीं आता। मदन और इम्तियाज़ ने रजिस्टर से पूरी फ़ेहरिस्त तैयार की थी। सौदे में इम्तियाज़ को भी कुछ हिस्सा देने की बात तय हो गई। पर मुद्दा इस बात पर अटका था कि आख़िर अगर किसी को मोमबत्तियाँ खरीदनी ही हों तो वह इम्तियाज़ से ही क्यों खरीदेगा? इसका एक तोड़ सुधीर ने सुझाया था। उसका कहना था कि अगर वे ज़रूरत के हिसाब से मोमबत्तियाँ बनाएँ तो वे ज़रूर बिकेंगी। यानी मरहूम बच्चों के लिए अलग तरह की

और औरतों के लिए अलग तरह की। हर किसी के लिए अलग-अलग। पर इसके लिए फिर दो बातों की ज़रूरत थी। एक तो इस बात की कि प्रचार-प्रसार ठीक से किया जाए ताकि लोग ये मोमबत्तियाँ ही खरीदें कोई और नहीं तथा दूसरी कि हर मरहूम शख़्स के बारे में पता हो उसकी पसन्द-नापसन्द, उसका क़िस्सा ताकि उस तरह कि मोमबत्तियाँ बनाई जा सकें। मरहूम शख़्स के पसन्दीदा रंग में, उसकी पसन्दीदा चाहतों के हिसाब से और कुछ ऐसा कि लगे जैसे वह उसी के लिए बनाई गई हो। अब बच्चों और आदमियों के लिए तो एक तरह की मोमबत्तियाँ नहीं बनाई जा सकती हैं। फिर पूरा मसला बेहद नाज़ुक था। इस काम में जितना शबाब था उतने ही ख़तरे भी। यद्यपि उन तीनों की नियत में कोई खोट न था। मेहनत के वाज़िब पैसों की दरकार रखना भी ग़लत तो नहीं है न।

इम्तियाज़ ने सभी को सारे मालूमात दे दिये। यह भी बता दिया कि इस बार हर किसी के नाम की अलग मोमबत्ती होगी। एकदम उसी के लिए जिसकी याद में उसे जलाना होगा। वह इस तरह जलेगी मानो सिर्फ़ उसी क़ब्र के लिए बनी हो।

मदन और इम्तियाज़ ने फ़ेहरिस्त बनाई और हर मरहूम शख़्स की जानकारी भी जुटाई। क़ब्रिस्तान का एक कोना औरतों की क़ब्रों का है। वे अलग से पहचानी जा सकती हैं। एक जगह ऐसी है जहाँ पन्द्रह साल पहले हुए दंगे में मारे गए लोगों को एक साथ दफ़नाया गया था। वहाँ इक्कीस लोगों की क़ब्रें हैं। उन दिनों कुछ लोग इन इक्कीस क़ब्रों के पास इकट्ठा होते। वहाँ मोमबत्तियाँ जलाते। कुछ लोग उन लोगों के बारे में कुछ-कुछ बताते। शुरुआती दिनों में वहाँ तकरीर भी होतीं। कोई नेता या कोई ख़ास शख़्स दंगे वाले उस वाकये के बारे में कुछ-कुछ बोलता। अक्सर मीडिया के एक-दो लोग भी साथ आते। कोई सुबकता, तो कोई सुबकने वाले को ढाँढस बँधाता। एक दिन बहुत से लोग आए थे, दंगे की घटना के पूरे एक साल बाद। उन लोगों ने काले कपड़े पहन रखे थे। उनमें कुछ औरतें भी थीं। उन सबने इबादत की थी और मोमबत्तियाँ भी जलाई थीं। इम्तियाज़ को याद है कि कैसे दो माह की नादिया खानम की क़ब्र पर मोमबत्ती जलाते युवक के हाथ काँप रहे थे और एक दूसरे आदमी ने जो पूरे काले कपड़ों में था उसके हाथों को थामा था और इस तरह फिर दोनों ने उस क़ब्र पर मोमबत्तियाँ लगाई थीं। कुछ सालों तक उन इक्कीस लोगों की तारीख़ पर कुछ लोग वहाँ इकट्ठा होते ही रहे। फिर उनकी संख्या कम होती गई। सिर्फ़ घरवाले ही आते। पर बाद में उनमें से भी कई लोगों आना बन्द सा हो गया। एक बार तो कोई भी नहीं आया और दंगों वाली तारीख़ वैसी ही बीत गई। उस रात को इम्तियाज़ ने ख़ुद ही एक मोमबत्ती जला दी थी। वह ख़ुद ही मोमबत्ती खरीदकर लाया था। दंगे में मारे गए लोगों के लिए अपने पैसों की खरीदी मोमबत्ती जलाते उसे अच्छा लगा था। ऐसा नहीं है कि उनके लोग अब आते नहीं हैं। बस उनके आने का दिन बदल गया है। वे शबे-बरात की रात आते हैं। उस तारीख़ को अब नहीं आते। पर इम्तियाज़ ने काले कपड़े पहनकर मोमबत्ती जलाने वालों की

परम्परा को आज भी बनाए रखा है। वह कोई काला कपड़ा नहीं पहनता है। वह जैसा है वैसा ही मोमबत्ती जलाता है। उन इक्कीस क़ब्रों के बीच में एक ख़ाली-सी जगह है। उन दिनों वहाँ सैकड़ों मोमबत्तियाँ जलती थीं। अब सिर्फ़ एक जलती है। दुनिया में किसी को नहीं पता कि दंगे वाले उस दिन आज भी कोई उस जगह एक मोमबत्ती जलाता है।

'कुछ ऐसी क़ब्रें हैं जिनके लिए कोई नहीं आता। शबे-बरात के दिन भी नहीं।' मदन ने कहा।

'ऐसी कुल अठारह क़ब्रें हैं।' इम्तियाज़ ने बताया।

'हम उन अठारह क़ब्रों के लिए भी मोमबत्तियाँ बनाएँगे।'

'बेहतर है...।'

'बेशक...।'

सुधीर बड़े ग़ौर से हर मरहूम हो चुके शख़्स की पसन्द का ख़याल रखता।

कहते हैं तेरह बरस का अब्दुल फुटबाल का दीवाना था। उसके कमरे में पेपर से काटकर सहेजी गई मेराडोना की कई तस्वीरें थीं। सात साल की नगीन अतहर के पास एक कपड़े की गुड़िया थी काले घने बालों वाली जिसे वह अपने पास रखकर सोती थी। एक फहमिदा थी तीन माह की कहते हैं सही इलाज के अभाव में उसका बुख़ार बिगड़ गया था। उसकी अम्मा को तब समझ आया जब उसने झुनझुने की आवाज़ पर भी कोई रिऐक्शन न दिया। सुधीर ने अब्दुल के लिए छोटी फुटबाल के आकार की, नगीन के लिए गुड़िया के आकार की और फहमिदा के लिए झुनझुने के आकार की मोमबत्तियाँ बनाईं। मुन्तिज़र एक जवान आदमी था। उसे नारंगी रंग बड़ा पसन्द था। उसके पास की हर दूसरी शर्ट नारंगी रंग की थी। जब उसका ऐक्सिडेंट हुआ था तब उसकी नारंगी शर्ट लाल रंग में भीग गई थी। सुधीर ने उसके लिए एक सादी, थोड़ी बड़ी नारंगी रंग की मोमबत्ती बनाई थी। एक बुज़ुर्ग औरत थी जो बेवा होकर भी रंगीन कपड़े पहनती थी। उसे लम्बी उम्र मिली। मोहल्ले की तमाम लानतों और गालियों के बाद भी वह अस्सी बरस तक जी गई। उसके लिए एक रंग-बिरंगी मोमबत्ती सुधीर ने बनाई थी। उसमें हर रंग था। उस पर मोम से कान के दो बुँदके और हार का एक डिज़ाइन बनाया था। एक औरत के बारे में कुछ ख़ास पता न था। उसके लिए सुधीर ने पाँच तारों वाली हल्की नीली कैंडिल बनाई थी। एक बुज़ुर्ग था। सम्पत्ति के फेर में उसके अपनों ने ही उसकी हत्या कर दी थी। बहुत इत्मीनान से सोच-सोचकर उसके लिए सुधीर ने एक ख़ूबसूरत सफ़ेद मोमबत्ती गढ़ी थी।

...उस साल सारा क़ब्रिस्तान जगमगा उठा था।

जिन क़ब्रों पर कोई न आता था उस पर भी इम्तियाज़ ने मोमबत्तियाँ जला दी थीं। सुधीर की बनाई मोमबत्तियों में जादू था। एक औरत बहुत देर तक उसके मरहूम शौहर के लिए बनाई मोमबत्ती को घूरती रही। मानो मोमबत्ती कोई देखने की चीज़ हो, जलाने की नहीं। अपने कमरे में बैठा इम्तियाज़ जगमग क़ब्रिस्तान

को निहारता रहा। अगरबत्ती और लोबान के धुओं के दरमियान जलती रंग-बिरंगी मोमबत्तियों की रोशनियाँ झाँकती-सी टिमक रही थीं। कुछ सम्पन्न लोगों ने अपने लोगों की क़ब्रों पर कई-कई मोमबत्तियाँ जलाई थीं, तो वे क़ब्रें भी न जाने कितने बरसों बाद रोशन हो पाई थीं जिन पर बरसों से कोई न आया था। अँधेरे का हर क़तरा दुबककर कहीं घुस गया था। फूलों, केवड़े और लोबान की ख़ुशबू पूरी कायनात में फैल रही थी। आसमान में कुछ चेहरे मुस्कुरा रहे थे। ज़मीन के नीचे की मिट्टी और हड्डियों ने कोई करवट बदल ली थी। पिघलता मोम पत्थरों और मिट्टी में जज़्ब हो रहा था, किसी याद की तरह बार-बार लौटने को। एक पेड़ था क़ब्रिस्तान के एक कोने में रोशनी में नहाया हुआ, बुत-सा ख़ामोश। इम्तियाज़ की छोटी कोठरिया जिसकी खपरैली छत पर पतझर के असंख्य सूखे पत्ते अब तक फँसे थे, फड़फड़ाते, कोई इक्का-दुक्का उड़कर बिखरते, आज रोशन-रोशन थी। कुछ कुत्ते ख़ुशी में पूँछ हिलाते, इधर-उधर सूँघते घूम रहे थे। कोई सफ़ेद कपड़ों में दमकते चेहरे से बुदबुदाता कोई इबारत, तो कोई चूमता क़ब्र के बेजान पत्थर को, कोई बच्चा जिसने अभी-अभी टिकाया था माथा अपने किसी अज़ीज़ की क़ब्र पर ख़ुशी-ख़ुशी और गर्व से ताकता अपने वालिदैन को, हवा में लहराती लौ के गिर्द घूमता कोई दीवाना पतंगा, मोम के रंग में घुलती रोशनी की न जाने कितनी मुस्कुराहटें, इतनी ख़ामोशियाँ कि जैसे क़ब्रिस्तान न हो यादों का कोई सैलाब हो, सारी दुनिया की नींद से अलहदा उस रात जागते रहे कितने लोगों के न जाने कितने-कितने अफ़साने...हर शमा, हर रोशन-रोशन...।

'यह क्या है?' बिस्तर के पास ज़मीन पर रखे काग़ज़ों के बंडल को देखकर अपर्णा ने कहा।

'फॉर्म नम्बर ट्वैल्व ए और नामों की एक इन्वेंट्री।'

अपर्णा ने उत्सुकता से एक काग़ज़ उठा लिया। काग़ज़ के ऊपर लिखा था—सरपंच के इलेक्शन के लिए इलेक्शन लड़ने वाले कैंडिडेट्स की लिस्ट। बहुत से काग़ज़ थे। हर काग़ज़ में अलग-अलग पंचायतों में सरपंच का इलेक्शन लड़ने वाले कैंडिडेट्स के नाम लिखे थे। हर नाम के सामने एक सिम्बल बना था। किसी के नाम के सामने लालटेन बनी थी, तो किसी के नाम के सामने सीढ़ी, किसी के नाम के सामने सिलाई मशीन बनी थी, तो किसी के नाम के सामने बरगद का पेड़...। ये वे निशान थे जो सरपंच के इलेक्शन के लिए उस कैंडिडेट को मिले थे। जैसे तमाम पार्टियों के अपने-अपने निशान होते हैं वैसे ही इलेक्शन के लिए ये निशान इन सबको बाँटे गए थे। वोट देने वाला इन्हीं निशानों पर अपने मनमाफिक कैंडिडेट को वोट देता। अपर्णा ने देखा कि इनमें से कुछ कैंडिडेट्स के नाम के सामने मोमबत्ती बनी थी। यानी मोमबत्ती उनका इलेक्शन का निशान था। जिन कैंडिडेट्स के सामने मोमबत्ती बनी थी उनके नाम को लाल स्याही से टिक किया गया था। एक दूसरी लम्बी-सी लिस्ट थी। उस लिस्ट में तमाम कैंडिडेट्स के नाम, फ़ोन नम्बर और

पते लिखे थे। इनमें से भी कुछ कैंडिडेट्स के नाम लाल रंग से टिक किए गए थे। अपर्णा ने देखा कि इस लिस्ट में भी सिर्फ़ उनके ही नाम लाल स्याही से टिक किए थे जिनका इलेक्शन का निशान मोमबत्ती था।

'ये सब मदन इकट्ठा करके लाया था। उसी ने टिक लगाया है। तहसील का कोई क्लर्क उसके जान-पहचान का है। जो लोग सरपंच का इलेक्शन लड़ रहे हैं उनके पास भी ये काग़ज़ात रहते हैं।'

'...हाँ, वह तो ठीक है, पर इसका करोगे क्या...?'

कहते हैं तीन साल पहले एक दिन एक शख़्स सुधीर के पास आया था। वह सरपंच का इलेक्शन लड़ रहा था। उसके इलेक्शन का निशान मोमबत्ती था। सुधीर को वह एक नेक बन्दा लगा। बोलते समय वह बार-बार गला खखारता मानो बे-बात किसी बात को क्लियर करने की कोशिश कर रहा हो। जैसे बहुत सीधे-साधे लोग होते हैं, जिन्हें हमेशा यह इल्म रहता है कि सामने वाले को उनकी किसी बात का बुरा न लग जाए, कुछ-कुछ वैसा ही। वह ग़रीब मज़दूरों की एक बस्ती में रहता था। बस्ती का हैंडपम्प बरसों से ख़राब था। औरतें बहुत दूर से पानी लाती थीं। एक पुराना तालाब था जिसमें सारी गर्मी पानी रहता। पर उसका पानी पीने लायक़ न था। गाँव में आँगनबाड़ी में काम करने वाली दीदी ने पानी को उबालकर पीने की सलाह दी थी। उबालने का तरीक़ा भी बताया था। पर ग़रीब मज़दूरों पर इतना ईंधन न होता कि वे रोज़ पानी को उबाल सकें। पानी छानकर पीने वाली बात ठीक तो थी, पर इससे गन्दे पानी का मसाइल हल न होता था। आँगनबाड़ी वाली दीदी ने पानी साफ़ करने वाली गोली के बारे में भी बताया था, पर गोली मिले तो कहाँ से मिले? वह भी रोज़ डालो, हर हफ़्ते खरीदो। कुल मिलाकर यह था कि किसी तरह से हैंडपम्प ठीक हो जाए।

तमाम दरख़्वास्त लगाई मोहल्ले वालों ने। बड़े-बड़े लोगों तक। पर कहीं कुछ नहीं हुआ। जिस तालाब से वे पानी लाते थे उसकी एक तरफ़ गोपालकों की बस्ती थी। जानवरों का टट्टी-पेशाब पानी में मिलता रहता। बारिश में उसी पानी की वजह से पूरी बस्ती में उलटी-दस्त का प्रकोप फैला था। बड़े शहर से डॉक्टर आया और कुछ दवा दे गया। इसी कहर से राजेश्वर के छोटे बेटे की तबीयत एक रात बिगड़ गई थी। झमाझम पानी गिर रहा था। जैसे-तैसे उसे दूर गाँव के अस्पताल ले जाने का फ़ौरी इन्तज़ाम मोहल्ले के कारिंदों ने किया। अगले दिन शाम तक ख़बर आई कि राजेश्वर का बेटा मर गया। कारण वही तालाब का गन्दा पानी। वाकये के बाद जनपद का बड़ा मुलाजिम आया था। कह गया, जब तक पानी की दिक़्क़त ठीक न होगी यह सब होता रहेगा। यह भी कह गया कि महकमे में उसकी कोई नहीं सुनता। हैंडपम्प वह ठीक भी करवाए तो कैसे? एक-दो लोगों ने उससे तल्ख लफ़्ज़ों में बात भी की। पर वह अपना ही रोना रोता रहा। मोहल्ले के लोगों ने तय किया कि अब तो पानी सर से ऊपर निकल गया है। कुछ न कुछ तो करना ही पड़ेगा। सब ने

मिलकर तय कर लिया कि इस बार के इलेक्शन में किसी अपने आदमी को सरपंच बनवाया जाए। अगर अपना आदमी सरपंच बन गया तो हैंडपम्प एकदम ठीक हो जाएगा। इस तरह इस आदमी ने जिसका नाम पंचम था ने मोहल्ले के लोगों की समझाइश और रज़ामन्दी पर सरपंच का फॉर्म भर दिया। उसे इलेक्शन लड़ने का निशान मिला मोमबत्ती।

'मेरे पास अभी पच्चीस मोमबत्तियाँ हैं। कुल क़ीमत दो सौ रुपये।'

'अगर मैं कुछ पैसे अभी देकर बाक़ी बाद में दे दूँ तो...।'

सुधीर ने पल भर को सोचा।

'आप इतनी मोमबत्तियों का करेंगे क्या?'

'मोहल्ले में लोगों में फूट है। हमारे लीडर ने कहा कि मोहल्ले के सभी लोगों को एक दिन बरगद के पेड़ के नीचे इकट्ठा किया जाए। बरगद का पेड़ मोहल्ले के बीचोबीच है। सबको एक-एक मोमबत्ती दे दी जाए। फिर सब एक साथ एक ही मोमबत्ती से अपनी-अपनी मोमबत्तियाँ जलाएँ। इससे मेरे सिंबल का एडवरटाइज़मेंट भी होगा और लोगों को मुझे वोट देने की प्रेरणा भी मिलेगी। गाँव में किसी ने कभी ऐसा नहीं किया। गंगाजल उठाने और मज़हब की क़सम दिलाने का काम बहुत होता है। पर फिर भी लोग इलेक्शन हार जाते हैं। हमारे नेता कहते हैं कि मोमबत्ती जलाना एक नया आइडिया है। नई चीज़ को लोग पसन्द करते हैं। फिर यह मेरा सिंबल भी है। मोहल्ले के हैंडपम्प के लिए यह करना ज़रूरी है। राजेश्वर के बेटे के बाद किसी और को मरता हुआ हम नहीं देख सकते। अगर पावर में न हो तो उसको कौन पूछता है? सिर्फ़ उस शख़्स की बात पर ग़ौर किया जाता है जो पावर में होता है, गुरबत में जीने वालों की बात पर तो लोग कान भी नहीं देते। आप समझ सकते हैं। मैं आपको अभी सौ रुपये ही दे सकता हूँ। बाक़ी मैं दे दूँगा... वादा रहा। यक़ीन करें।'

पंचम मोमबत्तियों पर आने वाले ख़र्च पर फ़िक्रमन्द था। यह एक महँगा सौदा था। पर लीडर ने कहा कि कहीं से वह भी मदद करेगा। लीडर पंचम की मदद कर रहा था। उसने ही कहा था कि एक बार चुनाव जीत जाओ फिर सब ठीक हो जाएगा।

सुधीर राजी हो गया। बाद में उसने कुछ और मोमबत्तियाँ भी खरीदीं।

पंचम चुनाव जीत गया। एक दिन आया और पैसों का हिसाब कर गया।

'...कुछ लोग ख़ासे मालदार भी होते हैं। उन्हें मैं आइडिया देता हूँ कि अगर ख़याल नेक हों तो मोमबत्तियाँ साथ देती हैं। पंचम के जीतने को हमने थोड़ा प्रोपोगेट भी किया। उसकी इस बात के साथ कि उनकी बस्ती का हैंडपम्प सुधरना चाहिए, बिलकुल सुधरना चाहिए...गन्दे पानी को बरदाश्त नहीं करना है, कहीं भी। अगर ऐसा आइडिया हो तो हम मोमबत्तियाँ देंगे। इससे इलेक्शन के निशान का एडवरटाइज़मेंट भी होगा ही। पर हर किसी को नहीं...।'

अपर्णा चुपचाप सुनती रही।

'...किसी ख़राब आइडिया के लिए मैंने कभी मोमबत्तियाँ नहीं बेचीं। इलेक्शन में झूठे वादों की बहार होती है। वादाख़िलाफ़ी की नीयत होती है। अगर मोमबत्तियों के बूते कोई ग़लत शख़्स जीत गया तो मोमबत्तियाँ बदनाम हो जाएँगी।'

'तुम एक उम्दा बिजनेसमैन हो सुधीर क्योंकि तुम क़ब्र और वोट दोनों के लिए मोमबत्तियाँ बेचते हो...।'

अपर्णा ने चहकते हुए कहा।

## तीसरा शख़्स

उस दिन कॉलेज में ख़ासा हंगामा हुआ था।

तापस और उसकी पूरी टीम ने एक नाटक तैयार किया था। नाटक में एक सीन था जिसमें शिवाजी औरंगज़ेब के दरबार में आते हैं। अदीब शिवाजी बना था और एक दूसरा लड़का जिसका नाम सुजान गुर्जर था वह औरंगज़ेब बना था। केसरिया पटका और लाल टीका वाले लड़के जिन्हे कॉलेज के लोग 'लाल टीका दल' कहते थे, ने इस नाटक को ऐनुअल फेस्ट में न खेले जाने की एक दरख़्वास्त कॉलेज के प्रिंसिपल को दी थी। पहले तो उस दरख़्वास्त को ज़्यादा तवज्जो नहीं दी गई। पर जब उन लोगों ने थाने में भी एक कम्प्लेंट डाल दी तो प्रिंसिपल ने टीचरों की एक कमेटी बना दी। कमेटी ने नाटक की स्क्रिप्ट पढ़ी और नाटक का वीडियो भी देखा। उसमें उन्हें कुछ भी गड़बड़ न लगा। जिस दिन नाटक होना था उस दिन 'लाल टीका दल' के लोग काफ़ी संख्या में आए थे। दर्शकों के बीच उनका बड़ा जमावड़ा था। कहते हैं कुछ मीडिया वालों को भी उन्होंने बुला लिया था। सारा काम इतनी होशियारी से हुआ कि कॉलेज वालों को कानों-कान ख़बर नहीं लगी।

नाटक शुरू हुआ। फिर जब वह सीन आया जिसमें शिवाजी औरंगज़ेब के दरबार में आते हैं, तो उस पर उन्होंने शोरगुल मचाना शुरू कर दिया। उन्हें ऑब्जेक्शन इस बात पर था कि सीन में यह दिखाया गया है कि औरंगज़ेब ने शिवाजी को बैठने को सामने की कुर्सी नहीं दी, जबकि यह बात ग़लत है। इतिहास में ऐसा कभी नहीं हुआ कि शिवाजी औरंगज़ेब के दरबार गए हों। वे भला क्यों जाने लगे? इस तरह के भारतीय संस्कृति के ख़िलाफ़ दिखाए जाने वाले नाटकों को 'लाल टीका दल' बरदाश्त नहीं करेगा। यह सरासर तारीख़ का मख़ौल उड़ाना है। उन्होंने पहले से शिकायत भी कर रखी है, पर कॉलेज एडमिनिस्ट्रेशन ने कोई क़दम नहीं उठाया बल्कि उलटे इस नाटक को परमीशन दे दी।

नाटक के दौरान पहले तो भीड़ में से आवाज़ें आईं—बन्द करो, बन्द करो—फिर कुछ लोग गाली-गलौज करने लगे। एक-दो लफंगे टाइप के लड़के स्टेज पर चढ़

आए। मीडिया के कुछ लोग तस्वीरें उतारने लगे। स्टेज पर दो-चार पत्थर भी फेंके गए। एक पत्थर औरंगज़ेब बने सुजान को लगते-लगते बचा। तापस और उसके लोग भी स्टेज पर चढ़ आए। अभी वह संवाद बोला जाना था जिस पर 'लाल टीका दल' को सबसे ज़्यादा आपत्ति थी। संवाद था—मिट्टी से मोहब्बत लैला- मजनूँ की मोहब्बत के समान होती है जहाँपनाह। मोहब्बत के दायरे नहीं हैं। देशप्रेम हो या कोई और प्रेम दोनों की फ़ितरत ख़ुद को लुटा देने वाली होती है। प्रेम सर्वश्रेष्ठ मनोभाव है जहाँपनाह आलमगीर—लाल टीका दल को इस संवाद में देशद्रोह दीख रहा था, क्योंकि यहाँ बड़ी चतुराई से देशभक्ति को देशप्रेम कह दिया गया था और उसे प्रेम और इश्क़ से जोड़ने की कुत्सित कोशिश भी की गई थी। फिर दृश्य में शिवाजी को तो दिखाया ही जा रहा था।

पहले तो तापस और उसके सभी समर्थक स्टेज पर ही लाल टीका दल से भिड़ गए। फनकारों को पर्दे के पीछे से बाहर निकाल लिया गया। लाल टीका दल पूरी तैयारी से आया था। स्वाभाविक था कि तापस और उसके लोगों की उन लोगों ने पिटाई कर दी। स्टेज के पर्दे फाड़ दिये गए, राजनीतिशास्त्र और अर्थशास्त्र के एक अध्यापक के साथ भी बदसलूकी की गई। एक अध्यापक के कपड़े फाड़ डाले गए और दूसरे के साथ हाथापाई हुई। पुलिस कहीं दीख नहीं रही थी। जिन पुलिस वालों की ड्यूटी थी कुछ लड़के उन्हें ढूँढ़ते घूम रहे थे। अगले दिन तापस और उसके लोगों ने कॉलेज में हड़ताल कर दी। हड़ताल को कॉलेज के लड़कों की ताईद मिली। न सिर्फ़ लड़कों बल्कि तमाम टीचरों का भी सपोर्ट मिला। इस तरह राजा दिव्यनाथ कॉलेज कुछ दिनों के लिए बन्द कर दिया गया।

तमाम पेपरों और टी.वी. पर जहाँ देखो तहाँ राजा दिव्यनाथ कॉलेज की ख़बरें। एक टी.वी. चैनल पर बहस चल रही थी कि इस तारीख़ी हक़ीक़त में कितना दम है कि शिवाजी औरंगज़ेब के दरबार गए। एक हज़रात इस बात का चिल्ला-चिल्लाकर खंडन कर रहे थे, तो एक दूसरे अपने साथ लाई कुछ किताबों और काग़ज़ों को लहरा-लहराकर बात की तरफ़दारी में अपनी दलीलें रख रहे थे।

'यह एकदम ग़लत है। इतिहास में ऐसा कभी नहीं हुआ।' हज़रात ने कहा।

'इस किताब में सब लिखा है।' किताब वाले हज़रात ने कहा।

'ऐसे तो कोई कुछ भी लिख दे किताब में क्या उसे मान लिया जाएगा।'

'जनाब ये स्टीरियो डो मोगोर है। मनूची की लिखी किताब।'

'ओह, तो अब हम अपना इतिहास किसी अंग्रेज़ से समझेंगे।'

'यह अंग्रेज़ नहीं इटैलियन है। यह उस समय औरंगज़ेब के दरबार में था, जब शिवाजी वहाँ आए थे। यह उस वाकये का चश्मदीद है। तारीख़ में चश्मदीद की बात को तवज्जो दी जाती है।'

'हम नहीं मानते इसे।'

'अच्छा, क्या बताया है इसमें?' एंकर ने बीच में टोका।

'ये क्या बताएँगे। ये तो बरसों से एकतरफ़ा बात करते आए हैं। हमारे इतिहास के साथ ऐसे ही लोगों ने छेड़छाड़ कर रखी है। पर अब और न चलेगा। अब निजाम बदल गया है। इन्हें अपनी सोच बदलनी होगी...।'

'देखिए, जब आप बोल रहे थे तब मैं ख़ामोश था, अब आप मुझे बोलने दें।'

'ठीक है, ठीक है...थोड़ा इन्हें बोलने दें। तो बताएँ...बताएँ क्या है इस किताब में।'

'इसमें लिखा है कि शिवाजी ने दरबार में हाज़िरी लगाई थी। औरंगज़ेब ने उन्हें पीछे बैठने को जगह दी थी। राजा जयसिंह उन्हें औरंगज़ेब से मिलवाने लिवा लाया था...।'

'हम नहीं मानते। ये सब कोरी बकवास है...।'

'मतलब ये हज़रात बकवास कर रहे हैं।' एंकर ने आग में थोड़ा घी डाला। वे हजरात नाराज़ हो गए। वे लगातार किताब हिला-हिला कर चिल्लाते रहे।

लाल टीका दल का एक मेम्बर भी वहाँ बैठा था उसके आरोप बड़े सीधे-सीधे थे, पहला आरोप तो यह था कि क्यों एक विधर्मी को शिवाजी का किरदार निभाने दिया गया। उसके अनुसार अदीब को यह किरदार जानबूझकर लोगों की भावना भड़काने के लिए दिया गया था। एक जनाब कह पड़े कि सबको अपने-अपने सेंटीमेंट्स अपने-अपने पास रखने चाहिए क्योंकि अभिव्यक्ति की आज़ादी है। इस पर दूसरे सज्जन ने उनके लफ़्ज़ 'आज़ादी' को पकड़कर लगभग दुश्नाम बातों के साथ उनकी मजम्मत कर दी। वे भी ज़ोर-ज़ोर से चिल्लाने लगे। इस तरह थोड़ी देर तक तल्ख तू-तू मैं-मैं चलती रही। फिर एंकर ने बीच-बचाव किया, चार-पाँच बार कहा कि यह राष्ट्रीय चैनल है। थोड़ा ख़ुद को ज़ब्त करें।

लाल टीका दल वाला चिल्ला रहा था—जानबूझकर देशभक्ति को देशप्रेम कहा जा रहा है, बड़ी नाइंसाफ़ी है, इस पर देशद्रोह का मामला दर्ज होना चाहिए—किताब और काग़ज़ लहराने वाले हजरात अब लुटे-पिटे से चुपचाप बैठे थे, एंकर ने उनसे वादा किया कि वह लौटकर उनसे मुख़ातिब होगा, वे तसल्ली करें उनकी भी बात सुनी जाएगी...। एक मोहतरमा भी बैठी थीं। वे बार-बार अपना हाथ खड़ा कर रही थीं, पर जब वे कहना शुरू करतीं लाल टीका दल वाला उनकी बात काटकर फ़िज़ूल की बातें शुरू कर देता। चारों ओर गदर-सा मचा था। सोशल मीडिया पर गाली-गलौज की ज़बान तक अपनी-अपनी दलीलों के साथ प्यादे, मुरीद और शोदे भिड़े हुए थे। लाइक्स की संख्या गिनकर जीत और शिकस्त तय हो रही थी। पेपरों के पहले पृष्ठ राजा दिव्यनाथ कॉलेज की ख़बरों से अटे पड़े थे। टी.वी. पर लाल टीका दल कोई भी आरोप लगाने से गुरेज नहीं कर रहा था—इस अदीब नाम के लड़के के एक हिन्दू लड़की से प्रेम सम्बन्ध भी हैं, इसकी भी तहक़ीक़ात होनी चाहिए कि क्या दूसरे धर्म में प्रेम की इजाज़त दी जा सकती है—तभी टी.वी. पर ब्रेकिंग न्यूज़ आने लगी—राजा दिव्यनाथ कॉलेज मामले में बड़ा क़दम, हंगामा करने वाले छात्रों तापस, अदीब, सुजान गुर्जर...आदि-आदि पर मारपीट, बलवा करने, उकसाने,

गाली-गलौज...आदि का मामला दर्ज...अभी यह परीक्षण किया जा रहा है कि इस मामले में देशद्रोह बनता है या नहीं...।

अपर्णा को इन दिनों होश न था। उसे नहीं पता था कि कहाँ क्या हो रहा है। तीन रोज़ पहले कुछ ऐसा हुआ था कि उसे समझ न आ रहा था कि वह अब क्या करे?

हुआ यूँ था कि उस दिन वह और अदीब साथ-साथ थे मोटरसाइकिल पर। यह कॉलेज में हुए हंगामे से ठीक दो दिन पहले का वाकया है।

कॉलेज पहुँचने से पहले अदीब को घर से एक किताब उठानी थी। अपर्णा इश्क़ की दीवानगी की ज़बरदस्त गिरफ़्त में थी। उसे रात-दिन अदीब के अलावा कुछ और सूझ नहीं रहा था।

घर के दरवाज़े पर जब अदीब जेब में चाबी ढूँढ़ने लगा तब अपर्णा को पता चला कि आज उसके घर में कोई नहीं है और वह अकेला है। अपर्णा के पूछने पर उसने कन्फ़र्म भी किया कि वह अकेला ही है। आज अदीब बड़ा ख़ुश था। पता नहीं क्या बात थी?

दरवाज़ा खोलकर उसने अपर्णा के सामने झुककर हाथों से इशारा किया मतलब—तशरीफ़ ले आइए। अपर्णा को लगा मानो उसे जन्नत मिल गई हो। कितनी छोटी-छोटी बातों पर ख़ुश हो जाती है इश्क़ में डूबी कोई लड़की—अपर्णा ने सोचा।

अदीब के घर में एक बड़ा-सा लॉन है। लॉन के एक तरफ़ जहाँ मेन गेट है उससे लगा एक चौकीदार का कमरा है। गेट से घर के भीतर तक आता दोनों तरफ़ लाइटों और पत्थरों से सजा एक रास्ता है जिसके किनारे-किनारे ख़ूबसूरत फूल खिले हैं। चौकीदार ने ही दरवाज़ा खोला था और उन दोनों को घर में घुसते देखा था। उसके चेहरे पर एक अजीब सी कुटिल मुस्कान थी। अपर्णा को थोड़ा अजीब लगा। फिर यह अहसास भी हुआ कि तमाम लोग अब उन दोनों को लेकर तरह-तरह की बातें करने लगे हैं। उसे इन सब बातों से कोई फ़र्क़ नहीं पड़ता। पर चीज़ें साफ़ हो जानी चाहिए। मामला यहाँ तक बढ़ गया है कि तय हो जाए कि अब क्या होना है। अदीब इस तरह से ख़ुद में मशगूल नहीं रह सकता। उसके इश्क़ को जाया करने का उसे कोई हक़ नहीं। भला उसमें क्या कमी है? वह ख़ूबसूरत है। सारी दुनिया उस पर मरती है। एक अच्छे घर की वह रहने वाली है। मज़हब वाला मुद्दा शायद ही इतनी बड़ी बात हो। जितना वह ख़ुद के माता-पिता और अदीब के अम्मी-अब्बू को जानती है, उसे लगता है रज़ामन्दी हो जाएगी। पर वह ख़ुद 'अदीब' को लेकर पसोपेश में है। आख़िर क्या है? क्या कोई और है जिसे वह चाहता है? तो बता दे। आजकल सब तो बता देते हैं। अपर्णा किसी तरह ख़ुद को समझा लेगी। ख़ुद को समझाना उसके लिए अब बेहद मुश्किल हो चला है, पर फिर भी कुछ रास्ता निकाल लेगी शायद...उसकी हर बात अदीब पर आकर ख़त्म होती है और उसे इल्म नहीं कि अब क्या? और फिर एक कोरी- सी ज़िद उस पर तारी हो जाती है। जब थोड़ा भी ऐसा लगता हैं कि वह महफूज़ नहीं उसे लगता है कि वह कुछ ऐसा करे कि

अदीब को उसकी बेपनाह मोहब्बत का अहसास हो और वह भी उसकी ही तरह मजबूर हो जाए...पर क्या?

अदीब के उस आलीशान घर में उसके साथ घुसते हुए उसके गले में सूखा-सा बलगम अटक रहा था। हाथ और पैरों में पसीना आ रहा था। माथे पर पसीने की कुछ बूँदें उभर आई थीं। भीतर कुछ गुदगुदाता-सा अटक रहा था।

घर की तनहाई बहुत इत्मीनान भरी होती है। वह उकसाती है। अजनबी घरों में अपने आशिक़ के साथ अकेले होना वह भी इस ख़याल के साथ कि वहाँ कोई आ नहीं सकता, कि वहाँ किसी के आने की गुंजाइश तक नहीं। कुछ वैसी ही तनहाई। इतनी ख़ामोशी कि यह ख़याल भी न आए कि कोई आ सकता है। इतना कि कोई जान भी न पाए कि दोनों अकेले हैं उस बेपनाह वीरानगी में। तब दिल इतना बेचैन होता है कि बस एक बेख़याली होती है और उसके रास्ते फिर ठीक-ठीक वह नहीं होता जो सोच रखा था। घर के भीतर घुसती अपर्णा ने कनखियों से अदीब को देखा। उसने आँखों के कोने से उसे इत्मीनान से घूरा। उस बेचैनी के साथ जो उससे कह रही थी, हर धड़कन, हर घबराहट...कि उसे अभी इसी पल उसकी मोहब्बत चाहिए, तुरन्त, बिना एक सेकेंड गँवाए।

'यह तो तुम्हारा स्टडी रूम नहीं है?'

'रात को यहीं सोते-सोते पढ़ रहा था। मैथ्स...।'

'सोते-सोते मैथ्स...?'

'मैं मैथ्स और कविताएँ दोनों इसी तरह पढ़ता हूँ। इत्मीनान से रात की ख़ामोशियों में अपने बिस्तर पर...। तुम जानती तो हो...।'

वही बौड़म-सी मुस्कान, वही चमकती-सी आँखें, वही जुंबिश, जो अचानक उस दिन बहुत ख़ूबसूरत दीखने लगी थी...। अपर्णा ने उसके हाथ से किताब लेकर आहिस्ते से टेबल पर रख दी। पल भर को उसकी आँखों में देखा और फिर उसकी छाती में अपना सिर टिका दिया—

'बहुत बेशर्म हो तुम...अपनी माशूक़ा को इतना तड़पाना ठीक नहीं...बेइंसाफ़ी है यह जानते हो न तुम...।'

उसकी ओर देखते हुए वह मुस्कुराई। जवाब में वह भी मुस्कुराया...थोड़ी हड़बड़ाई-सी मुस्कान। एक घबराई हुई मुस्कान। अपर्णा ने उसकी मुस्कान को पढ़ लिया—

'तुम समझते हो न...तुम्हारे बिना मैं एक पल नहीं गुज़ार सकती हूँ अब...।'

अपर्णा ने अपनी बाँहें उसके चारों तरफ़ डाल दीं। फिर धीरे से उसे अपनी बाँहों में कस लिया। उसके गले को चूमा। एक नम-सा अहसास उसकी खाल पर ठहर गया। उसने आहिस्ते से अपर्णा को ख़ुद से अलग किया और थोड़ा सा दूर जाकर खड़ा हो गया। उसका एक हाथ स्टडी टेबल पर था और चेहरा दूसरी ओर खिड़की की तरफ़...। अपर्णा काठ-सी खड़ी रही। रंज और ग़म से सराबोर होती। ख़ुद को ज़ब्त करती। पर आज वह इस पूरे मसले को सुलटाना भी चाहती थी।

‘तुम जो समझती हो मैं वह नहीं...।’

अदीब ने दूसरी तरफ़ देखते हुए कहा। थोड़ा आहिस्ता, थोड़ा अटकते हुए। थोड़ा किसी क़िस्म की अजनबीयत से भरी झिझक के साथ।

‘ओह तो ये बात है! अब समझ में आया। तो तुम मुझे उस तरह की लड़की समझते हो...।’

अपर्णा की आवाज़ में दुख से लबरेज एक क़ातर क़िस्म की तल्ख़ी थी। अदीब ने अपना चेहरा घुमाया। सीधे अपर्णा के चेहरे की तरफ़—

‘नहीं, ऐसा नहीं है...।’ उसने कहना चाहा।

‘मतलब तुम मुझे इतना गिरा हुआ समझते हुए इतना पतित...तुम ऐसा सोचोगे अदीब, इतना घटिया...।’

उसकी आँखों में आँसू छलछला आए। अदीब उसके पास आ गया। उसने उसकी बाँहों को आहिस्ते से पकड़ा। वह चुपचाप सुबकती रही।

‘ऐसी कोई बात नहीं है अपर्णा...तुम बहुत ख़ूबसूरत हो, उससे भी ख़ूबसूरत है तुम्हारा दिल...तुमसे बेहतर कौन होगा यार इस दुनिया में...कोई भी तो नहीं...।’

उसने उसके आँसू पोंछे। वह थोड़ा मुस्कुराई—

‘ऐ अदीब फिर से कह न...।’

‘क्या...?’

‘वही जो तुम अभी कह रहे थे...मैंने कई बार ख़्वाबों में देखा, कई बार ख़यालों में बुना कि तुम मुझसे कह रहे हो...वह सब...।’

‘तुम बहुत ख़ूबसूरत हो अपर्णा, उससे भी ख़ूबसूरत है तुम्हारा दिल...तुमसे बेहतर कौन होगा यार इस दुनिया में...कोई भी तो नहीं...।’

‘एक बार और अदीब...एक बार और...।’

‘अपर्णा तुमसे बेहतर कौन होगा यार इस दुनिया में...कोई भी तो नहीं...।’

‘एक बार और अदीब...।’

‘सच में अपर्णा...तुमसे बेहतर कोई नहीं यार, पूरी कायनात में तुमसे अच्छा कोई नहीं...।’

धड़कते दिल और कँपकँपाते होंठों से उसने कहा।

फिर अपर्णा के माथे को चूमा। वही बेख़याली, वही झिझक...अपर्णा ने उसके चेहरे को देखा...उसे उसके चेहरे पर तकलीफ़ की एक गहरी लकीर दीखी, रंज का कोई बहुत उदास-सा रंग, किसी बहुत गहरे अकेलेपन के दुख की सिलवटें जो अकस्मात् खिंच आई थीं।

‘क्या बात है अदीब...क्या हुआ...?’

उसने अदीब के चेहरे को अपने हाथों में पकड़ लिया—क्या हुआ...बोलो... बोलो...क्या...? अदीब की आँखों में आँसू की एक बूँद छलछला आई थी। उसने दूसरी तरफ़ मुँह फेर लिया—

'वादा करो कि यह बात कभी किसी से न कहोगी?'

'ऐसी क्या बात है अदीब...?'

'पहले वादा...।'

'पर क्यों...?'

'क्योंकि दुनिया में तुम तीसरी शख़्स होगी जो यह बात जान पाएगी...और इस बात का गोपनीय बने रहना बहुत ज़रूरी है...अगर तुमने वादा न किया तो मैं तुम्हें यह बात न बता पाऊँगा...पहले वादा...।'

'वादा...न कहूँगी...।'

'ख़याल रहे अपर्णा कि कभी न कहोगी किसी से...हमेशा...।'

'एकदम...कभी नहीं...।'

...सुधीर को अपर्णा अपने प्यार की जो कहानी सुना रही थी, उसमें उसने यह बात उसे नहीं बताई। इस बात को न बताने का उसने वादा किया था। वह दुनिया की तीसरी शख़्स हुई जो यह बात जान पाई। सुधीर से प्यार के बावजूद उसने अदीब से किए वादे को कभी नहीं तोड़ा।...वे सब वादे जो आज भी अपर्णा निभाती है उनमें सबसे ऊपर वे वादे हैं जो उसने अपने पहले आशिक़ से किए थे...पहले आशिक़ से किया वादा वह कभी न तोड़ेगी...वह वादा जो अपने आशिक़ से टूटकर मोहब्बत के बावजूद न टूट पाए वह सिर्फ़ और सिर्फ़ पहले आशिक़ से किया वादा न हो तो और क्या हो...सुधीर को अपनी कहानी सुनाते समय अपर्णा ने सोचा...उसने नहीं कहा...पहला प्यार कोई अनकहा वादा है, जो कभी किसी को पता न चले, किसी लड़की के आशिक़ को भी नहीं, कभी नहीं...लड़की ताज़िन्दगी जज़्ब किए रहती है पहले इश्क़ का वादा जो उसे उसके ख़त्म होने तक गुदगुदाता है, उसकी पलकें भिगो जाता है...

'कभी न कहूँगी अदीब...कभी नहीं...तुम कहो...।'

'अपर्णा जब मैं पैदा हुआ था तब मेरे जिस्म पर आदमी और औरत दोनों के जननांग थे...मैं न तो ठीक-ठीक आदमी था और न ही ठीक-ठीक औरत...।'

अदीब का चेहरा दूसरी ओर था। वह थोड़ा अटक रहा था, पर जैसे वह सब कुछ कह देना चाहता हो...मानो वह सब कुछ बताकर अपर्णा के साथ लगातार किए जा रहे गुनाह और बेवफ़ाई से निजात चाह रहा हो...।

'जब मैं थोड़ा बड़ा हुआ मेरे अब्बू मुझे लड़का बनाना चाहते थे। वे चाहते थे कि मेरे जिस्म में लड़कियों के जो हिस्से हैं उन्हें हमेशा के लिए ख़त्म कर दिया जाए। इस तरह मेरे तीन ऑपरेशन हुए। हर बार मेरे जिस्म का कोई अंग निकाला गया, कोई अंग जोड़ा गया...जब आप जवान हो रहे हों, जब इश्क़ की कोई मरगिल्ली-सी चाहत आपमें घर कर रही हो तब उन अंगों का काटा जाना एक बेहद ख़ौफ़नाक-सी बात थी...ख़याल करता हूँ तो कैसा तो लगता है...मुझे लड़कियों के साथ रहना अच्छा लगता था, उनके कपड़े, उनकी ख़ुशबू, उनके गहने-जेवर,...उनकी सोहबत...

पर मैं लड़का बन रहा था, लगातार...मेरे जिस्म को बार-बार काटकर मुझे लड़का बनाया जाता...।'

...अपर्णा बुत बनी उसकी बात सुन रही थी...

...मानो पकती फसलों पर दैवीय आकाश ओलों की बारिश कर रहा था, दंगों के बाद टार की रोड पर टूटे लावारिस बेदावा रक्त-रंजित शीशे बिखरे थे किसी ख़ुदा की तलाश में जैसे, जैसे एक इमारत ज़मींदोज़ हो रही हो कहीं बिल्डर की नीयत पर...

'मुझे आज भी मेल हार्मोन्स दिये जाते हैं। मुझमें इश्क़ की ठीक-ठीक वह तलब नहीं जागती जिसकी दरकार होती है प्यार को...। मैं एक आदमी की तरह से तुम्हारा आशिक़ नहीं हो सकता। मेरा जिस्म एक आदमी की तरह से इश्क़ को तैयार नहीं...।'

'...'

'तुम सोचती होगी कि ऐसे लोग तो नाचते-गाते हैं, उनकी अपनी दुनिया होती है। बच्चों के जन्म पर और शादियों में वे बधाइयाँ गाते हैं। लोग उन्हें इसी तरह से जानते हैं। जनखे या हिजड़े, पर यह पूरा सच नहीं है अपर्णा। बहुत से माँ-बाप अपनी औलादों को छोड़ नहीं पाते। वे अपनी औलादों के सच को हक़ीक़त नहीं मान पाते। वे उनकी पहचान को बदलने की कोशिश करते रहते हैं। वे दुनिया से बार-बार झूठ बोलते हैं। हर पल, हर क़दम वे झूठ बोलते रहते हैं...एक ख़्वाब के साथ कि उनकी औलाद ठीक-ठीक वह हो जाए जो वह चाहते हैं...पर ऐसा हो नहीं पाता।'

...अपर्णा की आँखें अदीब के चेहरे को घूर रही थीं, फटी, जड़वत्...

...लगा मानो साँप के काटने के बाद कोई अनजाना-सा ज़हर फैल रहा हो ख़ून में, कोई ख़ंजर उतार रहा हो हड्डियों पर से गोश्त की परतें, सबा के झोंकों की दग़ाबाज़ी पर उड़ रहे हों घोंसले तिनका-तिनका, गिर रहे हों अंडे फ़र्श पर, मानो फिर से सबूत बटोरने की दरख़्वास्त पर हुई हो कोर्ट की हामी और इस तरह खोदकर निकाली जा रही हो कोई सड़ी-गली लाश अपनी क़ब्र से बाहर...

'मुझे सिखाया गया कि यह बात हमेशा गोपनीय रहे कि मैं क्या हूँ। मुझे मेरे अम्मी-अब्बू ने हर पल ख़बरदार किया कि यह बात कभी किसी को पता न चले... कभी नहीं...अगर वे जान गए कि मैंने तुम्हें कहा है, तो वे बुरी तरह से टूट जाएँगे... तुम समझ सकती हो...।'

अपर्णा ने उसकी पीठ की ओर देखा। फिर अपनी हथेली उसकी पीठ पर रख दी—मैं कभी न कहूँगी अदीब कभी नहीं...किसी से भी नहीं...—दोनों काफ़ी देर तक ऐसे ही खड़े रहे। फिर अपर्णा ने ही उस ख़ामोशी को तोड़ा—

'मैं तुम्हें अब भी प्यार करती हूँ अदीब...।'

'ऐसा मत कहो अपर्णा...यह मुनासिब नहीं...।'

'तुम जैसे हो जो हो मुझे तुमसे प्यार है।'

अदीब ने कुछ नहीं कहा।

सब कुछ कह जाने के बाद उसका मन अब हल्का हो गया था। सब कुछ जानने के बाद भी अपर्णा का ये कहना कि वह अब भी उसे प्यार करती है, ने उसे इत्मीनान भरी तसल्ली से भर दिया था। उसे लगा था कि उसकी हक़ीक़त जानकर कभी कोई उसे प्यार न कर पाए। उसे हाल में तैयार किए जा रहे नाटक का एक डायलॉग याद आया, जो एक दूसरा कैरेक्टर उस नाटक में कहता है—'इश्क़ के दायरे नहीं होते हैं जहाँपनाह। इश्क़ में जिस्म शामिल नहीं होता। इश्क़ तो मिट्टी से भी होता है हुज़ूर...तभी तो वह होता रहता है कायनात की हर शै से...इतना साफ़-सुथरा होता है इश्क़, इतना पाक कि हो सकता है वह ख़ुदा से भी...इश्क़ का जिस्म से कोई वास्ता नहीं हुज़ूर-ए-आला...शहंशाहों के शहंशाह वाक़िफ़ ही होंगे कि जिन्होंने कहा कि प्यार में शामिल होता है जिस्म, कि बिना जिस्म के प्यार मुनासिब नहीं...उन्होंने, हाँ उन्होंने ही दग़ा दिया, उन्होंने दुनिया से दग़ाबाज़ियाँ कीं...।'

अदीब को पल भर को नाटक का वह कैरेक्टर दीखा। अपनी जोकरों-सी ड्रेस में। पूरे ड्रामाई अन्दाज़ के साथ वह इन डायलॉग्स को कह रहा है। लगा जैसे बरसों से टकराती मौज़ों ने थोड़ा दरका दिया हो साहिल को और नदी फिर से नदी हो गई हो।

उसने अपर्णा को अपनी बाँहों में भर लिया।

## गुमशुदगी

...अपर्णा को एक के बाद एक जिस्म दीखते गए, एक पुरगोश्त मर्दाना जिस्म ख़ामोशी से ख़ुद को ताकता शीशे में, अपने ही जिस्म पर सरकती हैं उसकी निगाहें क़तरा-क़तरा, एक जिसकी पुतलियाँ बिलकुल सफ़ेद हैं काले चश्मे में दफ़्न, जो सूँघता है, सुनता है और चाटता है और एक जिसका ठीक-ठीक पता नहीं मालूम नहीं क्या है, क्या हो, कितना मर्द, कितना जनाना... कितना ख़ौफ़नाक होता है आदमी का जिस्म...फिर भी औरत उससे मोहब्बत करती है, कोई चारा भी कहाँ...उसने सोचा...

अपर्णा को अक्सर एक भ्रम होता है...कि कभी उन दिनों जब वह अदीब को टूटकर चाह रही थी। जब उसके इश्क़ ने उसका जीना मुहाल कर रखा था, तब... तब शायद कभी उसके जिस्म में कहीं कोई प्यार जागा हो उसके लिए। उसे लगता, कभी किसी तरह उसके जिस्म में पनपा हो उसके लिए मोहब्बत का एक क़तरा ही जो उम्मीद के कैक्टस की तरह सूखे-तपते रेतीले विस्तार में भी सँजो लेता है पनीला हरा गूदा...। कभी-कभी उसे लगता है प्यार जाया होने को ही होता है...औरत के हिस्से का प्यार जो वह बेबात ही लुटाती रहती है अपने आशिक़ पर...।

अपर्णा के नाक सुड़कने की आवाज़ सुनकर सुधीर ने उसे बाँहों में भर लिया। वह बात को बदलना चाहता था। यूँ उसे वह बात ठीक-ठीक पता न थी कि वह क्यों ग़मगीन हो गई थी। उसने बात को बदलना चाहा—

'तुमने कभी देखा उस सन्दूक में क्या है?'

उसने बिस्तर के नीचे रखे सन्दूक की तरफ़ इतना सटीक इशारा किया कि लगा ही नहीं कि वह देख नहीं सकता। पर अपर्णा यथावत खड़ी रही। ख़ामोश। जड़।

'कम ऑन यार...ज़रा देखो तो...।'

अपर्णा ने बिस्तर के नीचे से सन्दूक बाहर सरकाया। फिर उसका ढक्कन खोल दिया। उसके भीतर कई सारी मोमबत्तियाँ रखी थीं। वे सारी मोमबत्तियाँ काले रंग की थीं। सन्दूक में वे बड़ी तरतीब से रखी थीं। इतनी सारी मोमबत्तियों को देखकर ताज्जुब से उसने अपने मुँह पर हथेली रख ली। सबसे अचरज की बात थी कि वे सब काले रंग की थीं।

'मोमबत्तियाँ बनाने के बाद जो स्क्रैप मोम बचता है वह हमेशा से मेरे लिए परेशानी का सबब रहा। उसमें बहुत से रंग होते। बेतरतीब मोम के टुकड़े और बेतरतीब रंग। पहले मैं उस स्क्रैप को पिघलाता। उसमें रंग डालता ताकि उससे फिर से मोमबत्तियाँ बना सकूँ। पर उसमें पहले से जज़्ब रंग उसे इतना मटमैला बना देते कि उस पर कोई दूसरा रंग न चढ़ता। जब मोम पिघलता तो उसके तमाम रंग मोम में घुल-मिल जाते। कोई और रंग डालने से वह रंग भी इन रंगों में मिल जाता और एक बहुत मटमैले से रंग की मोमबत्ती बन जाती।'

अपर्णा ने सन्दूक में से दो मोमबत्तियाँ उठा लीं। वे दोनों मख़मली काली थीं।

'फिर याद आया कि इस मुसीबत का एक मुकम्मल निबटान हो सकता है। कैमिला ने बताया था कि काला ही ऐसा रंग है जो सभी रंगों को जज़्ब कर लेता है। वह बताती कि स्पेन में काले रंग की मोमबत्तियों की ख़ासी डिमांड रहती है। ख़ासकर ऑब्सीडियन ब्लैक, ओनिक्स, सूट, ग्रीस, रैवेन और मिडनाइट ब्लैक की। उसे काले के इन शेड्स में से मिडनाइट और ओनिक्स सबसे सुन्दर लगते। यह जो मख़मली-सा काला है यह मिडनाइट है और यह जो थोड़ा पारदर्शी पर ज़्यादा गहरा काला है यह ओनिक्स है। मैं भी इन दो रंगों की ही डाइक लाया था। उसने ऑब्सीडियन ब्लैक में थोड़ा सा सफ़ेद मिलाकर उसे रैवेन में बदलने की तरकीब भी मुझे बताई थी, उसकी कोशिश मैंने की पर यह रंग बिगड़ गया देखो यह अभी भी ख़ासा काला है, जबकि रैवेन थोड़ा कम काला होता है।'

'...ये कितनी सुन्दर दीख रही हैं सुधीर...सच में, इनमें से एक तो इतनी सुर्ख काली है कि मैंने इतना गहरा काला कभी नहीं देखा...।'

'...कौन सी...?'

सुधीर ने हाथ से टटोलकर उस मोमबत्ती को महसूस किया। पर उसका उसे ठीक-ठीक पता न चल पाया—

'...शायद जैट ब्लैक हो, मैंने एक जैट ब्लैक भी बनाई थी...।'

'बहुत सुन्दर, इतनी कि इन्हें जलाने का भी मन न करे...।'

'इन्हें कोई ख़रीदता नहीं है।'

'पर क्यों?'

'ये काली जो हैं।'

'पर ये सुन्दर हैं।'

'लोग मानते हैं कि काला यानी नाशाइस्त, मनहूस, नामुबारक...। काला यानी भूत, काला यानी बदशक्ल, नाज़ेब, काला यानी अपशकुन, काला यानी काला जादू, काला यानी शब, काला यानी मौत, काला यानी जहन्नुम...इसलिए लोग इन्हें नहीं खरीदते।'

'पर अब खरीदेंगे।'

'वो कैसे?'

'बस तुम देखना।'

अपर्णा ने एक छोटा सा बैनर तैयार करवाया। बैनर पर लिखा था—'अगर आप भूत-प्रेत, काली छाया और किसी भी क़िस्म के अमंगल से परेशान हैं तो उसके निदान के लिए काली मोमबत्तियाँ जलाएँ।'

उसने एक छोटा सा जिंगल भी अपनी आवाज़ में तैयार किया। उस जिंगल में मधुर संगीत था और जैसे ही संगीत रुकता अपर्णा की आवाज़ सुनाई देती—हर प्रेतबाधा का निदान है काली मोमबत्ती...अगर किसी पर बुरी आत्मा का साया हो, किसी को बींधे हो कोई चुड़ैल...अगर कोई अमंगल कर रहा हो परेशान तो जलाएँ काली मोमबत्ती...प्रेतबाधा के लिए मिडनाइट ब्लैक और अमंगल दूर करने के लिए ओनिक्स...भाइयो-बहनो, इस मोमबत्ती को जलाते ही प्रेतबाधा और अमंगल होगा छू-मंतर, नाश हो जाएगा बुरी आत्मा के साए का...। —इस जिंगल में कुछ और लोगों की आवाज़ें भी थीं, जो बता रहे थे कि काली मोमबत्ती जलाने से किस तरह उनके कष्ट दूर हुए...भाइयो-बहनो सुनो, सुनें रामदुलारी की बात कैसे एक मोमबत्ती से...हाँ, सिर्फ़ एक मोमबत्ती से दूर हुआ उसके पति पर से बहुत पुराना चुड़ैल का साया...और फिर रामदुलारी अपनी कथा सुनाती...।

मदन की पान की दुकान और बाक़ी दो और जगहों पर जहाँ सुधीर की बनाई मोमबत्तियाँ बेची जातीं, वहाँ अपर्णा ने बैनर लगवाया और जिंगल चलवाया। जिंगल सारा दिन, सारी रात चलता। पहले कुछ लोगों ने काली मोमबत्तियाँ ख़रीदीं और फिर कुछ दिनों बाद कुछ और ने और फिर काली मोमबत्तियाँ चल निकलीं। उनकी डिमांड बढ़ गई। जितना स्क्रैप मोम था सारे की काली मोमबत्तियाँ बना ली गईं। अपर्णा और सुधीर रात-दिन मेहनत कर उन्हें तैयार करते। सबसे ज़्यादा डिमांड मिडनाइट ब्लैक यानी प्रेतबाधा दूर करने वाली मोमबत्तियों की थी।

'तुमने अच्छा पब्लिक को बेवकूफ बनाया अपर्णा...।'

'हमें बेचना है और उन्हें प्रेतबाधा में विश्वास करना ही है...इसी का नाम व्यापार है। आख़िर घर भी तो चलाना है। मेरे आने के बाद क़ब्रिस्तान और वोट भर के भरोसे थोड़े ही चलेगा...।'

'कब आओगी...।'

'आऊँगी। सारा दिन तो यहीं रहती हूँ...।'

'तुम्हारे अदीब वाले क़िस्से में एक गड़बड़ है...।'

'कहानी अभी पूरी नहीं हुई है।'

सुधीर उत्सुकता से अपर्णा को देखने लगा। अपर्णा पिघलते मोम में काली डाइक घोल रही थी।

पुलिस में केस दर्ज होने के बाद कॉलेज के लड़कों ने फिर से हड़ताल शुरू कर दी थी। तीनों लड़के यानी तापस, अदीब और सुजान को गिरफ़्तार करने पुलिस ने कई-कई बार कॉलेज और उनके घरों पर दबिश दी पर वे तीनों उन्हें न मिले। अपर्णा की तबीयत ठीक न थी सो वह उन दिनों घर में ही थी। अदीब का सच जानने के बाद उसका मन किसी चीज़ में न लगता। वह बार-बार उसके बारे में उसके जिस्म के बारे में सोच-सोच कर परेशान हो उठती। वह पूरे-पूरे दिन अपने कमरे में बन्द रहती। एक दिन जब सौदामिनी ने उसे फ़ोन कर पुलिस केस से लेकर अदीब के ग़ायब होने तक की पूरी बात बताई तो वह बहुत दिनों के बाद कमरे से बाहर आई। अगले दिन वह कॉलेज गई। उन लड़के-लड़कियों के साथ हड़ताल पर बैठी जो पिछले दो दिनों से पुलिस केस वापस लेने की माँग पर अड़े थे। उसे लगा कि उसे पहले दिन से ही इन सबके साथ होना चाहिए था। किसी और की ख़ातिर न सही पर कम से कम अदीब के ख़ातिर। अपने इश्क़ के ख़ातिर। अब तो सब जानते भी हैं कि दोनों एक-दूसरे को चाहते हैं, ऐसे में भी इन लोगों के साथ शामिल न होना कितना तो ग़लत है। किसी ने उसे इस बाबत कुछ कहा न था पर भीतर ही भीतर एक गिल्ट उसमें था।

उसने कई-कई बार अदीब को मोबाइल लगाया पर वह बन्द आ रहा था। पता नहीं वह कहाँ होगा, कैसे होगा—उसने सोचा। सब कुछ एक ख़ौफ़नाक ख़्वाब-सा लग रहा था। वह पल भर को सब कुछ को एक फ़रेब मान लेना चाहती थी। वक़्त की एक करतूत, एक दिल्लगी मान लेना चाहती थी। अदीब की उस हक़ीक़त को भी जो उसने उसे बताई थी। इस पूरे वाकये को भी जिसे लेकर सारे कॉलेज और पूरी दुनिया में हंगामा मचा हुआ था। वह फिर से उन दिनों की इल्तिज़ा कर रही थी जब सब कुछ ठीक-ठाक था। दुरुस्त था। गुज़श्ता दिन। सिर्फ़ चार दिन से पहले के वे दिन। पर ख़्वाहिशों से क्या होता है भला। जो कुछ था सब सामने था।

रिद्धी, जुहेरा और कॉलेज के कुछ और लड़कों ने अदीब के घर चलने का प्लान बनाया था। सब उसके अम्मी-अब्बू का सोचकर परेशान थे। पर जब वे उसके घर पहुँचे तो देखा कि गेट के बाहर मीडिया के कुछ लोग खड़े थे। मीडिया के लोग

अदीब के घर के भीतर जाकर उसके अम्मी-अब्बू से बात करना चाहते थे। वॉचमैन उन्हें समझा-बुझा रहा था। वे वॉचमैन को धमका-चमका रहे थे। अपर्णा, रिद्धी, जुहेरा और साथ आए कॉलेज के लड़के कुछ देर तक बाहर खड़े रहे। फिर अपर्णा ने अदीब के अब्बू को फ़ोन लगाया। शायद अपर्णा का नम्बर देखकर उन्होंने उठा लिया। उन्होंने सिर्फ़ इतना ही कहा कि बाक़ी सब लड़के-लड़कियों को लेकर वह यहाँ से चली जाए। वे लोग वैसे भी बहुत मुसीबत में हैं। उनके आने से दिक़्क़त और बढ़ सकती है। कहीं किसी मीडिया वाले ने अपर्णा और उनके किसी साथी से कुछ पूछ लिया और उन्होंने कुछ का कुछ जवाब दे दिया तो सबको लेने के देने पड़ जाएँगे। बेहतर है कि सब लोग ख़ामोशी से इस वक़्त को बीत जाने दें। थोड़ी देर बाद जब मामला ख़त्म हो जाएगा कुछ न कुछ रास्ता निकल ही आएगा।

देर रात अपर्णा के पास जुहेरा का फ़ोन आया था। उसने बताया कि लड़कों के हॉस्टल वाले कुछ लोग उसे बता रहे थे कि रात को पुलिस लड़कों के हॉस्टल आई थी। पहले तो लगा कि ऐसे ही कुछ तहक़ीक़ात करने आई होगी। आजकल वैसे भी रात-दिन पुलिस राजा दिव्यनाथ कॉलेज आती ही रहती थी। पर यह मामला थोड़ा अलग था। पुलिस ने दो गवाहों के सामने तापस के बन्द कमरे का ताला तुड़वाया और उसके कमरे की पूरी तलाशी ली। कमरे में पाए गए तमाम काग़ज़ात, नाटकों की स्क्रिप्ट, नाटकों की कुछ प्रॉपर्टी और किताबें वह अपने साथ ले गई। इस वाकये के बाद शान्त पड़ते मामले में फिर से जान-सी आ गई। टी.वी. पर पुलिस के एक बन्दे का बयान बार-बार दिखाया गया जो कह रहा था कि उस कमरे से बहुत कुछ ऐसा मिला है जो राष्ट्र विरोधी है। इस बात से इनकार नहीं किया जा सकता कि ये लड़के किसी राष्ट्र विरोधी गतिविधि में शामिल रहे हों। एक चैनल जो अब तक इस मामले को ज़िन्दा किए हुए था, पूरे दल-बल के साथ यह बता रहा था कि किस तरह तापस के कमरे से ज़ब्त सामग्री देश विरोधी है। उसके पास भी वे किताबें थीं जो तापस के कमरे से मिली थीं। वे किसी दूर-दराज़ के मुल्क के किसी लेखक की लिखी किताब थी। उसकी कुछ इबारतों को उसने हाइलाइट कर रखा था। वह बार-बार उन इबारतों को पढ़ता और ज़ोर-ज़ोर से सवाल-जवाब करता। एक हज़रात जिनकी बात थोड़ा कम ही सुनी जा रही थी, वे इन आरोपों की मजम्मत कर रहे थे। इस तरह कुछ दिनों तक यह मामला और चलता रहा। फिर जैसा कि होता है हर जगह से आहिस्ते-आहिस्ते यह मामला चर्चा से बाहर होता गया। वह पेपरों और टी.वी. चैनलों से ग़ायब होता गया। सोशल मीडिया पर, वाट्सऐप, फेसबुक पर भी उसकी आमद कम ही हो गई।

इधर कॉलेज की हड़ताल भी ख़त्म हो गई थी। जब कोई हड़ताल तुड़वाने नहीं आया तो कुछ लड़कों ने एक दिन कॉलेज के प्रिंसिपल से कहा कि वे ही इस मामले में कुछ पहल करें। दख़ल दें। इधर कॉलेज के इम्तिहान पास आ रहे थे। लड़के-लड़कियाँ इम्तिहान की तैयारियाँ कर रहे थे। उनकी बातचीत के मरकज़

में इम्तिहान ही होता था। राजा दिव्यनाथ कॉलेज की ख़ासी बदनामी भी हुई थी। कुछ लड़के इस बात से भी तकलीफ़ज़दा थे। वक़्त ही ऐसा आन पड़ा है कि क्या तालीम हासिल की, किसी पेशे में कितनी महारत हासिल है इससे ज़्यादा मौज़ूँ बात यह थी कि किस कॉलेज से पढ़े हो। सो कॉलेज की रेपुटेशन हर बात पर भारी थी। उनका मानना था कि इसका असर उनके मुस्तक़बिल पर पड़ेगा। वे ख़ुद को किसी बदनाम कॉलेज का स्टूडेंट नहीं कहलवाना चाहते थे। ऐसे लड़कों ने बड़ी सफ़ाई से सारे मामले से ख़ुद को अलग कर रखा था। वे हड़ताली लड़कों के भी हाँ में हाँ मिलाते और लाल टीका-दल के लोगों के भी हाँ में हाँ मिलाते। वे सब शरीफ़ और तालीमशुदा घरों वाले लड़के थे। वे अक्सर कहते कि वे राजा दिव्यनाथ कॉलेज में तालीम हासिल करने आए हैं। वे यह भी कहते कि नेतागिरी कोई अच्छी बात नहीं। इस मामले में भी कुछ होना चाहिए। आख़िर नेतागिरी के कारण ही कॉलेज बदनाम होते हैं इसलिए नेतागिरी पर लगाम लगनी चाहिए।

कुछ लड़कों ने एक दिन राजा दिव्यनाथ कॉलेज में लगे गांधी जी के बुत के नीचे दो घंटे का मौन धारण किया ताकि सभी पक्षों को सद्‌बुद्धि मिले और राजा दिव्यनाथ कॉलेज के 'पुराने शान्तिमय और गरिमामय दिनों की वापसी सम्भव हो सके।' कहते हैं, लाल टीका दल वालों ने भी इन लड़कों का साथ दिया। तापस के दल वालों ने जब यह कहा कि लाल टीका दल तो गांधी जी को नहीं मानता है तो लाल टीका दल भड़क उठा। उनके कई सदस्यों ने न सिर्फ़ गांधी जी के प्रति अपनी 'पूर्ण श्रद्धा' का इज़हार किया बल्कि उनके नेता ने उन्हें 'सम्पूर्ण मानवता का सबसे महान अग्रदूत' ी बताया। सारा कॉलेज लाल टीका दल के इस व्यवहार से प्रभावित हुआ और इस तरह राजा दिव्यनाथ कॉलेज के प्रिंसिपल लड़कों की हड़ताल तुड़वाने को तैयार हो गए। उन्होंने हड़ताली लड़कों को नीबू पानी पिलवाया। लड़कों की गुज़ारिश पर एक मुख़्तसर-सी तहरीर भी दी। तहरीर का लुब्बे-लुबाब यह था कि बीती बातें भूलें और नये तरह से एक बेहतरीन शुरुआत करें। उन्होंने कहा कि राजा दिव्यनाथ कॉलेज की जो बदनामी हुई है उससे निजात पाने का अब एक ही तरीक़ा है कि इस बार का रिजल्ट पिछली बार के रिजल्ट से दुगना बेहतर हो। यूनिवर्सिटी की मेरिट में आधे से ज़्यादा बच्चे इसी कॉलेज के हों। कुछ लड़कों ने प्रिंसिपल की तहरीर पर ताली बजाई, तो कुछ ठगे से उन्हें देखते रहे, तो दो-चार ऐसे भी थे जो वहाँ से उठकर चले आए एक ऐसे जेस्चर के साथ कि हम तुम्हारी बात से इत्तफ़ाक़ नहीं रखते...। पर इस पूरे मामले में अभी एक और उबाल आना बाक़ी था।

तीनों लड़के अभी लौटे नहीं थे। वे कहीं छिपे थे। वे इन्तज़ार में थे कि कुछ मामले वापस हो जाएँ। कहीं कोई ऐसी बात हो कि जो इल्ज़ामात लगे हैं उनमें से वे इल्ज़ाम जो उनके हिसाब से एकदम ग़लत हैं हटा लिये जाएँ। हो यह रहा था कि लाल टीका दल तापस और सुजान को तो माफ़ करने के पक्ष में था पर अदीब को नहीं। तमाम बहसों और हंगामे का लुब्बे-लुबाब भी यही था कि न तो अदीब

शिवाजी का किरदार निभाता और न यह हंगामा होता। नाटक के जिस सीन में वह औरंगज़ेब के दरबार में आता है और औरंगज़ेब को सिजदा कर जो संवाद कहता है वह वास्तव में भड़काऊ टाइप का था। टी.वी. बता रहा था कि वह सीन—'एक राष्ट्रवादी छवि के व्यक्तित्व को मलिन करता था।' लोगों को इस बात में भी पुख़्ता दलील दीख रही थी कि जानबूझकर एक विधर्मी से यह किरदार करवाया गया, ताकि लोगों के जज़्बातों को इरादतन ज़ख़्म दिये जा सकें। क्या ज़रूरत थी इसकी?

एक टी.वी. चैनल पर चली बहस से यह ख़ुलासा हो चुका था कि शिवाजी कभी भी औरंगज़ेब की बारगाह जिसे बार-बार दीवाने-आम कहा जा रहा था कभी नहीं गए थे। वह एक बेहद उत्तेजक बहस थी। उस बहस में एक हज़रात बच्चों की अमर चित्र कथा लाए थे। अमर चित्र कथा अंग्रेज़ी में थी। उसमें भी औरंगज़ेब के दरबार में शिवाजी का वाकया था। वे बार-बार कह रहे थे—'देखिए, अमर चित्र कथा के मार्फत हमारे बच्चों को क्या-क्या बताया जा रहा है।' वे इतने उत्तेजित हो गए कि उन्होंने टी.वी. के उस प्रोग्राम में ही अमर चित्र कथा को फाड़कर तार-तार कर दिया। दूसरे पैनलिस्ट ने उनके इस कृत्य पर तालियाँ बजाईं। एंकर एक अजीब से दीवानेपन में न जाने क्या-क्या तो कह रहा था। प्रोग्राम देखने वाले करोड़ों लोग जज़्बाती हुए जा रहे थे।

...तो तय था कि बाक़ी छूट जाएँ पर अदीब का तो कुछ न कुछ करना ही चाहिए। तमाम लोग उसके ख़िलाफ़ गवाहियाँ देने को तैयार थे। एक लड़की ने तो यह भी कह दिया था कि एक दिन अदीब ने उसके साथ बलात्कार करने की कोशिश की थी। सारी दुनिया रंज से उबल रही थी। सारे सबूत ख़िलाफ़ थे। ग़ुस्से का ऐसा उबाल पहले न देखा गया था। लोगों को क़ानून का पता न था। मीडिया पर क़ानून पर कोई बहस न थी। हर जगह बस सबूत बताए जा रहे थे। इधर पता नहीं कैसे लाल टीका दल से तापस और सुजान की कुछ-कुछ निभने लगी थी। ऐसा कहते हैं कि पूरे मामले में कॉलेज के ही कुछ लड़कों ने मध्यस्थता की थी। कुछ फुसफुसाहटें सुनाई देतीं कि यह सालिसी बाक़ायदा प्री-प्लांड थी। ठीक-ठीक मालूमात न थे कि हक़ीक़त क्या थी?

कहते हैं कि तापस ने पुलिस में एक बयान दिया था कि जो किताबें उसके कमरे से ज़ब्त की गई थीं वे उसकी नहीं बल्कि अदीब की थीं। ऐसा हर तरफ़ सुना गया। जब लोगों ने इस बारे में पुलिस से पूछा तो उसने कुछ भी बताने से इनकार किया। कहते हैं, एक किताब के पीछे किसी नाटक के संवाद लिखे थे और उस संवाद के नीचे अदीब के दस्तख़त थे वे भी उर्दू में। इससे भी इस बात का इल्म पहले टी.वी. और फिर लोगों को हुआ कि किताबें किसी और की नहीं बस अदीब की ही हैं। चारों ओर दावों का शोर था, ताल ठोंकते सच का अखाड़ा था, बहस में उबलते जज़्बातों के ग़ैरयक़ीनी क़िस्म के करतब थे, चाँय-चाँय, काँव-काँव को घूरते उलझे हुए चेहरे थे, ग़ुस्से और रंज का तमाशा-सा था...इस तरह समझा गया कि वे किताबें अदीब

की ही थीं। एक टी.वी. किताब के एक पन्ने पर अदीब के उर्दू में किए दस्तख़त को दिखाकर ऐलानिया अन्दाज़ में सारे बहस-मुबाहिसों पर लगाम लगाते हुए कह रहा था—क्या अब भी कोई शक-शुबहा रह जाता है?

इधर इम्तिहान आने लगे थे। लड़के-लड़कियाँ पढ़ाई-लिखाई में मशगूल हो गए। उनके माँ-बाप चाहते थे कि वे पढ़ें। ख़ूब पढ़ें। इम्तिहान में अच्छे नम्बर लाएँ। अच्छे नम्बर होंगे तो अच्छी नौकरी मिलेगी। अच्छी नौकरी से पैसे होंगे। पैसों के मार्फत सारी ख़ुशियाँ आ ही जाती है। कहीं कोई कन्फ़्यूज़न न था। सब कुछ शीशे के मानिंद साफ़-साफ़ था। सो सब पढ़ रहे थे। किताब की एक-एक लाइन को याद कर रहे थे। जो समझ में आया ठीक, जो न आया वह भी ठीक, बस याद किए जाओ। रटे जाओ। माँ-बाप कहते कि अच्छा हुआ अदीब जैसों से पीछा छूटा। बताओ भला गणित भी कहीं शेरो-शायरी की तरह से पढ़ा जाता है। न जाने कहाँ-कहाँ का गणित लगाता रहता था। सिलेबस से बाहर का गणित। सिलेबस से बाहर की बात क्यों करना भला? उससे क्या होगा? इम्तिहान तो सिलेबस से ही होने हैं। सब कुछ सिलेबस में दर्ज है। हर हर्फ़। इब्तिदा से लेकर आख़िर तक सब कुछ। फिर किसी और चीज़ की क्या परवाह? क्योंकर हो भला? यह जो समन्दर है यह भी सिलेबस में लिखी एक इबारत है। यह जो आसमान है वह भी वहाँ है, तो फिर कुछ और जानने की क्या ज़रूरत? कि उसकी बात क्यों करना भला? उससे क्या होगा? दुनिया-जहान के गणितज्ञों की बातें करने से भला क्या हासिल होगा? जो कोर्स में है, वही मरकज़ में है।

इस बीच यह ख़बर आई कि तापस और सुजान लौट आए हैं। उनके लौटने को कॉलेज के कुछ लड़कों ने एक तरह की फ़तह बताया तो कुछ ने इस तरह कहा मानो यह कोई जंग थी और दुश्मन की शिकस्त पहले से तय थी। कुछ ने इन दोनों के लौटने का इस्तिक़बाल इस तरह किया मानो सुबह का भूला शाम को वापस आ गया हो।

इस बीच अपर्णा के पिता के गाँव में अपर्णा की दादी की मौत हो गई। वे सब गाँव चले गए। उसके दोस्तों ने कहा था कि जब वह लौट के आएगी तो तापस और सुजान की तरह अदीब भी वापस आ ही जाएगा। वह अपनी कुछ किताबें भी ले गई थी ताकि इम्तिहान की तैयारी कर सके। पर कहीं मन न लगता था। बार-बार अदीब का ख़याल आता। पता नहीं कहाँ और कैसे होगा? एक उम्मीद भी थी, कि वह भी लौट ही आएगा। अब तो मामला ख़त्म हो रहा है। इधर पूरा मामला थोड़ा ठंडा पड़ता दीख रहा था। पर वह ठीक-ठीक वैसा न था जैसा कि वह दीख रहा था। जब भी सौदामिनी या ज़ुहेरा का फ़ोन आता उसे लगता आज ज़रूर वे यह बताएँगी कि अदीब लौट आया। पर अब तक ऐसा न हुआ था। पुलिस ने जो धाराएँ लगाई थीं उनमें अदीब को ज़मानत न मिल सकती थी। यह भी कहा जा रहा था कि कोर्ट से उसे लम्बी सज़ा होगी। पता न था कि हक़ीक़त क्या है?

तापस ने हवालात से लौटने पर साथियों के साथ तफ़सील से बातचीत की। उसे हॉस्टल में नया कमरा मिल गया था। गोया उसके कुछ साथियों का ख़याल था

कि शायद कॉलेज एडमिनिस्ट्रेशन उसे हॉस्टल में रहने की इजाज़त न दे। पर ऐसा नहीं हुआ। उसे हॉस्टल में जगह मिल गई। तापस ने दोस्तों को हवालात के क़िस्से सुनाए। कहा कि हमारी जमात की, बिरादरी की कुछ क़ाबिलेग़ौर दिक़्क़तें हैं। इन दिक़्क़तों को तफ़सील से जाने-बूझे बिना किसी बड़े बदलाव की बात नहीं की जा सकती है। उसके अनुसार समाज की सबसे कमज़ोर कड़ी है घर। हर शख़्स का एक घर है। समाज में कोई ऐसा नहीं जिसका कोई घर न हो। अब उसको ही लो। पिता टीचर हैं और माँ गृहिणी। वह अकेला लड़का है, बाक़ी तीन बहनें। पिता की उससे बड़ी उम्मीदें हैं। बहनों का ब्याह भी होना है। कई और भी ज़िम्मेदारियाँ हैं। आप पैदा होने के लिए परिवार का चुनाव नहीं कर सकते। अगर एक निम्न मध्यवर्ग में आपकी पैदाइश हुई है तो आप बहुत से बन्धनों में जकड़ जाते हैं। उसने बड़े फिलॉसोफिकल अन्दाज़ में रूसो की बेहद जानी-पहचानी सी बात को कहा—'मैन इज़ बॉर्न फ्री बट एव्हरी व्हेयर ही इज़ इन चेन।' फिर उसने एक सिगरेट सुलगाई। पल भर ख़ामोश रहने के बाद कहने लगा—'तब्दीलियाँ यूँ न होंगी। हमें अभी बहुत-सी चीज़ें पढ़नी हैं और बहुत से निष्कर्ष निकालने हैं'—फिर थोड़ा चुप रहकर कहने लगा—'साथियो, मुझे यह कहने में कोई गुरेज नहीं कि हम अब तक सही रास्ता नहीं तलाश पाए हैं।' उसकी इस बात पर उसका एक साथी भड़क गया। उसने उस पर सवाल दागा—'लगता है पुलिस और लाल टीका दल से कुछ नया ज्ञान मिल गया है।'

'दोस्त चीज़ें इतनी आसान नहीं हैं।'

'वो तो हम भी जानते हैं। तुम कौन नई बात बता रहे हो?'

'मेरा मतलब है कि हमें और चतुर होना होगा। दुश्मन हर जगह है। पर आप उससे लड़ें कैसे यह तय करना ज़रूरी है?'

'तू तो ये बता कि तू कैसे बच गया और अदीब कैसे फँस गया? फ़ालतू ज्ञान न पेल।'

उनका वह साथी आपे से बाहर हुआ जा रहा था। उसका नाम देवाशीष था। उसके चेहरे पर ग़ुस्से और नफ़रत की लकीरें थीं। वह बहुत मासूम दीखता था और अचानक उसकी मासूमियत पर नाराजगी और तकलीफ़ की लकीरें उभर आती थीं। बहुत पहले वह कॉलेज से रेस्टीकेट कर दिया गया था। उसके माता-पिता मज़दूर थे। वह बहुत साफ़-साफ़ बात कहता था। जंगल-पहाड़ की नदी की तरह, जिस पर एक भी नापाक क़तरा तैर नहीं सकता, ऊपर से देखो तो तलहटी का एक-एक पत्थर दीख जाए।

'कुछ पैसे भी दिये क्या बे...।'

'देख भाई मैं तेरे मुँह नहीं लग रहा। तू भी न लग। कुछ बातों पर ग़ौर करना पड़ता है। यह समझना ज़रूरी है।'

उसने तापस को ऐसे घूरा मानो उसे खा जाएगा और फिर एक तरफ़ थूक दिया। तापस से यह सहन न हुआ—

'जो कॉलेज के पहले साल ही कॉलेज से निकाल दिया गया हो। जिसका किताबें पढ़ने से कोई ख़ास वास्ता नहीं। जिसे थियेटर की कोई समझ नहीं। जो आधुनिक कविता और फ़िल्म पर बात नहीं कर सकता। घटिया प्रकाशकों से सस्ती भाषणनुमा कहानियाँ छपवाकर लोगों में बँटवाता रहता है...वो मुझे बताएगा कि क्या करना है और क्या नहीं।'

देवाशीष ने कुछ नहीं कहा। वह उठ खड़ा हुआ—'चलो साथियो'—उसने वहाँ बैठे कुछ और लड़कों को ऐलानिया अन्दाज़ में कहा। उनमें से दो लड़के उसके साथ चलने को खड़े हो गए। उसने उन दोनों को गले लगाया। उन्हें गले से लगाते हुए उसने तापस को घूरा, आँखों में आँखें डालकर...। उसकी आँखें ग़ुस्से से फट पड़ रही थीं, होंठ फड़फड़ा रहे थे, उँगलियाँ काँप रही थीं...उसके चेहरे का सामना तापस न कर सका। वह दूसरी ओर देखने लगा। बाहर निकला तो वे दो लड़के भी उसके साथ हो लिये। हॉस्टल से दूर जाते उसने उनसे कहा—'मुझे लगा था कि मेरे साथ शायद कोई न आए...पर कम से कम दो लोग हैं आज भी...।' वह अँधेरे में मुस्कुराया।

'आज से तुम हमारे लीडर हो दोस्त...।'

एक ने थोड़ा खरखराती आवाज़ में कहा। हॉस्टल के कमरों की लाइटें जल रही थीं। हर कोई इम्तिहान की तैयारी में मशगूल था। वे तीनों उस हॉस्टल से दूर जा रहे थे।

'हैलो...।'

'हाँ रिद्धी कैसी हो...।'

'यार एक बड़ी अजीब बात हुई। अभी पता चली।'

'क्या...?'

'अदीब की मोटरसाइकिल मिल गई है, वो जो कायस्थान मुहल्ले के पार वाला जो गन्दा नाला है न, उसमें पड़ी मिली है। गर्मी में पानी कम हुआ तो दीखी। एकदम चकनाचूर मानो किसी ने उसके हर अस्थि-पंजर को तोड़-तोड़ कर अलग कर दिया हो...।'

'पर लोग तो कह रहे थे कि सब ठीक हो गया है...।'

अपर्णा को लगा मानो उसके भीतर कोई विशाल मशीन चलने लगी हो अचानक धड़धड़ाती-भड़भड़ाती, काँपते होंठों से उसे जो समझ आया उसने कह दिया—पर लोग तो कह रहे थे कि सब ठीक हो गया है...।

जब वह लौटकर आई तो चीज़ें एकदम बदल गई थीं।

पता चला कि फिर से मीडिया में रील चली थी। इस बार क़िस्सा अलग था। हर तरफ़ शोर, हर तरफ़ तालीम की नई-नई बातें, बहसें, चिल्लाहटें, अदीब की रोती-बिलखती अम्मी का चेहरा, एक हताश पिता की कई-कई एंगल से खींची गईं तरह-तरह की तस्वीरें, लाल टीका दल के नये-नये चेहरे, बार-बार एक ही दावा कि इस मामले से उनका कोई लेना-देना नहीं, कि उन्हें फँसाया जा रहा है, कहाँ हैं सबूत...बताइए, बताइए कहाँ हैं गवाह, जिस लड़की ने अदीब पर बलात्कार का आरोप लगाया था वह बड़ी उदास दीख रही थी—'वह ख़राब लड़का था, पर मौत

तो मौत है, मौत के बाद क्या गिला-शिकवा...।' मौत पर दुख दिखाने की रवायत है। मौत पर उदासी का शऊर है। मौत पर चुप रहने का क़ायदा है। मौत पर सफ़ाई दे देने की बेशरमी है। मौत पर रोनी शक्लों का मेला है।...सो सब लगे थे, टी.वी. से लेकर अख़बारों तक, बन्द कमरों से लेकर बाज़ारों तक।

देवाशीष और कुछ और लड़कों ने कुछ दिनों तक हड़ताल की...। पर इस बार बहुत कम लड़के हड़ताल में शामिल हुए। देवाशीष से झगड़े का बहाना लेकर तापस भी शामिल न हुआ। उसने साफ़-साफ़ कह दिया—'अगर वह कर रहा है तो मैं शामिल न होऊँगा।' किसी लड़के का छह महीनों से लापता होना इम्तिहान से कम अहमियत रखता था। लड़का अगर अदीब हो तो यह अजमत और कम हो ही जाती है। फिर अगर मौत ही क्यों न हो, क्या फ़र्क़ पड़ता है। आजकल माहौल ही ऐसा है। इस बारे में बात करने से भी लोग कतराते थे। सबकी अपनी-अपनी दलीलें थीं—हमारी पूरी हमदर्दी है, ठीक है कि कॉलेज पढ़ने-लिखने की जगह है न कि नाटक करने की पर फिर भी जो हुआ ग़लत हुआ, पीड़ित परिवार के प्रति हम सब अपने-अपने जज़्बात प्रदर्शित करते हैं,...हम सब एक हैं, हम सभी ग़मज़दा हैं...।

देवाशीष और उनके साथियों ने पुलिस में एक आर.टी.आई. लगाई थी। वे अदीब पर मामले के सारे दस्तावेज़ चाहते थे। अदीब के अब्बू के पास एफ.आई.आर. की कॉपी थी। पर बलात्कार, देशद्रोह, मज़हबी सेंटीमेंट्स भड़काने, क़त्ल की कोशिश, मारपीट...आदि-आदि के सबूत क्या थे, ये वे जानना चाहते थे। पर आर.टी.आई. के क़ायदों के मुताबिक़ यदि एफ.आई.आर. हो गई हो तो कोई भी दस्तावेज़ नहीं दिया जा सकता था। थानेदार बड़ा भला मानुस था। उसने आर.टी.आई. के उस क़ायदे की बाक़ायदा फ़ोटो कॉपी करके देवाशीष को दे दी थी।

धीरे-धीरे यह मुद्दा भी शान्त होता गया। फिर लोगों को कितना याद रहता है। आगे बढ़ना, चलते रहना दुनिया का उसूल है। चरैवेति-चरैवेति प्रचलाम: निरंतरम् की रौ में दुनिया चलती रहती है। न भूलें तो और क्या करें? कितना याद रह सकता है? और क्यों? क्या वैसे भी गम कम हैं जो एक और चिपका लिया जाए? लोग हैं न, लड़ रहे हैं, दुनिया इतनी ख़राब भी नहीं, सब कुछ ठीक हो जाता है, ऊपर वाला सब देखता है, जो ग़लत होगा भुगतेगा ही, थोड़ा सब्र रखना चाहिए, अवाम को मुस्तकिल मिज़ाजी होना ही चाहिए, इतने बड़े मुल्क में किसी का ग़ायब होना कोई बड़ी बात नहीं, लोग पेंसिल-रबर थोड़े हैं कि ग़ायब हो जाएँ और कुछ भी न हो, होगा भई होगा, ये देवाशीष जैसों ने ही मामले को इतना पेचीदा बना दिया है, सिस्टम को काम ही नहीं करने देते, खोज-ख़बर की कोशिश में ख़लल डालते हैं...।

महीनों बीते...फिर पूरा एक साल। अपर्णा को लगता रहा कि अदीब अब आएगा, तब आएगा...। पर वह नहीं आया। उनका ग्रुप 'पंचायत' अब टूट गया था। उस ग्रुप से अदीब की यादें जुड़ी थीं। वे अब उस तरह से इकट्ठा न होते।

'...आंटी वह आएगा...आप देखना एक दिन...।'

ख़ौफ़ और बेयक़ीनी की वजह से तारी होते दर्द को कहीं जज़्ब कर असली सी दीखती मुस्कान को होंठों से चिपकाए वह अदीब की अम्मी को यह कहती। उनके हाथों पर अपना हाथ रखती। पता नहीं क्या था कि उनके झुर्रीदार कमज़ोर हाथों पर अपना हाथ रखना उसे ऐसे लगता मानो कोई दीवार हो बारिश में काही के कपड़ों में लिपटने को तैयार होती, हारती हुई ज़िन्दगी का दावा लिये बेशुमार लातादाद बीजों के साथ...। वे दोनों बैठे रहते। उसके अब्बू भी होते, बेतरतीब तरीक़े से टी.वी. के चैनल बदलते, एकटक देखते किसी भी ओर बुत की तरह...रोड से आती गाड़ियों के हॉर्न की आवाज़ चुप्पियों को तोड़ रही होती, जैसे कोई चीख़कर गुज़रा हो दूसरी चीख़ के लिए ख़ामोशी छोड़कर। कभी उसकी अम्मी सुबकती, फिर अपनी आँखें और नाक पोंछकर मुस्कुराती—'चाय बनाती हूँ'—वह उन्हें पल भर को देखने की हिम्मत जुटाती, उनकी मुस्कान में उसे एक अजीब-सा ख़ौफ़ दीखता, वह उन्हें दूर से चाय बनाता देखती...।

अपर्णा अदीब का सच जानती थी। उसकी अम्मी को देखकर वह सोचती कि शायद अदीब उनके लिए बहुत अलग रहा होगा। दूसरी माँओं के लिए उनकी औलादें जैसी होती हैं उससे बिलकुल अलग। बचपन से, उसमें उनकी उम्मीदें कुछ और रही होंगी...उनके किसी बहुत गहरे अँधेरों में शायद आज भी अस्पताल में बार-बार चीरे-फाड़े जाते उनके अपने बच्चे की आवाज़ गूँजती हो...। एक तकलीफ़ जिसे वे किसी को बता नहीं सकतीं। एक दर्द जो सिर्फ़ और सिर्फ़ पोशीदगी से ज़ेहन में क़ैद रहता है।

...वे किचन से इस तरह चाय लेकर आती हैं, मानो ऐसा करके वे थोड़ा मान पाएँ कि अदीब लौटेगा एक दिन यक़ीनन...

दो...साल बीते...फिर तीन साल। अदीब न आया।

कॉलेज छूट गया। हर वह स्टूडेंट जो अदीब का क़िस्सा जानता था, अब कहीं और जा रहा था, आगे की पढ़ाई के लिए, नौकरी की तलाश में कहीं बहुत दूर...धीरे-धीरे राजा दिव्यनाथ कॉलेज में कोई भी ऐसा न रह गया जो अदीब का क़िस्सा जानता हो...।

चौथा साल होते-होते अदीब के अब्बू गुज़र गए। अपर्णा और ज्योत्स्ना आए थे उनकी मैयत में। उनके पास पूरी एक फ़ाइल थी, पेपर की कटिंग, पुलिस के काग़ज़ात, मानवाधिकार आयोग में लगाई गईं दरख़्वास्तें, अदीब की मार्कशीटें, बस आख़िरी मार्कशीट उनके पास नहीं थी एक्ज़ाम से पहले नये दाख़िले के लिए उसे वह अपने साथ ले गया था...और भी बहुत कुछ। उसकी अम्मी ने वे सब काग़ज़ अपर्णा को दे दिये। काग़ज़ सौंपते समय उनके हाथ काँप रहे थे। उनके चेहरे पर भावहीन सादगी थी। अपर्णा ने वे काग़ज़ात देवाशीष को दे दिये।

देवाशीष ने कोर्ट में एक केस लगा रखा था। केस का लुब्बो-लुबाब यह था कि अब चार साल हो गए हैं, अब अदीब को उस पर लगे इल्ज़ामों से बरी मान लिया जाए...। पर क़ायदा था कि सात साल तक ग़ायब रहने के बाद ही किसी को मरा हुआ माना जा सकता है। अभी तक कोई ऐसा पुख़्ता सबूत पेश न हुआ था जिससे

मान लिया जाए कि अदीब अब इस दुनिया में नहीं है। सात साल बाद जब मरा हुआ मान लिया जाएगा तभी इल्ज़ामों से भी बरी किया जा सकेगा। इल्ज़ामों से निज़ात के लिए सात साल से लापता होकर मरा हुआ साबित होना ज़रूरी था। देवाशीष ने हाईकोर्ट में अपील कर दी थी।

'...वह फिर नहीं आया।' अपर्णा ने सुधीर से कहा।

'मैं उससे एक माशूक़ा की तरह से प्यार नहीं कर सकती थी। उसके साथ घर नहीं बसा सकती थी। पर इससे क्या फ़र्क़ पड़ता है। मैंने उसे चाहा था। बेइंतिहा।'

अपर्णा ने सुधीर से झूठ बोला। फिर से। फिर से झूठ बोला। अपने पहले प्यार की ख़ातिर। अपने पहले आशिक़ की ख़ातिर। पहले प्यार की ख़ातिर झूठ बोलना कितना तो सच्चा काम है—उसे लगा। उसे आज भी अदीब की आतुर आँखें दिखाई देती हैं, लैंपपोस्ट की रोशनी के तारे को अपने पानी में झिलमिलातीं—

'तुम हिन्दुस्तान की एक अरब सवा करोड़ अवाम में से एकमात्र हो अपर्णा जो जानती हो कि कॉलेज से अचानक एक दिन ग़ायब हुए एक लड़के का फिर क्या हुआ? न मीडिया, न पुलिस, न कोर्ट, न सारी दुनिया...कोई नहीं, कोई भी नहीं... उन अरबों-खरबों में से तुम एकमात्र हो अपर्णा जो जानती हो असली वाक़या...।'

वह मुस्कुराया था उससे ऐसा कहते हुए। फिर थोड़ी देर के लिए ख़ामोश हो गया। वह कहना चाहता था कि उस लड़के के अम्मी-अब्बू भी नहीं जानते कि उसका क्या हुआ। वे तक नहीं जान पाए। जान ही नहीं सकते थे। पर उसने नहीं कहा।

## नफ़ासत भरी अंग्रेज़ी

एक दिन सुधीर के घर जाने के लिए बस स्टैंड पर बस पकड़ते समय अपर्णा को जीवेश दीखा। उसने दूसरी तरफ़ अपना मुँह घुमा लिया ताकि वह उसे देख न पाए। उसका दिल ज़ोरों से धड़कने लगा। वह वापस घर लौट आई।

स्कूल के दौर की उसकी एक सहेली एक दिन उसे मिली थी। बाज़ार में टकरा गई। कैफ़े में चाय पीते हुए दोनों स्कूल के दिनों को याद करते रहे। जाते समय उसने अपर्णा को अपना सेल नम्बर दिया। अपर्णा ने नम्बर सेव करके उसे एक मिस कॉल दिया। आज भी कभी-कभार दोनों मिल जाती हैं। एक दिन जीवेश उर्फ़ बंडा की बात चल निकली। सहेली को पता था कि आजकल जीवेश कहाँ है और क्या कर रहा है? अपर्णा बहुत हद तक जीवेश के ख़ौफ़ से निजात पा चुकी थी। उस ख़याल ने प्यार को इतना डरावना बना दिया था कि बढ़ती उम्र में रूमानियत के ख़्वाबों के साथ अकेले होने का भी मन न होता। रूमानियत से लबरेज़ ख़्वाबों के साथ एक क़िस्म का ख़ौफ़, एक क़िस्म का अजनबीपन भी ज़ेहन में उतराता रहता।

जीवेश की आँखों से ख़ौफ़ की एक उफनाती नदी निकलती थी। डेस्क को गहन अँधेरी रात में कुल्हाड़ी से काटकर टुकड़े-टुकड़े करते जीवेश का सोचकर उसका मुँह कलेजे को आता। कुत्ते के सिर को बर्बरता से कुचलकर उसमें से निकलते ख़ून को टकटकाती नज़रों से देखते जीवेश का ख़याल उसे भीतर तक काटता रहता। पर वक़्त के साथ-साथ अपर्णा ने ख़ुद को बदला था। कॉलेज के दिनों से उसमें यह तब्दीली आनी शुरू हुई थी। वह नये ख़यालों और आधुनिक जीवन की हक़ीक़तों से वाक़िफ़ होती गई थी। उसकी शर्म और बेबात लोगों से कटना भी कम हुआ था। इस तरह जीवेश का ख़ौफ़ थोड़ा कम हुआ। फिर हर आदमी एक से नहीं होते—ऐसा वह सोचती। वह अपनी माँ से इस मुद्दे पर इत्तफ़ाक़ न रखती थी, जो कहती थीं कि सब मर्द एक-से होते हैं।

जीवेश, अदीब और सुधीर तीन अलग-अलग दुनिया के लोग थे। उनका वजूद, उनकी सोहबत, उनका इश्क़, उनका जिस्म...सब अलग-अलग था...।

'पूरे शहर में जो सबसे ख़ूबसूरत मर्द है वह जीवेश ही है। आज भी उसका सानी नहीं। इतना सेक्सी कि एक बार देख लो तो रातों की नींद हराम हो जाए।'

सहेली ने कहा था। उस दिन भी अपर्णा ने उसे पल भर को देखा था, जब वह बस में चढ़ रहा था। वह इतना ख़ूबसूरत हो गया है, यह अपर्णा के तसव्वुर में न था। उन दिनों भी वह बहुत ख़ूबसूरत दीखता था। आज भी वह उसकी ख़ूबसूरत कंजी आँखों का सपना देखती है, पर उनमें से एक क़िस्म के ख़तरे की बू तो आती ही है। वह अदीब नहीं है, जिसका पता ही नहीं कि वह क्या है? वह सामान्य क़द-काठी का सुधीर भी नहीं जो दुनिया को महसूस कर देख पाता है। वह एकदम परफ़ेक्ट है। एडोनिस की तरह, कामुक और बेहतरीन, जिसे देखकर प्यार की दुनिया अँगड़ाइयाँ लेने लगती है।

सहेली सच कहती है कि छह फ़ीट तक उठा उसका गोरा-गठीला जिस्म इतना मादक है कि कपड़ों में छिपता नहीं। दीख जाता है कि वह कैसा दीखता होगा। चर्बी का एक क़तरा नहीं, मांसपेशियों और मीट की ऐसी गोलाइयाँ, ऐसे कर्व, ऐसे गर्त कि जैसे तिल भर भी कम न हों, जैसे तिल भर भी ज़्यादा नहीं। लाखों में एक। उसके जैसा कोई दूसरा नहीं। किसी आदमी के लिए जीवेश जितना ख़ूबसूरत होना नामुमकिन ही है—सहेली ने कहा था।

...जीवेश के जिस्म में इक्कीसवीं सदी का ख़ून दौड़ता है। शिराओं में 'आज ही आज'। उसकी आँखों में एक हड़बड़ाहट है, एक क़िस्म की बेसब्री...। मोबाइल या पैड में वह पूरे समय लगा रहता है और उसे निहारती किसी लड़की को लगता है कि वह जल्द ही उन पर से अपनी निगाहें हटाए, देखे इधर-उधर, ताकि उसके ठीक-ठीक दीदार हो सकें। वह पल भर को देखता है, फिर मगन हो जाता है। लड़की की चाहत को और भड़काता हुआ। उसकी मज़बूत सुडौल गरदन पर तीन स्टारों वाला एक टैटू बना है, गले के बाईं ओर लम्बे मीट पर तनी गोरी खाल पर नीचे से ऊपर की ओर तीन स्टार जो उसके कान के नीचे तक हैं। उसकी मोहक मुस्कान में ग़ज़ब

का निखार आ गया है। उसके चेहरे की मासूमियत ने बहुत तबीयत से जवानी की बेसाख़्ता सेक्सी रंगत को अपनी जगह दे दी है। पर अब भी वह मासूमियत यदा-कदा झाँक पड़ती है तपिश पर असमय की बारिश की तरह...जैसे कोई अचरज हो, कोई मदहोश कर देने वाली ज़बरदस्त क़ाबिलेग़ौर शै...। वह अपने नाम की तरह ही है। साहसी। मोहब्बत के मैदान का निपट निडर कारिंदा...।

'लगता है वह आज भी किसी को ढूँढ़ता रहता है...शायद तुझे...।'

सहेली ने कुटिल मुस्कान के साथ कहा। अपर्णा को लगा, पता नहीं मज़ाक़ है या हक़ीक़त। सहेली ने भी उसे छेड़ना ही चाहा था। पर यह सच था कि यह बात कहीं से भी ख़त्म न थी। जीवेश के मन में आज भी जिस लड़की का ख़याल था, वह अपर्णा ही थी। यह ख़याल थोड़ा कमज़ोर पड़ा था। स्कूल के दिनों से आज तक इसकी इंटेंसिटी कम हुई थी। पर वह ख़याल मरा नहीं था। राख के नीचे अधसुलगी चिंगारी की तरह वह बुझ भी सकता था और भड़क भी सकता था।

सहेली को एक और बात पता न थी...। जीवेश लम्बे समय तक अपर्णा जैसी लड़की को ढूँढ़ता रहा था। उसने अपने मोबाइल में उन तमाम जिस्मफ़रोश औरतों के नम्बर सेव कर रखे थे जो उसे कुछ-कुछ अपर्णा जैसी दीखती थीं। जिनका चेहरा, क़द-काठी, चाल या कुछ भी थोड़ा-बहुत अपर्णा जैसा था, उनके नम्बर उसने ढूँढ़-ढाँढ़कर सेव कर रखे थे। उसके पर्सनल कम्प्यूटर के वेब ब्राउजर पर ऐसे बहुत से पेज सुरक्षित थे, जिनसे बड़ी आसानी से ऐसी औरतों तक पहुँचा जा सकता था। वह नेट पर उनसे बातें करता। उनके चित्र देखता। कम्प्यूटर और मोबाइल से आती उनकी आवाज़ें सुनता। उनके वीडियो देखता। ग़ौर से उनकी हरकतों को ताकता। कई बार वह इतना उतावला हुआ कि उनमें से कुछ के साथ हमबिस्तर भी हुआ। उनमें से कुछ ने उससे मनमाफ़िक़ पैसे भी बटोरे। उन औरतों को यह पता न था कि वह उनमें क्या देखता है। वे औरतें उसकी हरकत से यह न समझ पातीं कि ऐसा क्या हुआ, कौन-सी ऐसी बात कि वह इतना उतावला हो उठा, इश्तिआल-अंगेज़ हो उठा...। उनके साथ हमबिस्तर होते उसकी कंजी आँखों में वहशीपने की कई परतें उतर आतीं...।

पर एक दिन सारा मामला गड़बड़ हो गया। पुलिस की रेड में एक औरत के घर से वह पकड़ा गया। फिर पुलिस ने उसके घर पर भी दबिश दी। उसके मोबाइल और कम्प्यूटर से उसके सारे कच्चे चिट्ठे का खुलासा हो गया। माँ-बाप की बुरी तरह से बदनामी हुई। पुलिस ने कुछ दिनों तक उसे हवालात में बन्द रखा। मुहल्ले के लोग यह कहते सुने गए कि उसकी जमकर ठुकाई भी हुई। एक बन्दा तो पूरी ख़ुदएतिमादी से अपनी रौ में यह भी कहता था कि बड़े दरोगा ने उसे नंगा कर ख़ूब ठोंका। जब कोई लम्बा-तगड़ा आदमी मिलता है तो बड़े दरोगा का हाथ उसे पीटने के लिए मचलने लगता है। वह कहता कि बड़ा दरोगा पहले बेंत से सुताई करता है और अगर उसका मूड आ गया तो अपनी बेल्ट से इतना पीटता है कि पीठ की खाल उधड़ जाती है। दबे ज़बान यह भी कहता कि जितना लम्बा-चौड़ा, गठीला बदन

जीवेश का है, ऐसे को तो पीटने का बड़े दरोगा को बड़ा शौक़ है...। जो भी हो, पर इस वाकये के बाद बकौल उसके मुहल्ला उसकी हरकतों पर लगाम लग गई थी।

यह ठीक है कि दीवानगी में उसने ऐसी-ऐसी हरकतें की थीं कि वह बदनाम हो गया था। पर तमाम बातों को वह छिपाकर रखता था। इक्कीसवीं सदी का होने के कारण दाँत निपोरकर सच को छिपाकर कुछ का कुछ बताने का शऊर उसे अच्छे से आता था। उसका बहुत सा सच कोई जान न पाया था। पुराने समय में अपर्णा की दीवानगी के कारण ही उसकी पढ़ाई छूटी। यद्यपि आज भी उसके घरवाले यह ठीक-ठीक नहीं जानते कि वह क्यों देर रात को स्कूल गया था? क्यों कुल्हाड़ी से उसने डेस्क तोड़ी? क्यों कुत्ते के सिर पर पत्थर दे मारा? सब कुछ प्रेत या बुरी आत्मा की छाया की वजह से था, इसलिए सच जानने की कोई गुंजाइश भी न थी। जीवेश ख़ुद तो हक़ीक़त बताने से रहा। उसको इक्कीसवीं सदी में प्रेत या बुरी आत्मा की छाया की सहूलियत प्राप्त ही थी। मौजूदा दौर का होकर भी मॉडर्न न होने की तमाम सहूलियतें उसे प्राप्त थीं। अगर आप मॉडर्न नहीं हैं तो सच को छिपाने की बहुत-सी सहूलियतें आपको प्राप्त रहती ही हैं, सो ये सहूलियतें जीवेश को प्राप्त थीं ही। पर पुलिस वाली घटना के बाद उसकी चाल-ढाल में बड़ी तब्दीली आई। उसकी बेइज़्ज़ती हुई थी। वह मज़बूत ज़िगर वाला तो था, पर इतना भी बहादुर नहीं कि मोहब्बत के लिए खुल्लमखुल्ला लड़ सके। लड़ना तो बहुत दूर इश्क़ के इज़हार की बात भी वह नहीं कर सकता था।

अपने मुहल्ले में वह बहुत पहले से 'लाल टीका दल' की सोहबत में आ गया था। वही 'लाल टीका दल' जिसने राजा दिव्यनाथ कॉलेज में हंगामा मचाया था। जिसने अदीब, तापस और दूसरे लड़कों के ख़िलाफ़ शिवाजी वाले नाटक को लेकर केस दर्ज करवाया था। उसके पिता ने ही उसे लाल टीका दल ज्वाइन करने को कहा था—'घर में पड़ा-पड़ा खाट तोड़ता है, दल में शामिल हो जा, अनुशासन और संस्कार तो वे लोग सिखा ही देते हैं।'

लाल टीका दल में उसका ख़ासा दबदबा बन गया था। दबदबे की वजह उसकी क़द-काठी थी। दबदबे की एक और वजह थी। जब 'लाल टीका दल' के मुखिया को यह पता चला कि उसे बारहवीं क्लास में स्कूल से रेस्टीकेट कर दिया गया था और उसके बाद वह फिर पढ़ने नहीं गया तो वह उसे दल में शामिल करने एकदम तैयार हो गया। फिर जब उसे पता चला कि उसने एक रात कुल्हाड़ी के वार से पूरा डेस्क तोड़ दिया था और पत्थर के एक ही वार से कुत्ते का सिर कुचल दिया था, तो दल के मुखिया ने उसे मुहल्ले का प्रमुख बना दिया। पुलिस की पिटाई वाली बात ने भी इसी वजह से तूल पकड़ी थी। मुहल्ले का वह आदमी जो कहता फिर रहा था कि जीवेश को पुलिस ने पीटा है, पहले ख़ुद भी पुलिस में रहा था। वह जानता था कि पुलिस जीवेश जैसों की ही ठुकाई लगाती है। ऐसों की ठुकाई लगाना पुलिस के लिए भी महफूज़ है। ऐसे लोग जो बड़ी शाइस्तगी से पेश आते हैं पर चाल-चलन

से नापाक होते हैं। क्योंकि ये कभी भी यह नहीं कह पाते कि आख़िर पुलिस ने पीटा क्यों? पुलिस जानती है कि ये न कह पाएँगे, सो जमकर सूतती है और ये अपने घावों की मरहम-पट्टी करते यही कहते हैं—क्या बताएँ भाई पैर फिसल गया था, रोड पर रगड़ खा गए...।

इसी लाल टीका दल के एक लड़के ने जीवेश को सलाह दी थी कि वह थोड़ा अंग्रेज़ी सीख ले। अंग्रेज़ी से लड़कियों पर ख़ासा रुआब पड़ता है। सो उसने पास ही एक अंग्रेज़ी लर्निंग स्कूल से अंग्रेज़ी सीख ली। उसने अंग्रेज़ी में बड़ा दिल लगाया। दोस्त का ही क्या, दल के सारे सदस्यों का मानना था कि अंग्रेज़ी बड़ी ज़रूरी है। साल भर में उसे ख़ासी अंग्रेज़ी आ गई। अब वह जब भी कहीं बाहर जाता साथ में अंग्रेज़ी का एक नॉवेल भी अपने हाथ में रखता। एक जेब में एन्ड्राइड का मोबाइल, कान में ईयरफ़ोन और हाथ में अंग्रेज़ी का नॉवेल। लाल टीका दल का मुखिया कहता कि जब भी लड़की पटाओ मुहिम में जाओ तो भूल के भी टीका न लगाओ। इससे मक़सद में ख़लल पड़ता है। टीके से उस मज़हब की लड़कियाँ आकर्षित नहीं होती हैं, जो कि हमारा टारगेट ग्रुप हैं। सो वह सुबह के लगे टीके को पोंछकर ही घर से निकलता। बड़ी नफ़ासत भरी अंग्रेज़ी में लड़कियों से बात करता। अंग्रेज़ी के नॉवेल को एक हाथ से दूसरे हाथ में पकड़ता रहता या यूँ ही उसका कोई पेज खोलकर उस पेज को निहारता रहता। किसी लड़की को पता न चलना था कि माजरा क्या है?

सहेली की बात सुनकर अपर्णा का पुराना डर लौट आया—जाने किसको तो आज भी ढूँढ़ता रहता है वह...। पर अबकी उसने सोच रखा है कि वह इस मामले का निबटारा करके ही रहेगी।

आजकल घर से निकलते समय अपर्णा अपने पर्स में सिन्दूर की एक डिबिया रख लेती है। रास्ते में कहीं किसी जगह छोटे शीशे में ख़ुद को देखती और अपनी माँग में सिन्दूर डाल लेती है। वह लाल रंग की एक बड़ी सी बिन्दी लगाकर घर से निकलती है। उस दिन सुधीर के कमरे में घुसते समय खोमचेवाले ने उसे देखा—कानगरेचूलीशन दीदी...उसके माथे के सिन्दूर को देखकर अपने काले-पीले दाँतों से मुस्कुराते हुए उसने कहा। वह मुस्कुराकर भीतर आ गई। उसे थोड़ा कोफ़्त हुई—पता नहीं कहाँ से उसके जीवन में आ गया यह मुआ जीवेश...।

...और एक दिन वह ठीक उसके सामने खड़ा था। बस में लटकते हैंडिल को पकड़े, उसे एकटक घूरता। अपर्णा को काटो तो ख़ून नहीं...।

'हैलो...आर यू अपर्णा...।'

'हाँ...।'

'वी वर इन सेम स्कूल...डिडंट वी..?'

'जीवेश...।'

अपर्णा ने थोड़े ठंडेपन से कहा। अब जब सामना हो ही गया है तो क्या घबराना। हो सकता है इसी तरह छुटकारा मिल जाए इस सबसे।

'लवली...यू रिकगनाइज़ मी...।'

उसने अंग्रेज़ी के नॉवेल को अपने दोनों हाथों में भरकर छाती से लगाया— 'लवली'। वही कामुक-सी मुस्कान, वही उदात्त-सा ताज़गी भरा ख़ूबसूरत चेहरा। पर अब उसमें वह हड़बड़ाहट, वह दीवानापन न दीखता था जिसे देखकर डर लगता था। पता नहीं पुलिस की मार का प्रभाव था या समय के बेदर्द थपेड़ों की उठापटक, कि उसकी आँखों को झपकी भर देखने के बाद अपर्णा का डर थोड़ा कम हो गया। वे अब वैसी न लगती थीं जिसे देखकर वह ख़ौफ़ज़दा होती रही और आज भी घबरा जाती है। उन आँखों में अब एक क़िस्म की बेफ़िक्री थी, एक क़िस्म का भला-सा बुलावा...।

उसके पास की सीट ख़ाली होने पर वह उस पर बैठ गया। उसे देखकर मुस्कुराया। वह भी मुस्कुरा दी।

'तुम किस कॉलेज जाती हो?'

'कॉलेज पूरा हो गया।'

'कौन सा कॉलेज...?' उसने चहककर पूछा।

'राजा दिव्यनाथ...।'

'ओह...आई नो दैट, आई वेंट देअर सो मेनी टाइम्स विद माई फ्रेंड्स...यू नो एबाउट दैट डिस्प्यूट ऑफ़ ग्रेट शिवाजीस ड्रामा...वी वर वन ऑफ़ दोज़ हू टेकेन लीड इन दैट मैटर टू सेंड दोज़ ट्रेटर्स आउट ऑफ़ कॉलेज...'

वह मुस्कुराया। अपर्णा ने उसकी मुस्कान का कोई जवाब न दिया। उसकी इस बहादुरी पर हर कोई उसकी तारीफ़ करता न थकता था। राजा दिव्यनाथ कॉलेज के नाटक पर लाल टीका दल के जिन लोगों ने पत्थर फेंके थे वह भी उनमें शुमार था। अपर्णा को लगा कि वह यहाँ से उठकर कहीं चला जाए। पर बस कोई अपर्णा की तो थी नहीं। वह कहीं भी बैठ सकता था। उसे लगा कि शायद अपर्णा को उसकी अंग्रेज़ी से दिक़्क़त है। अंग्रेज़ी से लड़कियों को परास्त करने में उसे मज़ा आता था।

'मैं लाल टीका दल का एक्टिव मेम्बर हूँ। उन दिनों टी.वी. पर मैंने कुछ डिबेट्स में भी भाग लिया था। शायद तुमने देखा हो। राजा दिव्यनाथ कॉलेज एक अच्छा कॉलेज है, पर उन दिनों कुछ लोगों ने उसे बिगाड़ रखा था। आज भी ऐसे कुछ लोग वहाँ पर हैं...हम उन्हें सबक सिखाएँगे...।'

एक जगह बस रुक गई थी। अपर्णा ने अपना बैग उठाया और उसे 'बाय' कहकर चल दी। यह उसका स्टॉप नहीं था, पर वह उतर गई। जिस तेज़ी और बेरुख़ी से वह जीवेश को 'बाय' कहकर उतरी उससे जीवेश को लगा शायद उसकी बातें उसे अच्छी नहीं लगीं। ज़्यादातर लड़कियाँ घरेलू होती हैं—ऐसा उसने सोचा—शायद वह भी हो और वह फ़ालतू ही उससे न जाने कहाँ की बात करने बैठ गया।

'तुम आजकल कहाँ रहती हो...।'

‘पुलिस लाइन में।’ अपर्णा ने तपाक से कहा।

बस फिर उस स्टॉप पर रुकी थी। पर आज वह कहीं भी उतरने के मूड में नहीं थी। उसने सोच रखा था कि वह वहाँ तक जाएगी जहाँ तक जीवेश जाएगा। जीवेश ने उसकी माँग में भरे सिन्दूर को देखा और थोड़ा हकलाता-सा बोला—पुलिस लाइन?

अपर्णा ने उसकी हकलाहट को पकड़ लिया। राजा दिव्यनाथ कॉलेज में हुए हंगामे के बाद उसे अच्छे से इल्म हो गया था कि पिछले कई सालों से जी-जान से लाल टीका दल में शामिल शख़्स आख़िरकार कैसा होता है?

‘हाँ जीवेश, मेरे पति पुलिस इंस्पेक्टर हैं...।’

‘ओह...।’

‘क्यों क्या हुआ?’

‘मेरा मतलब एक अच्छी बात है। तुम पढ़ने-लिखने में अच्छी थीं, सुसंस्कारी, तुम्हें तो अच्छा घर-बार मिलना ही था। एक अच्छी बात है।’

उसने ‘सुसंस्कारी’ शब्द को थोड़ा ज़ोर से कहा। फिर मुस्कुराया।

‘मैंने एक साल इंगलिश लर्निंग का डिप्लोमा किया...इस साल ग्रेजुएशन पूरा होगा, फिर इंगलिश में एम.ए...एम.फिल...मुझे अंग्रेज़ी से प्यार है...।’

अपर्णा ने कुछ न कहा। बस पल भर को उसकी आँखों को देखा। उसे ख़ुद पर कोफ़्त हुई। वह भी कैसी-कैसी चीज़ों से डरती रही? इससे। इससे। जो ठीक से ख़ुद के बारे में कुछ भी बता नहीं सकता। उसे याद आया कैसे उन दिनों उन्होंने देखा था कि लाल टीका दल वाले कुछ लोग पुलिस थाने में इंस्पेक्टर के पैर छू रहे थे।... इससे डर, इससे...। अदीब ने उसे अपने जीवन की वह हक़ीक़त बताई जिसे बताने के लिए कलेजा चाहिए और एक ये है जो यह तक नहीं बता सकता कि कल रात के खाने में इसने क्या खाया था, दो टाँग या चार टाँग और हिम्मत देखो मोहब्बत करने चला है...छि:, इससे...इस कीड़े से डर...उसे ख़ुद पर थोड़ी शर्म आई, थोड़ा सुकून भी हुआ कि वह नाहक ही डर रही थी।

‘कहाँ तक जा रही हो?’

‘सुपर मार्केट। आजकल सारा काम ख़ुद ही करना पड़ता है।’

‘क्यों...?’

‘ये बहुत व्यस्त हैं आजकल। ये जो ‘ऑपरेशन मजनूँ’ चल रहा है, प्यार करने वालों के ख़िलाफ़...ये उसी में व्यस्त हैं। इनके इलाक़े में बड़ी धरपकड़ चल रही है। पुलिस अधिकारियों की जो टीम यह काम कर रही है उसके एक्टिव मेंबर हैं। अब तक छह सौ ग्यारह मजनुओं को पकड़ चुके हैं।’

‘छह सौ ग्यारह...।’

‘हाँ...छह सौ ग्यारह।’

अपर्णा ने थोड़ा ज़ोर देकर कहा—छह सौ ग्यारह।

‘ओह...!’

अबकी बार जो उसने 'ओह' कहा तो उसके चेहरे पर बेबसी का एक मनहूस-सा अहसास तैर गया। अपर्णा ने उसके चेहरे को ग़ौर से पढ़ा। कुछ दिनों पहले लाल टीका दल का एक सदस्य टी.वी. पर कह रहा था कि ऑपरेशन मजनूँ एकदम ठीक है। प्यार के नाम पर लड़कियों को ठगने का जो कारोबार 'विधर्मियों' ने चला रखा है इससे उस पर रोक लगेगी। अपर्णा ने उसके माथे पर पोंछकर मिटाए गए टीके के निशान को देखा।

'तुम अपने मुहल्ले के लाल टीका दल के सदस्यों से क्यों नहीं बात करते कि वे भी ऑपरेशन मजनूँ में उनकी मदद करें। पकड़ें लफंगों को, मवालियों को...।'

अपर्णा ने दूसरा दाँव खेला। वह हकलाता-सा बोला—हाँ, हाँ...क्यों नहीं, क्यों नहीं...तुम जो कह रही हो तो क्यों नहीं...। अपर्णा ने उसके हाथ में झूल रही अंग्रेज़ी की किताब को देखा, फिर उसकी कंजी आँखों को...अपर्णा के चेहरे पर छिपाते-छिपाते भी मुस्कान की एक लौ दीख गई। जीवेश थोड़ा झेंपा। मुस्कुराकर उसने अपनी झेंप मिटानी चाही। पर उसकी मुस्कुराहट एक खिसियानी-सी मुस्कान में बदल गई।

रात को अपर्णा सारा वाकया याद कर मुस्कुराती रही। वहीं उसे ग़ुस्सा भी आता रहा। यही वे लोग हैं, जिन्होंने कॉलेज में सारा तमाशा किया। कितने डरपोक और काहिल, तिस पर देखो कैसी गोरी-गोरी चमड़ी में मर्दाना जिस्म ढालकर लड़कियों पर अपना तिलिस्म, फ़रेब और वहम फेंकते हैं। अगले दिन अपर्णा ने न सिन्दूर लगाया, न बड़ी लाल बिन्दी। वह आज उससे भिड़ने के पूरे मूड में आ गई थी। पर यह क्या वह तो आज दीखा ही नहीं...।

अपर्णा उसे अक्सर देखती। पर फिर वह कभी दीखा नहीं।

...उसने अपना रास्ता बदल लिया था, अपर्णा से मिलने का उसका ख़याल फ़ना हो चुका था...

## फाँसी के फंदे के नीचे

'तुम्हारे अदीब वाले क़िस्से में एक गड़बड़ है...।'

अपर्णा को लगा मानो उसकी ग़लती पकड़ ली गई हो।

'तुम क्या कहना चाहते हो कि मैं झूठ बोलूँगी। इश्क़ पर झूठ...?'

'मैंने ऐसा कब कहा?'

'फिर...।'

'तुमने कहा कि इस दूसरे आशिक़ का क़िस्सा...।'

'प्लीज़ सुधीर इसे दूसरा आशिक़ न कहो। सिर्फ़ वही था, सिर्फ़ वही।'

'और जीवेश...।'

'उसकी तो कहानी तुम्हें पता भी नहीं। कोई किसी को चाह लेने भर से तो आशिक़ नहीं बन जाता है न। वह मवाली था। उसकी बात अब कभी न करना।'

'चलो ठीक है। पर तुम्हें अदीब का क़िस्सा पूरा सुनाना चाहिए था। उस क़िस्से में भारी गड़बड़ है।'

'क्या गड़बड़ है, ज़रा मैं भी तो सुनूँ...।'

बहुत से झूठ दिल में छिपाकर, अपर्णा ने साफ़गोई से कहा।

'तुमने कहा था कि तुम्हारे आशिक़ का क़िस्सा मोमबत्तियों का क़िस्सा है। पर इस क़िस्से में तो मोमबत्तियों का जिक्र भी नहीं आया...।'

'मैंने जानबूझकर नहीं किया।'

'मतलब तुमने क़िस्से में से मोमबत्तियों को ग़ायब कर दिया।'

अपर्णा सुधीर को देखती रह गई। भला इस बात का वह क्या जवाब दे।

'मोमबत्तियों के कारण ही हम एक-दूसरे से मिले। उनकी ही वजह से हमारा प्यार परवान चढ़ा और तुमने उन्हें ही ग़ायब कर दिया।'

'ऐसा नहीं है सुधीर। अदीब की कहानी में जो मोमबत्तियाँ हैं उन्हें मैं कह सकती हूँ। बस इतनी सी बात है कि उन्हें कहना थोड़ा मुश्किल है।'

'ऐसा क्या था भला उन मोमबत्तियों में...ऐसा क्या...?'

अपर्णा पसोपेश में पड़ गई।

अदीब की बाक़ी बची कहानी उसके मन में उलझी पड़ी थी। उसे तय करना था कि कितना बताए और कितना नहीं। उसने वादा किया था अदीब से कि न कहेगी। वादा था कि उसकी अम्मी को भी न कहेगी। कह देने में एक ख़तरा था। एक बहुत ख़ौफ़नाक ख़तरा। वह जानती थी। पर अदीब ने यह भी कहा था कि कहीं कभी किसी को उन दोनों का इश्क़ का क़िस्सा बता देना। थोड़ी देर की उधेड़बुन के बाद उसने मन में उलझी कहानी की गाँठों को सुलझा लिया। वह, वह बात छोड़कर बाक़ी सब बातें कह देगी। फिर किसी को क्या पता चलता है कि सच क्या है? कहानी का सच कभी भी जाना नहीं जा सकता है। बस इतना पता हो कि क्या कहना है और क्या नहीं? कहानी कहते समय कोई ऐसी बात न हो जाए कि कहानी का झूठ पकड़ आ जाए।

...इश्क़ कहानियाँ गढ़ता है। कहानियाँ हमें गढ़ती हैं। हम दुनिया को गढ़ते हैं। दुनिया की मुट्ठी ख़ाली है। दुनिया की मुट्ठी में कोई कहानी नहीं...अपर्णा ने सोचा...

'अदीब एक ऐसा आशिक़ था जो एक साथ किताबों और मोमबत्तियों दोनों का दीवाना था। वह आदमी की तरह से औरत को प्यार नहीं कर सकता था। वह औरत की तरह से आदमी को प्यार नहीं कर सकता था। फिर भी वह इश्क़ में था।'

'एक मिनट अपर्णा...। सुनो न...यार, एक-एक कप चाय बना लाओ। कल मैं कुछ नानखटाई लाया था। किचन में रखी है। स्टील वाली पानी की टंकी के ऊपर, पॉलिथिन में। उसे भी ले आओ...और हाँ, बाथरूम के हौज में नल खोल देना, पानी आने वाला होगा...वर्ना क़िस्से के बीच से उठना पड़ेगा...।'

'तुम तो ऐसी तैयारी करते हो मानो कहानी न सुन रहे हो, फ़िल्म देख रहे हो...।'

'तुम बार-बार ग़लत कहती हो अपर्णा। मैं देखता नहीं सुनता हूँ। कभी बताऊँगा कि सुनकर जो दीखता है वह क्या है? ख़ुशबू जब अँधेरे में उतरती है तो वह कैसी दीखती है? छूकर महसूस करने पर तो इतने क़िस्से हैं कि कभी ख़त्म ही न हों। अब तुम आ गई हो, एक ऐसी माशूक़ा की तरह जो मेरी सारी दुनिया को क़िस्सों के मार्फ़त ही देख पाएगी तो तुम्हें सुनाऊँगा...वे सारे के सारे क़िस्से।'

खिड़की से सूरज झाँक रहा था। झाँकता सूरज बेताब था। एक छिपकली दीवार पर रेंगते-रेंगते अपनी चिर-परिचित जगह पर रुक गई थी। खिड़की के पर्दे रंगमंच के पर्दों की तरह से दबे थे दोनों ओर के कोनों में। धूप का एक चकत्ता रुका हुआ था ख़ाली कुर्सी में अपनी जगह बनाकर...क़िस्से को शुरू होने में अब देर न थी।

'...अदीब की मोमबत्तियों के मायने बहुत अलग थे। एकदम मुख़्तलिफ़...।'

अपर्णा कहती जा रही थी। उसके ज़ेहन में गुज़श्ता वक़्त उतरता आ रहा था।

'मोमबत्तियाँ ठीक वैसी नहीं होतीं जैसी कि हम उन्हें जानते हैं।'

अदीब कहता। पढ़ते-लिखते, थियेटर और दुनिया-जहान की राजनीति को समझते वह कुछ नतीजों पर पहुँच रहा था। उसे ठीक-ठीक पता न था कि इन बातों को किस हद तक माना जाना चाहिए। पर वह जो मानना चाहता था वह उसके भीतर आकार पा रहा था। वह कहता—

'मोमबत्तियाँ सिर्फ़ वैसी नहीं होतीं कि सन्नाटे अकेलेपन में काँपते हाथों से लगा दी जाएँ किसी क़ब्र पर। ज़रूरी नहीं कि मोमबत्तियाँ ठीक वैसी ही हों जिनकी लौ के सामने सिज़दा करता है कोई प्रीस्ट, बुदबुदाता हुआ कोई इबादत...। मोमबत्तियाँ सिर्फ़ वैसी भी नहीं होती हैं कि जिसके चारों ओर बैठे होते हैं दीवाने यह दुआ मनाते हुए कि वे सब पूरी रात न बुझें और इस तरह मिर्ज़ा ग़ालिब सुनाते रहें अपना कलाम...। मोमबत्तियाँ कई बार बहुत मामूली दीखती हैं। वे अपना दर्द कह नहीं पातीं। वे जान नहीं पातीं कि कैसे कह दें ख़ुद को, ख़ुद के जलने को। वे इन्तज़ार करती रहती हैं, जलती-बुझती सी, वे इन्तज़ार करती हैं उस ख़याल का जो कह पाए इंसाफ़ के लिए मुकर्रर सबसे पाकीज़ा लफ़्ज़ों में...ठीक-ठीक उस बात को जो बहुत ज़रूरत पर भी नहीं कही गई थी...वे कुछ इस तरह कि मोमबत्तियाँ होती हैं कि उन्हें जानने के लिए उन्हें सुनना पड़ता है।'

सुधीर के कमरे में कुर्सी से उतरकर धूप का चकत्ता फ़र्श पर आ गया था, धीरे-धीरे फिसलता ज़मीन पर लुढ़के पानी के चहबच्चे पर...।

'तुम अगर देख पाते तो तुम्हें मैं दिखाती सुधीर। किसी भीड़-भाड़ वाली शोरगुल से पटी रोड पर मुँह पर काला कपड़ा बाँधे हाथ में मोमबत्तियाँ थामे चुपचाप गुज़रते लोगों को...।'

सुधीर गुमसुम-सा सुन रहा था। बुत की तरह। अपर्णा कहती जा रही थी।

'अदीब की मोमबत्तियाँ। वे मोमबत्तियाँ जिन्हें वह सँजोता था।'

...दरवाज़े पर हवा की दस्तक हुई थी, भीड़ में लोगों को इधर-उधर कर रास्ता बनाती ख़ामोशी थी ताकि बेरोक-टोक गुज़र जाएँ शब्द...

'...दुनिया की न जाने किन-किन जगहों पर...न जाने कितने टूटे शीशे, हड्डियों, मांस के लोथड़े, मवाद, गोलियों से क्षत-विक्षत लाशें, जले-अधजले जिस्मों की यादों को मन में सँजोए सूखी बेआवाज़ आँखों से जलाई जाती हैं मोमबत्तियाँ...भयानक आवाज़ों से भरे, चीख़ और सिसकियों से गूँजते दिमाग़ से वे लगाई जाती रही हैं... ग़म की इंतिहा पर भी, सूख चुके आँसुओं के साथ...वे मोमबत्तियाँ जिन्हें लगाते हुए नहीं काँपते हैं उनके हाथ, इतने सधे हाथों से कि मानो हाथ न हों मुट्ठी हों... मोमबत्तियाँ जो बेआवाज़ नहीं होती हैं, जिनको लगाए जाने पर ख़ून को जलाता कोई शोर सुनाई देता रहता है...मुसलसल...।'

अपर्णा उन बातों को बता रही थी जो उसने अदीब से जानी थीं मोमबत्तियों के बारे में।

'तुम आँसुओं की बात कर सकते हो...पर आँसुओं के सूख जाने को कैसे कहोगे सुधीर...कैसे...?'

...कहना मुश्किल था पर अपर्णा कह रही थी, सुनने के दायरे थे पर जैसे सुधीर को सब सुनाई दे रहा था...

'...तनहाइयों को कह सकते हो, कह सकते हो बहुत इन्टेंस ख़ामोशी को भी, बहुत घनीभूत चुप्पी को कहना भी कठिन कहाँ है...पर शोर को कैसे कहोगे अदीब, उस शोर को जो दावानल की तरह से फैलता है...जलाता जाता है, दरख़्तों पर लटकते हर घोंसले, हर पंख, हर अंडे, हर तिनके को...कैसे? किस तरह? उसकी याद में किसी मोमबत्ती का जलना बहुत ख़ौफ़नाक होता है, डर और चीख़ के साथ काँपती रहती है उसकी लौ...।'

अपर्णा पल भर को ख़ामोश रही। फिर एक लाइन कहकर चुप हो गई—

'अदीब की मोमबत्तियों को जानना बहुत कठिन था। बहुत मुश्किल था सुधीर... बहुत मुश्किल...।'

कितना कुछ कहना चाहती थी अपर्णा। पर कुछ बातें सिर्फ़ ख़यालों में ही कही जा सकती हैं। उन ख़यालों में जिनमें दीखती है जेल की चौखट पर जलती कोई मोमबत्ती...फाँसी के फंदे के नीचे पिघल-पिघल कर धुआँ होती कोई मोमबत्ती... अपने पहले प्यार के लिए ख़ौफ़ और दर्द से काँपती, तनहाइयों में कहती रहती है अपर्णा...कहती है कि जब प्यार टूट जाता है तब उतना डर नहीं लगता...डर तब भी नहीं लगता जब आशिक़ कहीं दूर देस चला जाता है...तब भी नहीं जब इस तरह खो जाता है आशिक़ कि मानो कभी लौटेगा नहीं...उस समय भी कहाँ लगता है डर जब बुझ जाती है मोहब्बत की आख़िरी आस भी...। डर...डर तो एक वादा है। रात के अँधेरे में अपने खो चुके आशिक़ से किया वादा। अजनबीयत और खीज के साथ

लिया गया वादा। फिर जब आशिक़ चला जाता है तब पता चलता है कि वह क्या था? नहीं था वह आदमी। नहीं था वह औरत। वह आदमी और औरत होने से बहुत परे था। बहुत ऊपर। उसका इश्क़ सिर्फ़ और सिर्फ़ आदमी और औरत की दुनिया का इश्क़ कहाँ हो सकता था? कैसे तो बताए अपर्णा उस इश्क़ को जो सिर्फ़ आदमी और औरत से नहीं होता। जो सिर्फ़ आदमी और औरत के दरमियान नहीं होता... सूरज को ढके काले बादल सरकते हैं धीरे-धीरे, जैसे कोई पर्दा उठ रहा हो रंगमंच के ठीक बीचोबीच अपनी ही किसी धुन में...

अदीब नहीं लौटा। और इस तरह पूरे पाँच साल बीत चुके थे।

'हैलो...।'

अपर्णा ने मोबाइल पर शहर के उस अजनबी नम्बर को पहले पढ़ा। लैंडलाइन का कोई नम्बर—कौन होगा, वह भी इतनी रात गए...। फिर थोड़ा झिझक के साथ कहा—

'हैलो...।'

'कौन अपर्णा?'

'आपकी आवाज़ ठीक से सुनाई नहीं दे रही...।'

'हैलो...हैलो...।'

'हाँ, अब ठीक है...।'

'अपर्णा...।'

'हाँ...पर आप कौन...?'

'अदीब...।'

'क्यों मज़ाक़ करते हो सौमित्र। तुम्हें एक मैं ही मिली हूँ क्या...? वह भी इतनी रात को।'

'मैं अदीब ही हूँ अपर्णा...।'

'झूठे। मज़ाक़ की भी हद होती है यार...।'

'यक़ीन करो मैं ही हूँ।'

आवाज़ में अजनबीयत थी। फ़ोन की घरघराहट भी। पर ग़ौर से सुनने से वह एक परिचित आवाज़ लगती थी। अपनापे की कोई सदा उससे आती थी।

'अदीब...क्या, क्या सच में...?' अपर्णा की आवाज़ लड़खड़ाई।

'हाँ...मैं ही।'

'यक़ीन नहीं होता।'

'यक़ीन करो।'

'यक़ीन दिलाओ।'

पाँच साल पहले जब वह फ़ोन करता था, तब वह कहती थी कि 'यक़ीन दिलाओ', जब वह फ़ोन करती तो वह भी कहता था कि 'यक़ीन दिलाओ'। एक बार फ़ोन पर मिसअंडरस्टैंडिंग हो गई थी। तभी से यह बात दोनों के बीच थी—यक़ीन दिलाओ—एक बात जो दरमियान थी, कभी मोटरसाइकिल पर उससे चिपककर बैठी

वह यूँ ही कह देती थी उसके कानों में...। बार-बार धूल झाड़कर खड़ी हो जाती थी इश्क़ की बतकही में—यक़ीन दिलाओ...।

'माई गॉड...आई कांट बिलीव...इट्स यू...तुम लौट आए...कहाँ थे तुम अब तक...?'

उस दिन अदीब के बेडरूम से निकलने के ठीक अगले दिन, फिर से शुरुआत की एक मासूम-सी पेशकश की थी अदीब ने, अपने किसी नाटक के डायलॉग के साथ—'ज़िन्दगी एकमात्र ऐसा ब्लैकबोर्ड है डियर, जिस पर डस्टर नहीं चलता। उस ब्लैकबोर्ड को जलाकर, तोड़कर ही नष्ट किया जा सकता है...।' उसने उसे गले से लगा लिया था। पूरा न सही पर कितना कुछ तो है वह—अपर्णा ने सोचा—एक प्यारा दोस्त, न सही आशिक़...एक सच्चा दोस्त होना क्या कम है।

...पर यह क़िस्सा अपर्णा ने सुधीर से न कहा, तो फिर न कहा...

उसने अपने क़िस्से का अन्त किसी और तरह से किया—

'...अदीब के स्टडी रूम में मैंने पहली बार कई-कई तरह की मोमबत्तियाँ देखी थीं...गणित की किताबों के साथ-साथ रखी हुईं, बिखरी हुईं, लुढ़की हुईं, जली-अधजली...जैसा कि मैंने तुम्हें बताया वह कहता था, बार-बार कहता था कि किताबों के साथ अगर कोई चीज़ चल सकती है तो वे मोमबत्तियाँ ही हैं...कहता कि किताबें और मोमबत्तियाँ यार-दोस्त की तरह हैं...उसकी कहानी बस इतनी ही है। बस यहीं तक।'

'वह लौटा था...।'

'न, कभी नहीं।'

'कितने साल बीते।'

'अब तक क़रीब छह साल...।'

'हर आदमी के इश्क़ के क़िस्से होते हैं। कम से कम इश्क़ का एक क़िस्सा तो उसके पास होता ही है। हर औरत का भी। बस वे अपने इश्क़ के क़िस्से को कहते नहीं। अपनी मोहब्बत का अफ़साना कभी बयाँ नहीं करते।'

थोड़ी देर की ख़ामोशी के बाद सुधीर ने कहा। अपर्णा को सुकून हुआ कि बात बदल गई।

'लोग क्यों अपने इश्क़ की कहानी नहीं बताते हैं...सुधीर। किसी को इश्क़ की कहानी बताना कितना तो ख़ूबसूरत है। तुमको अपनी इश्क़ की कहानी कहते हुए मुझे ऐसा लगा कि जैसे मैं किसी कश्ती में बैठी हूँ, जो एक बहुत गहरी नदी में धीरे-धीरे तैर रही है और यह पता ही नहीं चल सकता कि वह नदी कितनी गहरी है। जब गहराई की फ़िक्र न हो और आपकी कश्ती चली जा रही हो तब इश्क़ का क़िस्सा बनता जाता है।'

...किचन में कोई बर्तन झनझनाया मानो चूहा, मानो बेतरतीबी से फिसलकर, सरककर आवाज़ करने को उतावली स्टील की कोई प्लेट...

‘जिस क़िस्से को सबसे ज़्यादा कहने का मन करता है वह इश्क़ का क़िस्सा ही है। पर वह लोगों के ज़ेहन में सबसे गहरे दबा होता है। सबसे ज़्यादा ख़ामोश, सबसे ज़्यादा ज़ब्त...।’ सुधीर ने कहा।

वह कहता गया—

‘कोई कहाँ कह पाता है अपने सबसे यारबाज़ दोस्त को भी अपने इश्क़ का क़िस्सा। तुम ठीक कहती हो अपर्णा कि इश्क़ के क़फ़स की ज़ंजीरें सबसे मज़बूत हैं, उसके क़िस्से हमारे ज़ेहन की क़ैद में दम तोड़ते रहते हैं...।’

‘सच कहते हो सुधीर...जो सबसे ज़्यादा अनकहा रहा वह इश्क़ का फ़साना ही था, जो न कही गई कभी भी वह प्यार की कहानी ही थी...।’

‘क्या पता अगर लोगों को पता चले तुम्हारा और मेरा इश्क़ का क़िस्सा तो वे भी याद करें अपनी मोहब्बत को...। फिर शायद सोचें उसे कह देने के बारे में...।’

‘चिता पर जो सबसे पहले जलकर राख होता है वह प्यार का क़िस्सा ही होता है। जो सबसे पहले मिट्टी होता है क़ब्र में वह मोहब्बत का क़िस्सा ही होता है क्योंकि वही सबसे ज़्यादा अनकहा होता है, उसे कभी उसके लिए तय क़फ़स से छुटकारा जो नहीं मिल पाता है।’

‘काश! इस जहाँ में हर अनकहे इश्क़ के क़िस्से के लिए हो कोई इनसान जिसे वह बताया जा सके, ताकि मरने के बाद भी किसी को याद रहे वह, दुनिया में जो सबसे अनकहा रहा वह सिर्फ़ और सिर्फ़ प्यार का क़िस्सा रहा...। जो ख़त्म हुआ ज़ार-ज़ार वह इश्क़ का ही क़िस्सा तो था।’

...दूर से आता कोई गीत सुनाई देता था, मानो गाने वाले का मन एकदम ख़ाली हो, भीतर की आख़िरी बूँद तक को उड़ेल देने के बाद का ख़ाली-ख़ाली, बहुत दिनों बाद मन का बर्तन ख़ाली हुआ हो जैसे...

‘सच कहते हो सुधीर।’ अपर्णा ने थोड़ी देर बाद कहा।

‘मरना किसी इनसान भर का मरना तो नहीं है न सुधीर। जब कोई मरता है तब उसके मरने के बाद एक के बाद एक बहुत-सी चीज़ें मरती जाती हैं...किसी के मरने के बाद सबसे पहले जो चीज़ मरती है, वह उस शख़्स के इश्क़ की कहानी होती है, क्योंकि वह कहानी उसने कभी किसी को नहीं बताई होती है। इस तरह उस कहानी को उसकी मौत के बाद सबसे पहले मरना पड़ता है।’

‘तुम इतना निश्चित कैसे कह सकती हो कि पहले नम्बर पर इश्क़ के क़िस्से की ही मौत होती है?’

...ज़ेहन में जो ख़याल थे वे ख़ामोशियों के शोर को जज्ब कर रहे थे, उन ख़यालों को कहना उन ख़ामोशियों को कहना था...

‘तुम्हें बताया तो था सुधीर, कि क्रम में पहला यानी ‘एक’...इश्क़ की गिनती का पहला नम्बर...एक से अकेला, एक से एकान्त, एक से एकल...इश्क़ की नम्बरिंग का पहला नम्बर...।’

अपर्णा के ज़ेहन में बहुत-सी बातें अटकी थीं—जब मैथ्स के 'एक' नम्बर को देखती हूँ तो सफ़ेद बोर्ड पर काले हाइलाइटर को चलाती अदीब की उँगलियाँ दीखती हैं...दीखता है एक बड़ा-सा सफ़ेद कैनवस मैथ्स के ऑपरेशंस, फ़ॉर्मूलों, न्यूमेरिक्स, एनॉमैलीज, इक्वेशंस, शेप्स और एनालिसिस से भरा हुआ...चमकता दीखता है पाँच वैरियेबल्स वाला एक फ़ॉर्मूला...जो डिड्यूस करता है उस पूरी थ्योरम को...बताता है इश्क़ के सही-सही मायने...क्यों वही शख़्स...क्यों सिर्फ़ अदीब ही, जो न आदमी की तरह से प्यार कर सकता था और न औरत की तरह से...वही बस वही...वही क्यों बता पाया प्यार के सही-सही मायने...क्यों...इश्क़ की सबसे बेहतरीन परिभाषा उसके पास ही थी...क्यों सुधीर...गणित की परिभाषा जो आज भी गणित के फ़ार्मूलों में महफ़ूज़ है...उतनी ही महफ़ूज़ जितनी कि दो जमा दो बराबर चार...तुम थोड़ा सा गणित सीख लो सुधीर मैं तुम्हें अदीब की तरह से प्यार को समझा दूँगी...पर इतना तय है कि उसके इश्क़ की अधूरी कहानी को मैं कभी पूरी न बताऊँगी...मेरे ज़ेहन में उसकी एक ऐसी इश्क़ की कहानी भी जज़्ब है, एक अनकही इश्क़ की कहानी जो अनकही ही रहेगी, जो सबसे पहले राख होगी...धुआँ-धुआँ होकर जलेगी मेरे साथ मेरी चिता में...।

बाहर अंधड़ चल रहा था। अंधड़ की धूल में क़ब्रिस्तान से चले आए इश्क़ के क़िस्सों की धूल थी। बवंडर में मिली-जुली थी मरघट से उड़ती आई राख, जो बरसों से किसी आशिक़ के दिल में धड़कती थी एक दिन चिता में भस्म हो जाने को...। बहुत से क़िस्से, उन क़िस्सों के क़िस्से...जिनको कह देने के ख़याल भर से माशूक़ा का मुँह कलेजे को आता था। जिसे सोच एक आशिक़ अपने सबसे यारबाज़ दोस्त से भी चुराता था अपनी नज़रें।

...बवंडर में फड़फड़ा रहा था खिड़की का पर्दा, टिनटिना उठी थी दरवाज़े की साँकल, भड़भड़ा रहा था खिड़की का पल्ला, सौदाई-सी नाच रही थीं नीम की डालियाँ, चीख़ती उड़ रही थीं चिड़ियाँ आकाश को सिर पर उठाए, दस्तक दे रहा था दरवाज़ा बेतहाशा...

...यूँ भी कौन नई बात है। इस शहर में बवंडर तो आते ही रहते हैं।

'मेरे इश्क़ की कहानी यहीं तक है। बस यहीं तक...।'

## दिलफ़रेब

वह अमावस की अँधेरी रात थी। घनी तारीक शब। काली, एकदम मुकम्मल काली।

बेतहाशा पगलाई-सी बारिश हो रही थी।

पानी में भीगी हवा किसी अलमस्त नशे में हर गली-मुहल्ले में भाँय-भाँय कर रही थी, अनजान दरवाज़ों पर दस्तक देती, अनजान जिस्मों को अपने आग़ोश में लपेटकर गीला करती...। फुहार की आग़ोश में जो जिस्म थे, उनकी खाल पर, उनके कपड़ों के भीतर-भीतर रिस रहा था आकाश के बदन से टपकता मेह। ऐसी बारिश, ऐसी मदहोशी, ऐसी दीवानगी कि जगह-जगह टूट पड़ी थीं पेड़ों की मोटी-मोटी डालियाँ, तो कुछ जगहों पर पूरा पेड़ उखड़कर रोड पर आ गिरा था, नंग-धड़ंग, बेपरवाह।

भीगी सौदाई हवाओं की ऐसी बदचलनी कि घरों के खिड़की-दरवाज़े भड़भड़ाते रहे मुसलसल, किसी का काँच टूटा तो किसी की चिटकनी। कपड़े सुखाने की बिलंग में चिमटी से बिंधे कपड़े फरफराते रहे, ख़ुद को फाड़कर तार-तार करते, बिलंग को खींचते, कील समेत उखाड़ते, बेख़ुदी में भीग-भीग कर मदमस्त हवा में फरफराते...। ऐसा शबाब कि गरजती रहीं शहर की तमाम नालियाँ, उनका काला-गन्दा पानी छलछला आया था, उसकी बदबू में झरने की आवाज़ शुमार हो गई थी...।

ऐसी बारिश, ऐसा मेह, ऐसा मतवाला इश्क़ कि छतों से, पाइपों से, शीट्स पर से पानी की मोटी-मोटी धार गिरने का जो सिलसिला शुरू हुआ तो फिर रुका नहीं। आसमान पर काले हहराते बादल ऐसे मदहोश, ऐसे सरशार, ऐसे बेख़ुद, ऐसे मख़मूर, ऐसे मतवाले कि जैसे बहुत दिनों बाद लौटी हो उनकी माशूक़ा। चारों ओर बस आवारा बारिश, बदतमीज़ हवा, बेकल पानी-पानी और नाफ़रमान आसमान। कड़कती बिजली और दरवाज़ों-खिड़कियों की, शीशों की कँपाती आवाज़ों के साथ आसमान के जिस्म पर फिसलते सियाह बादलों का वितंड। बाहर सड़कों पर न कोई शख़्स, न कोई जानवर, न कोई ट्रैफ़िक...हर कोई फ़ितरत में लीन। एक लड़की जो जवान हो रही थी, उतावली थी, इस बेख़ुदी में, मदमस्ती में भीग जाने को, पर उसके घर के लोग उसे रोकते थे, वह खिड़की के जँगले से सिर टिकाए बाहर के बेख़याल, सौदाई बारिश की झमाझम को दीवानी-सी एकटक घूर रही थी।

...उलझ पड़े थे बिजली के तार, टेढ़े खम्भे मुस्कुरा रहे थे...यूँ भी अब लाइट का कोई काम न था, किसी को रोशनी का इन्तज़ार न था, लौट आया था आशिक़, बिस्तर पर लेटे-लेटे माशूक़ा ने ख़ुद ही बुझाई थी लाइट जैसे अभी-अभी...

कैमिला ने अपने बालों का मज़बूत जूड़ा बाँध लिया था, ताकि वे बाल भर भी न सरकें। उसे उस दिन की बात बरबस याद आई—

'एक शर्त है।'

'...'

सुधीर चुपचाप खड़ा था। कैमिला का सिर उसकी छाती पर था।

'तुम अगर मुझसे मोहब्बत कर सको तो...।'

सुधीर ने थोड़ा झिझकते हुए उसे चूम लिया था। उसने सुधीर के चारों तरफ़ अपनी बाँहें डाल दी।

'आज नहीं कल...।'

'क्यों?'

'आज मसाज का सामान नहीं लाया।'

दोनों खिलखिलाकर हँसे। फिर जब ख़ामोश हुए तो कैमिला ने पंजों के बल उठकर उसे देर तक चूमा।

कैमिला के कमरे की बालकनी से लगा आसमान था। सिर्फ़ आसमान। सिर्फ़ और सिर्फ़ आसमान। काला हहराता आसमान। अचानक चमक-चमक कर गरजता, बरसता, भीगता-भिगाता आसमान। आसमान पर बालकनी पर पड़ा पारदर्शी परदा लहराता रहता।

कैमिला अचरज से कड़कड़ाते खदबदाते काले आसमान को घूरती रही। पानी की फुहारों से सराबोर होती रही। उसके हाथ में शराब का प्याला था। बिजली की चमक के साथ गहरे लाल रंग की शराब उसके हाथों में काँप उठती थी। वह घूरती रही काले मदहोश आसमान को अपलक, एकदम ख़ामोश, धड़कते-फड़कते दिल के साथ...भीगती रही सूखते गले और तपते बदन के साथ। चिंघाड़ता रहा, नशीला, मदहोश कर देने वाला आसमान।

कैमिला ने आज हल्के नीले रंग का स्कर्ट और गहरे पीले रंग का ब्लाउज़ पहना था। पहले उसने वार्डरोब के तमाम कपड़ों को आँखें बन्द कर छुआ। फिर जिसका लम्स सबसे प्रीतिकर लगा वह कपड़ा उसने निकाल लिया। जब भी कभी वह किसी आदमी के साथ होती है उसे स्कर्ट पहनना अच्छा लगता है। उसने अपनी ख़ुशबुओं में से अलवरेज़ गोमेज़ का कारनेशन की भीनी-भीनी गन्ध वाला फ्रैगरेंस निकालकर अपने कपड़ों पर डाला। फिर पल भर को आँखें बन्द कर उसे फेफड़े भर सूँघा। बहुत पहले स्पेन में कभी किसी ने रात के गहरे अन्धकार में फुसफुसाते हुए उससे कहा था—इस ख़ुशबू में जैसे कोई नशा हो...।

आसमान से अँधेरे के रंग उतर रहे थे...टपकते, हवा में लहराते काले-काले रंग, हर चीज़ को अपने कालेपन की बाँहों में दबोचते...। पूरी बालकनी खुली थी, पूरा आसमान लहरा रहा था, हवाओं की मदहोशी उसके कमरे को सराबोर कर रही थी, बारिश की फुहारें पूरी दीवानगी के साथ बालकनी से टकरातीं, उसके भीतर उसके कमरे तक भरती मेह की मादकता...।

कैमिला के मन में यह ख़याल बहुत दिनों से तारी था कि जो शख़्स देख नहीं सकता वह मोहब्बत कैसे करता होगा? जो नाबीना है, एकदम नाबीना, जो हमेशा अँधेरों में रहता हो, जिसका कोई वास्ता न हो रोशनी से, उसका इश्क़, उसका प्यार, न जाने कैसा तो होता होगा? जो छूकर महसूस करता हो, लम्स से बनी हो जिसकी दुनिया, महसूस करने से चलती हो जिसकी ज़िन्दगी...उसका प्यार, न जाने

कैसा तो होता होगा? जो हमेशा अन्धकार में रहता हो, कुछ इस तरह कि जिसे कोई फ़र्क़ नहीं पड़ता हो प्यार करते वक़्त रोशनी के होने या न होने से...उसका प्यार? सूँघकर जो जान पाता हो, जिसके लिए ख़ुशबू कुछ इस तरह हो मानो वह ख़ुशबू को सूँघकर देख पा रहा हो, उसका प्यार? जो चाटकर जान पाता हो, किसी शै पर सरकती जिसकी ज़बान हर स्वाद को जज़्ब कर लेती हो, कोई ऐसा स्वाद न हो जो बच पाए उसकी ज़बान से...उसका प्यार? उसका प्यार जिसकी दुनिया में सिर्फ़ आवाज़ें हों, सदाएँ हों, जो आवाज़ों की दीवानगी से गढ़ता हो मोहब्बत के मायने, अँधेरे में जो कह-कह कर जतलाता हो इश्क़ को...उसका प्यार?...न जाने कैसा तो होता होगा ऐसे शख़्स का प्यार?

...इस तरह जो प्यार था वह अब तक खोजा न जा सका था, वह मुमकिन था सिर्फ़ उस दुनिया में जहाँ देखने का कोई मतलब नहीं था, जहाँ दुनिया महसूस करने से आगे न बढ़ पाई थी, इश्क़ ने वहीं घर बना लिया था, वह फिर कहीं और जा नहीं पाया था...

...कैमिला मानती कि हर शख़्स का प्यार मुख़्तलिफ़ होता है। यह बात उसे उकसाती है। उसकी नसों में उत्तेजना भरती है।

कैमिला ने बहुत दिल से आज की रात के लिए अपने कमरे को सजाया था।

उसके पास कुछ ख़ूबसूरत डेकोरेटिव कैंडिल स्टैंड थे जिस पर उसने कुछ चुनिंदा कैंडिल्स को जलाकर एक कोने में रख दिया था। एक किनारे पर बहुत से रंगों के मोम में वे आहिस्ता-आहिस्ता जल रही थीं। क्रिस्टल्स से सजे एक गोलाकार नीले काँच के अन्दर उसने एक ख़ूबसूरत मोमबत्ती को डाइनिंग टेबल पर सजाया था। उस कैंडिल के पास मोंटिला-मोरिल्स की एक बोतल बड़े जतन से सजाकर रखी थी। उसने बड़ी मोहब्बत से पूरा दोपहर किचन में लगकर फबादा एस्तूरियाना और टौरिला बनाया था, जो सर्व करने की चमचमाती चमची और स्पेनिश हैंड पेंटेंट प्लेट्स के साथ डाइनिंग टेबल पर रख दिया था। एक सुन्दर-सा फूलों का गुलदस्ता और ख़ूबसूरत से कपड़े के नैपकिन डाइनिंग टेबल की करीनेदार नफ़ासत में इज़ाफ़ा कर रहे थे। ली सेक्रेट डू मैरिस की एक भीनी-भीनी सी ख़ुशबू उसने, कमरे में बिखेरी थी। हीटर को नीले रंग के मोम के टुकड़ों से भर दिया था, ताकि जब उसे गर्म किया जाए तो वह खदबदाता-सा टपकता, गिरता रहे, तार-तार बहता हुआ, धुआँ-धुआँ...। रंग से नहीं बल्कि इस मोम की ख़ुशबू से उसने इसका चयन किया था। बारिश के शोर के बीच उसने मद्धिम आवाज़ में बजता संगीत लगा दिया था। एन्ड्रेस सेगोविया की स्पेनिश गिटार की तमाम तरह की धुनें। पहले तो उसने बन्द आँखों से सुना। फिर जो सबसे उम्दा लगा उसे लगा दिया। एन्ड्रेस सेगोविया के गिटार के नोड्स से स्पेन का बसंत बोलता है। बहुत पुरानी स्पेन की एक धुन है जो फ़रनांडो सॉर की टुकड़ा-टुकड़ा गिटार की सदाओं से उठती है। स्पेन की धूसर पहाड़ियों की ख़ामोशी और पथरीलेपन को बोलने

वाली यह धुन बहुत कामुक और गहन है। इस तरह कि मानो हवा की आवाज़ों और गिटार की धुनों में संगत की कोशिशें हों। मानो गिटार के नोड्स पर टपटपाती बूँदों की एक मुख़्तलिफ़-सी जुगलबन्दी। बहुत कम चीज़ों वाले उस कमरे में कोई बेहद अलहदा-सी दुनिया उतरी थी उस दिन। हर शै जैसे ख़ुद की कोई मनपसन्द ग़ज़ल गुनगुना रही हो...।

...उसके जिस्म पर फिसलती सुधीर की उँगलियों में कोई बेसब्री न थी। बस एक उत्सुकता थी जो उसकी उँगलियों और हथेली पर जमी थी। उत्सुकता जो कैमिला की खाल पर फैले तेल, गुनगुने पानी और पसीने में लिथड़ी थी...एक धड़कती-सी बेताबी जो बहुत करीने से हर राज़ पर से उठते पर्दे को निहारना चाहती थी...अपनी तरह से देखना चाहती थी...चढ़ती जवानी के दौर में बस इतना ही कि कैसी दीखती है औरत...कोई मुश्ताक-सा ख़याल जो जवान होते आँख वाले को उकसाता है बाथरूम की सन्द से भीतर झाँककर आँख भर किसी मनचाहे जिस्म को देख लेने को...

बारिश थमी नहीं थी। बिजली की गरजन को उसका थमना मंजूर न था। बादल अभी टिके थे आसमान पर। वे कहीं जाना नहीं चाहते थे। अँधेरा चुप था अपनी ख़ामोशियों का सरपरस्त होता। रात की उमर थोड़ा बढ़ गई थी। रोशनी के ख़याल पर हँसी आती थी।

...जहाँ-जहाँ सुधीर के चिपचिपाते स्लिपरी हाथ कैमिला की ख़ाल पर सरकते, वहाँ-वहाँ कैमिला का सारा ख़ून बह आता, उसकी हथेलियों के ठीक नीचे, खाल के भीतर...खदबदाता, गर्म, भड़कता, फड़फड़ाता, खलबलाता नसों के भीतर...

...वहाँ ख़ुशबू थी बारिश की, बूँदों के टपटपाने की ख़ामोशियाँ थीं, नम हवा के फरफराते लम्स की बदतमीज़ी थी, लहराती ज़बरदस्ती घुसती बदचलन फुहारों की आवारगी थी...बालकनी में झमझमाते पानी, बहते परनाले और नीचे बहुत गहरे तक गिरती पानी की असंख्य धारों में न जाने कौन-सी दुनिया की कितनी तो नशीली नज़्म बोल रही थी...

...सुधीर की उँगलियाँ बेपरवाह थीं...हर क़ायदे को तोड़तीं, हर उसूल की धज्जियाँ उड़ातीं, नाफ़रमानी से तोड़तीं वर्जनाएँ, बेदर्दी से हटातीं हर पर्दा...कैरम बोर्ड पर बोरिक ऐसिड की लज़्ज़त पर फिसलते स्ट्राइकर-सी...झिझक कर रुकती किसी गड्ढे के कोने पर...वे बस बेपरवाही में ही फाउल होना चाहती थीं...

...कैमिला ने उसका हाथ खींचा था अपनी ओर...फिर करवट ली थी...चाँद के पीछे है 'ओशियन ऑफ़ ट्रैंक्विलिटी' जो कभी दीख नहीं सकता...अब तक मुनासिब नहीं हुआ कि दुनिया की अन्तरतम गहराई मैरियाना स्ट्रेंच में कोई गोता लगा पाए...सुधीर की उँगलियाँ सरकती थीं, मानो वे देख पाएँ उस अदेखे को, तिक्त को...ख़ुद को सँवारकर खाल के चिकने कपड़ों में उभर आए मांसल गोले, ख़ुद को समेटकर, ख़ुद में सिमटकर बन आई मुलाइमियत से लबरेज़ कोई गाँठ...

...उस निबट अन्धकारमय निस्तब्धता में चमकती थी बिजली, रह-रहकर, किसी और रोशनी और आवाज़ के लिए वह दुनिया मुमकिन न थी...

...सुधीर के मन के कैनवस पर औरत का अक्स पूरा होता रहा...

...उसके ज़ेहन में एक दिलफ़रेब मुसव्विर, एक अक्कास खींचता रहा दिल की शोख़ तबीयतों से निकलती लकीरों को, तामीर करता गया उन लकीरों के खम्स, उनके दिलकश मोड़...भरता रहा उनमें रंग, अदेखे रंग, ख़यालों के रंग, अजनबीपन से लबरेज़ रंग, रंग जिनकी रंगत पर यक़ीन नहीं हो पाता, रंग जिन पर होती हैं बातें, जिनसे आती है ख़ुशबू...पता नहीं कैसे होते होंगे रंग, क्या होता होगा उनमें जो वे बना देते हैं किसी को इतना दीवाना...कैनवस पर उभर आए थे टैक्सचर...रंगों के लेबड़े, रंगों की परतों की पपड़ियाँ, बहते-कटते रंगों के टुकड़े...हिदायतों को दरकिनार कर इन पर चलती रहीं सुधीर की उँगलियाँ...

...अभी देर थी। अभी बेफ़िक्री थी। अभी मर्ज़ी की फुर्सतें थीं। वक़्त एक दरिया हो चुका था...

'हमारा अपना जिस्म ही हमारे लिए अजनबी होता है, फिर किसी और की क्या बात करो...।' सुधीर ने कहा।

वह कहता गया—

'ताउम्र हमारे जिस्म में उगती रहती हैं गठानें...। बहते पानी में जैसे उगते हैं शैवाल, काही...।'

कहता गया—

'एक बात सच है अपर्णा...।'

'क्या...?'

'वह मोहब्बत न थी। वह वह भी न था जो आज के लोग कहते हैं...वन नाइट स्टैंड...।'

'फिर क्या था?'

'औरत को देखने का ख़याल अगर न होता...तो कैमिला के साथ मैं यह सब कभी न करता...।'

'...'

'यक़ीन करो। वह औरत को देखना भर था। जी भरकर उसे देख लेना कि वह कैसी दीखती है...और कुछ भी तो नहीं।'

'एक बात और है सुधीर...।'

'कहो...।'

'कभी किसी को यह बताते हुए मुझे अच्छा लगेगा कि हम दोनों ऐसे आशिक़ और माशूक़ा हुए जिन्होंने शादी से पहले एक-दूसरे को सुनाए अपने-अपने इश्क़ के क़िस्से...।'

...अटक-अटक कर बढ़ रही थी कायनात। रुककर अभी गुना था उसने एक ख़्वाब। दीवार की घड़ी में टिकटिका रहा था कोई पूरा सा होता ख़याल...

...वक़्त भटक रहा था। उलफ़त के इस आलम में उसका बहाव कहीं छूट गया था...

...झिझक कर रुकी थी कोई तान, फिर से सही स्वर पर पहुँचकर राग को इंसाफ़ दिलाने की ज़िद पर...

## शुबहा

फ़ोन के एक ओर अदीब था और दूसरी ओर अपर्णा।

अपर्णा का दिल ज़ोरों से धड़क रहा था। उसके कान में नाटक का एक संवाद गूँज रहा था, जो अदीब ने पूरे अभिनय के साथ आज से पाँच साल पहले उसे सुनाया था—यादें हमारे आज में घटित होती हैं। अतीत एक रंगमंच है। हम अतीत में संवाद बोलते हैं। हमारा वर्तमान पर्दे के पीछे छिपा होता है, फुसफुसाकर यह बताता कि अब क्या बोलना है।

'तुमसे मिलने की इच्छा है अपर्णा। पर अगर तुम वादा निभा पाओ।'

'वादा...।'

'हाँ वादा कि किसी को न कहोगी। अम्मी-अब्बू को भी नहीं कि मैं आया था। या यही कि तुमसे मेरी कोई बात हुई थी। अगर यह कर सको तो हम मिल सकते हैं। नहीं तो नहीं।'

'पक्के से...।'

'एकदम...।'

थोड़ी देर की ख़ामोशी के बाद फिर अदीब की आवाज़ सुनाई दी—

'कल शाम साढ़े आठ बजे...कमला नेहरू पार्क में...वह जो कैंटीन है न जहाँ हम मिलते थे, उससे आगे पाम के दरख़्तों की कतार है...हेज है ख़ूब ऊँची-ऊँची... वहीं पर...और हाँ...सही वक़्त पर पहुँच जाना, अगर लेट हुईं तो मैं न मिलूँगा...और अकेले आना कोई और हुआ तो फिर मुलाक़ात मुमकिन न होगी...।'

अदीब की आवाज़ में तल्ख़ी थी, थोड़ी हड़बड़ाहट, कोई हुक़्म...वह पल भर को चुप रही। अदीब की ऐसी आवाज़ उसने पहली बार सुनी थी।

'ठीक है...ठीक साढ़े आठ बजे, कमला नेहरू पार्क, एकदम अकेले...।'

फ़ोन कट गया। अपर्णा ने उसी नम्बर पर दोबारा फ़ोन लगाया।

'हैलो...हाँ अदीब...अपर्णा बोल रही हूँ...लगता है फ़ोन कट गया था।'

'अदीब? मैडम यहाँ कोई अदीब नहीं है।'

स्वर बदला हुआ था।

'यह किसका नम्बर है?'

'आपको किससे बात करनी है?'

'अभी किसी ने मुझे इसी नम्बर से फ़ोन किया था।'

'वह तो चला गया...।'

'चला गया...इतनी जल्दी...।'

'एस.टी.डी.-पी.सी.ओ. पर कोई बैठा थोड़े रहता है मैडम...।'

अपर्णा को थोड़ी चिढ़ हुई। ऐसा भी क्या चोरी-छिपे फ़ोन करना। मोबाइल नहीं लगा सकता था क्या? मैं क्या कोई उसका नम्बर सबको बता देती। पता नहीं कहाँ था? क्या करता रहा इन पाँच सालों में?

ग़ायब होने के बाद कुछ समय तक अदीब देवाशीष के कमरे में रहा था।

तापस वाले दल में इस काम के लिए उसे जो सबसे ठीक लगता था, वह देवाशीष ही था। वह एक कमरे की खोली में रहता था। स्लमनुमा कच्चे-पक्के मकानों की एक कॉलोनी में जो सरकारी ज़मीन पर क़ब्ज़ा कर बनी थी। शहर के उत्तर में ऐसी एक बस्ती है। बस्ती को लोग कामटीपुरा कहते हैं। शहर की यह सबसे बड़ी स्लम बस्ती मानी जाती है। ज़्यादातर रोज़मर्रा के कमाने-खाने वाले लोग, गाँव से नौकरी की तलाश में आए बेरोज़गार, खोमचे, ठेले लगाने वाले, सब्ज़ी और पान बेचने वाले, परचून आदि बेचकर गुज़ारा करने वाले, मोटर मैकेनिक, सरकारी और प्राइवेट दफ़्तरों में काम करने वाले फोर्थ क्लास कर्मचारी...आदि के कच्चे-पक्के मकानों, खोलियों और झुग्गियों से भरी यह कॉलोनी बहुत बेतरतीब और तंगहाल थी। यहाँ इतनी चहलकदमी, हल्ला-गुल्ला और मारामारी मची रहती कि कभी किसी को शक नहीं हो सकता था कि यहाँ कोई छिपा बैठा है। ईमानदारी और क़ाबिले एतबारी के अलावा कुछ और भी बातें थीं जिसके कारण देवाशीष के कमरे में छिपा होना ज़्यादा महफूज़ था। एक तो वह अकेले रहता था। वह बहुत कम लोगों से मिलता-जुलता था। उसकी अपनी एक दुनिया थी। रोज़ के कमाने-खाने वाले लोगों की तरह ही और उससे थोड़ा अलग भी। दुनिया-जहान से भटक के आने के बाद वह घर में ही रहता था। प्राइवेट दफ़्तरों में उसे हफ़्ते में चार दिन की एक ड्यूटी मिली थी। उसके अलावा वह या तो थियेटर के काम से कॉलेज जाता या फिर अपने कुछ दूसरे साथियों के साथ बाहर कुछ वक़्त बिताता।

यह एक अजीब सी बात थी कि कॉलेज की पॉलिटिक्स से इतना लगाव होने के बावजूद देवाशीष से मिलने बहुत कम लोग आते। उसके संगठन ने अब तलक कोई इंतिख़ाब नहीं जीता था। कॉलेज के किसी भी ओहदे पर उसका कोई शख़्स अब तक नहीं बैठा था। बावजूद इसके वह राजनीति करता। पूरे जोशो-खरोश से करता। उसके पास छिपने की एक दूसरी वजह यह भी थी कि वह कॉलेज में नहीं पढ़ता था। उसे कॉलेज से रेस्टीकेट किया जा चुका था। वह बहुत कम कॉलेज आता-जाता था। लोग उसे कम ही जानते थे। वह एक आउटसाइडर था। एक ऐसा आउटसाइडर जो कॉलेज के इंतिख़ाब या किसी थियेटर के दौरान ही दीखता। इंतिख़ाब में लगातार

हारते रहने और कॉलेज के लड़के-लड़कियों की बहुत कम ताईद हासिल होने की वजह से दीगर राजनीति करने वाले लड़के-लड़कियों के लिए भी वह कोई अहमियत न रखता था। कहते हैं अदीब की तरह देवाशीष ख़ुद भी भुक्तभोगी था। जब उसे कॉलेज से रेस्टीकेट किया गया था, उसके पहले उसने बहुत लड़ाई लड़ी थी। वह इन सब मुसीबतों को जानता-समझता था। वह ऐसी मुसीबत में पड़े लड़के-लड़कियों से हमदर्दी रखता था। इन सब वजहों से अदीब को उसके पास छिपना ठीक लगा।

मोहल्ले के किनारे-किनारे एक रेलवे लाइन थी। उसी रेलवे लाइन के समानांतर एक सँकरी गली पसरी हुई थी जिसे लोग 'अंसारी गली' कहते थे। इसी में देवाशीष की एक कमरे की खोली थी। खोली के ठीक सामने थोड़ी-सी खुली जगह थी, जिसे सीमेंट से पक्का करके साफ़-सुथरा किया गया था। इसके ऊपर प्लास्टिक की एक शीट लगी थी। प्लास्टिक शीट से ढककर यह एक तरह का बरांडा जैसा बन गया था। यद्यपि उस बरांडे का कोई ख़ास इस्तेमाल न होता था, क्योंकि बहुत कम लोग आते-जाते थे। महीनों में कोई एकाध। कमरे के पीछे एक सँकरी-सी चार फ़ीट की जगह थी और उसके पीछे बहुत ऊँचे-ऊँचे झाड़-झंखाड़ों का सैलाब था। इस जगह पर कभी म्यूनिसपैलिटी ने पार्क बनाने की कोशिश की थी, पर अब यह पूरा झाड़-झंखाड़ में तब्दील हो गया था। उस तरफ़ कोई न जाता था। उसी सँकरी जगह में अदीब ने अपनी मोटरसाइकिल रख छोड़ी थी।

उस सीलन भरे तंग कमरे में अदीब का दम घुटता। उसे अपना आरामदेह घर याद आता। एक उम्मीद भी थी कि कुछ दिनों बाद वह घर लौट जाएगा। वहाँ कोई टॉयलेट न था। एक सार्वजनिक लैट्रीन थी, पर वह इतनी गन्दी रहती कि उसमें जाने का मन न होता। पानी तो उसमें आता ही नहीं था। ज़्यादातर लोग ट्रेन की पटरी के किनारे लैट्रीन करते। अदीब एकदम सुबह किसी के उठने से बहुत पहले शौच आदि से फ़ारिग हो लेता। वह किसी के समाने नहीं पड़ना चाहता था। मोहल्ले में कई लोगों के घर टी.वी. थे और राजा दिव्यनाथ कॉलेज की ख़बरें चलती रहती थीं। यद्यपि ज़्यादातर लोगों को इन सब बातों से कोई ख़ास मतलब न था, पर फिर भी क्यों रिस्क लेना? जब मामला थोड़ा ठंडा हुआ तब देवाशीष ने एक-दो लोगों से उसे मिलवाया था, यह कहकर कि वह उसका चचेरा भाई है, पढ़ाई-लिखाई के सिलसिले में आया है।

देवाशीष के कमरे में बहुत कम सामान था। सिर्फ़ ज़रूरत की चीज़ें। एक कोने पर टेबल पर गैस रखी थी। उसके ऊपर दीवार पर लकड़ी के फट्टे लगाकर दाल, चावल, प्याज, आलू, तेल, चायपत्ती...वग़ैरह रखा था। एक थोड़ा बड़ा हिंडालियम का बर्तन था नीचे रखा जिसमें आटा था। एक पानी की टंकी। एक टेबल वाला पंखा। एक दूसरी टेबल थी जिसके पाए को जोड़कर खड़ा किया था। टेबल पर कुछ किताबें, पन्ने, पेंसिलें, अधटूटी रबर, दो-चार पेन, एक छोटी घड़ी...आदि रखे थे। ऊपर से लटकता एक बल्ब था सीधा टेबल के ऊपर। सामने दीवार पर मुक्तिबोध

और कार्ल मार्क्स की एक तस्वीर लगी थी। टेबल के किनारे ईंटों पर टिका एक फट्टा था जिस पर कुछ दूसरी किताबों का अम्बार लगा था। एक पलंग। कुछ गिलास, कप, बर्तन-भाँड़े और दो छोटे ब्रीफकेस जिनमें से एक में उसके कुछ कपड़े थे। दीवार पर लकड़ी की चार मोटी खूँटियाँ ठुकी थीं, जिस पर उसके कपड़े झूलते रहते। खोली से थोड़ा दूर म्यूनिसपैलिटी का एक नल था, जहाँ जाकर नहाया जा सकता था। रोज़मर्रा का पानी भी वहीं से वह लाता।

देवाशीष का मानना था कि वह यहाँ है यह किसी को पता न चले इसका बेहतरीन तरीक़ा है कि वह घर से बाहर न निकले। अगर मन हो तो देर रात को निकल सकता है। किसी को यह कानों-कान ख़बर न लगे कि वह यहाँ है। अम्मी-अब्बू को तो बिलकुल भी नहीं, क्योंकि ऐसा कई बार हुआ है कि घरवालों से पुलिस पूछताछ करती है और अगर पुलिस अपनी पे आ जाए तो फिर उन्हें सच बताना ही पड़ता है। इसलिए किसी को न बताया जाए कि वह कहाँ है। उसने अदीब के मोबाइल की बैट्री निकालकर रख दी थी। ऐसे में मोबाइल लगाने वाले को मोबाइल आउट ऑफ कवरेज होने का मैसेज सुनाई देता रहता। वह अदीब को रोज़ की ख़बरें बताता। राजा दिव्यनाथ कॉलेज की ख़बरें, टी.वी. की ख़बरें और एकाध अख़बार भी उसके लिए ले आता।

धीरे-धीरे यह पता चलता गया कि मामला और पेचीदा होता जा रहा है। उस पर दर्ज मामला इतनी जल्द न निबटेगा कि लाख प्रयास के बावजूद भी पुलिस का मानना है कि उसने अपराध किया है। कोर्ट जाया जा सकता है, पर अगर गम्भीर धाराएँ लगी हों, सबूत भी हों तो बहुत उम्मीद नहीं की जानी चाहिए। एक समय के बाद न्याय मिलेगा पर तब तक जेल और दूसरी तकलीफ़ें तो होंगी ही। ज़मानत आसान न होगी, यह वकील ने देवाशीष को बताया था। इधर समाचार चैनलों और अख़बारों में अदीब को एक विलेन के रूप में पेश किया जा चुका था। वह देशद्रोह का प्रतीक बन चुका था। हर कोई उसको गालियाँ देता। फेसबुक, व्हॉट्सऐप, ट्विटर और इंस्टाग्राम अदीब को रोज़ दी जाने वाली लाखों गालियों और नफ़रत से भरे लफ़्ज़ों और इबारतों से अटे पड़े थे। एक संगठन ने तो बाक़ायदा उसके क़त्ल का फतवा जारी कर रखा था। उसने कई पोस्टर लगवाए थे। पोस्टर में ऊपर लिखा था 'धर्मयुद्ध' और उसके नीचे साफ़ अक्षरों में लिखा था कि जो कोई अदीब को ज़िन्दा या मुर्दा लाएगा उसे छह लाख रुपये इनाम मिलेगा। यह पोस्टर कई-कई दिनों तक फेसबुक पर ट्रोल होता रहा। एक जगह इस पर लाइक्स की संख्या पाँच लाख से भी ज़्यादा थी।

अदीब के पिता के पास बहुत पैसा था, पर अच्छे से अच्छा वकील भी मामले में बहुत कुछ नहीं कर सकता था, ऐसा बताया गया था। ज़्यादातर वकीलों ने इस मामले को लेने से इनकार कर रखा था। पर फिर भी एक-दो थे जो पैसों के कारण आगे आए थे। इधर मीडिया में मामला थोड़ा ठंडा पड़ रहा था। दूसरी ख़बरों को

अब ज़्यादा तरजीह दी जाने लगी थी। लोग अब कोई और ख़बर सुनना चाह रहे थे। राजा दिव्यनाथ कॉलेज की ख़बरों से अब लोगबाग बोर हो चले थे। इन ख़बरों का सारा रस निचुड़ चुका था। इन ख़बरों से अब टी.आर.पी. न बढ़ती थी। अब नई ख़बरों की दरकार थी। मामला ठंडा पड़ते ही लोग आपस में गले मिलने लगे थे। सारे गिले-शिकवे दूर हो रहे थे। तापस ने उस नाटक को फिर न करने की बात कही थी। लाल टीका दल तथा दूसरे और कई लोगों ने उसकी बात पर तालियाँ बजाई थीं। कुछ और लोगों ने भी तापस की ताईद की थी। कॉलेज के कई अध्यापकों ने तापस के इस फ़ैसले की तारीफ़ की थी।

देवाशीष अदीब को हर बात बताता। उसका मानना था कि उसे उसको हर बात बतानी चाहिए। उसने उसके घर पर पुलिस की दबिश की बात भी उसे बताई थी। पुलिस पर यह दबाव भी था कि वह अदीब को जल्द से जल्द गिरफ़्तार करे। इधर बाक़ी सब लोगों को या तो ज़मानत मिल गई थी या सुलह के बाद उनका मामला थोड़ा कमज़ोर पड़ा था। कुछ अन्य लोग भी उनकी तरफ़दारी में गवाही के लिए आगे आए थे। कहते हैं कि एक गवाह ने इस बिला पर कि उसे अगर उलटा न फँसाया गया तो वह कोर्ट में ख़ुद की पुलिस में दी गवाही से मुकर सकता है, ऐसा कुछ कहा था, जिससे तापस और उसके साथी ख़ासे ख़ुश हुए थे...।

अदीब के लिए माहौल वैसा ही था। उसमें कोई रद्दोबदल, कोई तब्दीली न हुई थी। इसकी कोई उम्मीद भी न थी। वह एक बार अपने अम्मी-अब्बू से मिलना चाहता था। पर देवाशीष ने मना कर दिया। उसका कहना था कि उसके घर के पास कुछ कैमरे ख़ुफ़िया तौर पर लगा दिये गए हैं। कुछ लोग सादी वर्दी में देखते हैं कि कौन-कौन आ-जा रहा है। ख़ासकर रात को ख़ास निगरानी रखी जाती है। उसने यह भी बताया कि उन चार लड़कियों से पुलिस ने पूछताछ की थी, जिनके साथ वह रहता था। अपर्णा एक दिन उसके घर गई थी। शायद उसके अम्मी-अब्बू से मिलने। पुलिस ने उससे बाद में काफ़ी पूछताछ की, ऐसा लोग कह रहे थे। घर की तरफ़ जाने का ख़याल उसे फ़िलहाल छोड़ ही देना चाहिए।

इधर वकील एक बात और कह रहा था। उसका कहना था कि अगर ज़मानत चाहिए तो अभी कोर्ट में दरख़्वास्त लगा देना चाहिए। वक़्त बीत रहा है। एक वक़्त के बाद दरख़्वास्त नहीं लगाई जा सकती है। हर मामले को कोर्ट में लगाने की एक मियाद होती है। इसका क़ानून है। जिसके मुताबिक़ मियाद बीतने के बाद मामले की दरख़्वास्त कोर्ट में लगाने से मुश्किल हो सकती है। वकील कहता था कि मियाद बाहर की दरख़्वास्त कोर्ट में ख़ारिज भी हो सकती है। रिजेक्ट हो सकती है। देवाशीष इस मामले में क़ानूनी लड़ाई लड़ना चाहता था। आख़िरी तक। वह इसे माकूल अंजाम तक पहुँचाना चाहता था। पर इसमें थोड़ा ख़तरा था। अब तक इस मामले में देवाशीष का कोई रोल न था। ऐसा जानबूझकर था, ताकि किसी को उस पर शक-शुबहा न जाए। यदि देवाशीष पर शक जाता है तो फिर अदीब को किसी

और जगह पनाह लेनी पड़ती। पर बकौल वकील वक़्त निकल रहा था। मुताबिक़ वकील मियाद बीत चुकी है, और ज़्यादा देर हुई तो दरख़्वास्त का रिजेक्ट होना तय है। इसलिए यदि कुछ करना है तो तत्काल करना ठीक रहेगा। इधर यह ख़बर भी आई थी कि अदीब के अम्मी-अब्बू बहुत परेशान थे, उसके अब्बू की तबीयत भी ख़राब रहने लगी थी। हर चीज़ एक ऐसी जगह पहुँचकर रुक गई थी कि कोई रास्ता न सूझता था।

अदीब ने एक रात चुपके से देवाशीष की मोटरसाइकिल से थोड़ा सा पेट्रोल निकालकर अपनी मोटरसाइकिल में डाल लिया था। इसमें कोई गड़बड़ न थी। रात को घूमने की छूट पर वह ऐसा कर लेता था और देवाशीष के साथ ख़ुद की मोटरसाइकिल पर भी घूम आता था। कुछ जगहें अब भी महफ़ूज़-सी लगती थीं। पर उस दिन उसने एक प्लान बनाया था। वह एक साथ देवाशीष को कोर्ट में लड़ाई लड़ने के लिए गुंजाइश देना चाहता था और अपने अम्मी-अब्बू को भी इस तकलीफ़ से बाहर निकाल लाना चाहता था। दुनिया में उसका होना सबके दुख का सबब बन चुका था। हर कोई उसे तलाश रहा था। कोई दबोचने को तलाश रहा था। तो कोई रुँधे गले से उसे गले लगाने को तलाश रहा था। किसी को तलाश थी कि वह मिले और वे उससे अपना हिसाब बराबर कर लें। तो कोई एक ऐसे इश्क़ की उम्मीद के साथ उसकी तलाश को पूरा करना चाहता था जो मुमकिन न था। कोई नफ़रत से उस पर थूकने के लिए उसकी तलाश में था। कोई नफ़रत और इंतकाम की रौ में उसके क़त्ल के लिए उसे ढूँढ़ रहा था। कोई विजेता की तरह से उसे सम्मानित करने के लिए उसकी तलाश में था। किसी पुलिस वाले को उसकी तलाश में बहादुरी का तमगा दीखता था। किसी को उसकी तलाश पूरी होने पर बार-बार की हार के बाद कॉलेज में जीत का एक उदाहरण पेश करने की दरकार थी। कोई मीडियाकर्मी अब भी उसकी बातों को सबसे पहले लाइव टेलिकास्ट करने को उसकी तलाश में था।...और अदीब? वह दुनिया में अपनी तलाश के हर जतन को, हर ख़्वाब को ख़त्म कर देना चाहता था।

जाने से पहले उसने देवाशीष की टेबल पर सिर्फ़ दो लाइनें छोड़ी थीं—'अब न लौटूँगा। पर तुम लड़ाई जारी रखना। सुना है जो नहीं लौटते उनकी भी लड़ाई चलती रहती है।' यह जो तीसरी लाइन थी कि सुना है जो नहीं लौटते उनकी भी लड़ाई चलती रहती है, को उसने पहले तो लिखा और फिर काली स्याही से इस तरह पोत दिया ताकि कोई पढ़ न सके। उसने नीचे एक स्माइली भी बना दी थी। फिर उसे भी काले रंग से पोत दिया। मुक्तिबोध की कविता की एक किताब और दो और किताबें जो अक्सर देवाशीष उसे पढ़कर सुनाता था उसने रख ली। फिर उन दो लाइनों के नीचे उन किताबों को ले जाने का एक हवाला डाल दिया।

कायस्थान मोहल्ले के उस गन्दे नाले के किनारे देर रात को उसने मोटरसाइकिल को धूल भरी रोड पर पटक दिया। उसके अस्थि-पंजर अलग-अलग कर दिये। वह

जल्दबाज़ी में नहीं था। उस जगह कोई भी न था। वह मुकम्मल तैयारी के साथ आया था, पेचकस, हथौड़ा, पेचिस, प्लास और लोहे का एक कटर भी वह साथ लाया था।

रात के तीन बजे थे सारी दुनिया नींद में मस्त थी। एक बड़े पत्थर को पटक-पटक कर उसने मोटरसाइकिल को दचका-पिचका दिया। उसकी हेडलाइट चकनाचूर कर दी और उसके तमाम तार खींचकर अलग कर दिये। उसकी सीट को फाड़कर चीथड़े-चीथड़े कर दिया। लोहे का एक सरिया डालकर उसके तमाम स्पोक्स को तोड़ दिया, आड़ा-टेढ़ा कर दिया। उसके पहियों की पहले हवा निकाली और फिर उसके टायर और ट्यूब को काट-काट कर गन्दे नाले में फेंक दिया। तार-तार हुई सीट को उसने नाले की ढाल से फिसलाकर गन्दे पानी में उतार दिया। टूटे काँच, लोहे के टुकड़े, डिक्की, रियर मिरर वाला हैंडल...सब कुछ एक के बाद एक इधर-उधर फेंक दिया। फिर जिस कपड़े को पहनकर वह ग़ायब हुआ था उस कपड़े को मोटरसाइकिल के टूटे-फूटे ढाँचे में फँसाकर, बाँधकर नाले में डाल दिया। वह थोड़ी देर तक उस नाले के किनारे बैठा रहा।

क़रीब दो हफ़्तों बाद से नाले का पानी कम होना शुरू हो जाएगा। उसी समय नाले की सफ़ाई का काम भी शुरू होता है। हर साल होता है। बारिश से पहले। म्यूनिसपैलिटी का यह पसन्दीदा काम है—बारिश के पहले नाला सफ़ाई। इस बार भी होगी ही। गन्दे नाले में मोटरसाइकिल के अस्थि-पंजर डूब रहे थे और अदीब आसमान की ओर हथेली किए इबादत जैसा कुछ कर रहा था। जैसे क़ब्र पर कोई फ़ातिहा पढ़ता है, कुछ-कुछ वैसा ही। यूँ वह अल्लाह को नहीं मानता। इस न मानने का क़िस्सा भी बड़ा लम्बा है। पर आज उसने हथेली जोड़कर इबादत जैसा कुछ किया। उसका मन किया तो कर लिया।

...इस दुनिया में होकर इस दुनिया के लिए मर जाना कितना ख़ुशग़वार है...उसके मन में एक मुँह बिचकाता-सा ख़याल आया...दुनिया को यह बता पाना कि आख़िर वे कौन थे जिन्होंने उसका क़त्ल किया...ऐसे कितने लोग होते हैं, जो दुनिया को ठीक-ठीक यह बता पाते हैं कि उनका हत्यारा कौन था, कि किसने उनकी हत्या की...

निश्चित तौर पर उसकी इस हत्या का आरोप लाल टीका दल पर आएगा। यह सोच वह ख़ुश था।

रात के अँधेरे में पार्क की बेंच पर अपर्णा बैठी थी।

थोड़ा दूर एक लैंपपोस्ट था। अँधेरे के बीचोबीच अपनी मटमैली रोशनी बिखेरता। ताड़ के पेड़ हौले-हौले लहरा रहे थे। उन दरख़्तों के भुतहे जिस्म अँधेरों में गुम थे। सिर्फ़ हवा में उनके हिलने की आवाज़ें आ रही थीं। उनकी विशालता की आवाज़ें। बेंच के गिर्द अँधेरे में रोशनी के मटमैले धब्बे थे, जो लैंपपोस्ट के डिज़ाइन के कारण ज़मीन पर बन आए थे। लैंपपोस्ट में मरे हुए कीड़ों और भुनगों का ढेर था, लैंपपोस्ट के काँचों पर ढेर का ढेर जमा। लैंपपोस्ट के चटके काँच से एक रोशनी लकीर की तरह ज़मीन, बेंच और उससे दूर झाड़ियों तक खिंची थी। एक गहन ख़ामोशी थी।

झींगुरों की तान उस ख़ामोशी को और गहरा कर रही थी। ख़ामोशी में सिर्फ़ अपर्णा का दिल धड़कता था। ताड़ के पेड़ों की सरसराती आवाज़ और उसके धड़कते दिल की आवाज़ की दो मुख़्तलिफ़ लयें थीं, अपने-अपने में मगन। काले आकाश पर गँदली रोशनी की लकीरें थीं। तारों ने अभी टिमकना शुरू न किया था।

अदीब पन्द्रह मिनट लेट आया। अपर्णा को लगा मानो वह यहीं कहीं रहा हो आसपास। झाड़ियों में छिपा, पेड़ों के झुंड के पीछे से उसे ताकता। आशिक़ के इन्तज़ार में ऐसा लगता रहता है, मानो उसकी आँखें ताक रही हों, अपनी तरह से। लैंपपोस्ट के नीचे से आते समय अपर्णा ने उसे एकटक देखा था। बेंच से उठकर मुस्कुराते हुए। उसके बड़े बालों की जगह कटे हुए छोटे-छोटे बाल थे। चाल में एक क़िस्म का एहतियात था। चेहरे की दाढ़ी ग़ायब थी। कान का बुंदा भी। उसका साँवलापन थोड़ा गहरा गया था। जवानी में एक उम्र बीतने पर भी उम्र नहीं बीतती। पर उसे देखकर ऐसा नहीं लगा था। चश्मे के पीछे की आँखें धँसी हुई, बेरौनक, बेनूर...उनमें कुछ तैरता हुआ...जैसे कोई शुबहा, गहराता सन्देह, कोई उतावलापन, कोई हिकारत...। चेहरे की मासूमियत खाल की क़ब्र में दफ़न थी। उसके चेहरे पर जो दीखता था वह थोड़ा अनजाना था। अजनबी-सा।

अपर्णा को देखकर वह मुस्कुराया। उसकी मुस्कान अब बौड़म-गँवार न रह गई थी। उसमें एक क़िस्म का बनावटीपन था। उसकी गहरी साँवली खाल के नीचे कुछ पल-बढ़ रहा था। कोई दग़ाबाज़ी का शुबहा, किसी औचक वादाख़िलाफ़ी की कोई लकीर और अजनबीयत की कोई परत जो ठीक चेहरे की खाल के नीचे बड़े इत्मीनान से अँगड़ाई ले रही थी। अपर्णा पल भर को ठिठकी, मुस्कुराई और फिर उसके गले लग गई। वही गरमाहट, वही आतुरता पर जैसे कोई पेड़ का तना हो जो सँभाले है पूरी हरियाली पर धड़कता नहीं। उसने हौले से अपर्णा के गालों पर अपने खुरदरे हाथ रखे और उसकी आँखों के आर-पार देखा। यह लम्स बेहद अलग था। मानो अदीब के हाथों में कोई और हाथ उग आए हों।

'अच्छा किया जो तुम लौट आए...।'

'नहीं, मैं चला जाऊँगा।'

'कब?'

'आधे घंटे बाद...।'

'आधे घंटे बाद?'

दूर कहीं कुत्ता भौंक रहा था। हवा रुक गई थी। ताड़ के भुतहे पेड़ बेजान सीधे खड़े थे। झाड़ियों के ख़ामोश विस्तार में मौत की चुप्पी थी। पार्क के फव्वारे की मैकेनिकल छलछलाहट बेआवाज़ लगती थी। जिन्न-सी लैंपपोस्ट की रोशनी में नाक़ाबिले-बरदाश्त बीमारी का पीलापन था।

'अच्छा किया तुम आए...कम से कम आए तो...।'

'वी मस्ट नॉट लेट दीज हार्श टाइम्स डेस्ट्रॉय द वार्म इन अवर हॉर्ट्स...।'

उसने दूर तक फैले अँधेरे को देखते हुए कहा। वह मुस्कुराई—

'अब भी...थियेटर...।'

'न...।'

'अच्छा है...किसका है...?'

'चे...चे गुवारा...।'

'कौन है यह...?'

'वह अब इस दुनिया में नहीं है...।'

'ओह...। कहाँ मिलेगी इसकी किताब?'

'ढूँढ़ना मिल जाएगी...आसान है...।'

'मुझे हर वह किताब अच्छी लगती है जो इश्क़ की बात करती है...।'

वह मुस्कुराया। मानो चट्टानों के ऊपर से अभी-अभी किसी झरने ने झरना शुरू किया हो। उसके मन में एक ख़याल आया—इश्क़, इश्क़, इश्क़। उसके मन के ख़याल को कोई पढ़ नहीं सकता। चेहरे पर फैली खाल ने सब कुछ छिपा रखा है।

'अच्छा छोड़ो...कुछ और बताओ...कहाँ रहे इतने दिनों...क्या किया...?'

'नहीं बता सकता...।'

'क्यों...?'

'आज तुम्हें सुनना है...।'

अँधेरे में उसकी मुस्कान अजनबी की मुस्कान लग रही थी। जब वह मुस्कुराता तो ख़ामोशी और गहरी हो जाती। उसकी मुस्कान के जवाब में वह भी मुस्कुराई। पर अपनी मुस्कान को उसने आधे में ही ज़ब्त कर लिया।

'लौट आओ अदीब...हमेशा के लिए लौट आओ...।'

पार्क की बेंच से लटककर हिलते-डुलते अदीब के पैर रुक गए...क्या कहे वह, क्या कह सकता है, क्या नहीं...क्या कह दे कि शहर में रहकर घर लौटना नामुमकिन होता है...घर के पास होकर अम्मी-अब्बू को एक पल के लिए देख पाना बिलकुल ही नामुमकिन...क्या कह दे कि,...क्या...कि वह एक ऐसी दुनिया में है, जहाँ से लौटने का कोई क़ायदा नहीं, जहाँ से मौत के अलावा और किसी तरह से लौटा नहीं जा सकता है...लौटना एक झूठ है, एक फ़रेब...एक दिल्लगी है जिसे लौटना कहते हैं...एक ख़याल जिस पर हँसी आती है...।

'जब इस शहर में था, तब तो लौटने का एक बार सोच भी सकता था...पर अब नहीं...बिलकुल नहीं...।'

'दुनिया इतनी ख़राब भी नहीं अदीब...।'

वह विस्फारित आँखों से मुस्कुराया। उसे मोबाइल, राष्ट्रीय समाचार चैनलों और सोशल मीडिया में उस पर पिल पड़े अरबों लोगों में से कुछ याद आए...उनकी गालियाँ, उनकी नफ़रतें और उनकी ज़हालत। वह मुस्कुराता रहा। उसकी मुस्कान में दबी हँसी फूट पड़ी। उसकी खिसियाती हँसी अट्टहास में बदल गई। अपर्णा उसे

ताकती रह गई। उसके मन में अपर्णा के लफ़्ज़ थे, अटकते, गूँजते...दुनिया इतनी ख़राब भी नहीं अदीब...और वह पेट पकड़कर हँस रहा था। फिर हँसी से निढाल होकर बेंच पर पेट पकड़े-पकड़े लेट गया। उसको हँसता देख अपर्णा को अच्छा लगा। अबकी बार उसकी हँसी, सच्ची हँसी थी, कॉलेज के दिनों वाली हँसी...।

'तुम्हारे अब्बू अब इस दुनिया में नहीं हैं...अदीब...।'

अपर्णा कहना नहीं चाहती थी, पर वक़्त बीत रहा था। आधा घंटा कितना तो कम वक़्त होता है। कितना कम। वह चुपचाप पार्क की कुर्सी पर लेटा रहा। आसमान को घूरता। बेख़याल। फिर वही चुप्पी। वही क़ातिलाना ख़ामोशी।

'देवाशीष तुम्हारा केस लड़ रहा है। वह कहता है आख़िरी मुकाम तक लड़ेगा...।'

...चुप्पी...सिर्फ़ साँसों की आवाज़...सिर्फ़ एक चिड़िया की कातर-सी आवाज़ किसी ताड़ के पेड़ से रह-रह कर...चुप, चुप, चुप...

'मैं कभी-कभी तुम्हारे घर जाती हूँ...अम्मी ने तुम्हारा कमरा अब भी वैसा ही रख छोड़ा है...आजकल रिद्धी भी शहर में ही है...कभी हम दोनों भी जाते हैं...।'

...अपने ख़ून से सने नाख़ूनों को निहारती ख़ामोशी...दुनिया की बातें...दुनिया की बातें...जो पटककर, जूतों से कुचलकर, तोड़ती, बिखेरती, बेशक्ल करती जाती है लफ़्ज़ों को...एक ख़ामोशी है, दुनिया की बातों में, जिसके दाँतों में फँसा है... इनसान का मांस और ख़ून...

'अब कोई राजा दिव्यनाथ कॉलेज वाले उस वाकये के बारे में बातें नहीं करता है। सिर्फ़ हम तीन ही करते हैं। कॉलेज में आए नये लोगों को उस वाकये का कुछ भी पता नहीं।'

...चुप...चुप...चुप...कितना बदमिज़ाज ख़याल है कि काला आसमान है तो तारे टिमटिमाएँगे, कैसा फ़रेब कि दूर से आती मोटरगाड़ियों और शहर की आवाज़ों से कुछ शोर होगा...

'...भले तुम ज़िन्दा हो पर क़ानूनन उस दिन मरे हुए माने जाओगे जब ग़ायब हुए सात साल बीत जाएँगे...।'

...आसमान को घूरती उसकी आँखें बेआवाज़ थीं, उसके भीतर बहुत धीरे-धीरे कुछ धड़क रहा था, मुकम्मल तौर पर तनहा और बेइंतहा ख़ामोश...अपर्णा की बातें उसके अकेलेपन को और गाढ़ा कर रही थीं, लफ़्ज़ों की चमची से...

'...जब तुम लौट आओगे...'

...कोई कलेजे को काटती हास्यास्पद शान्ति...

'...जब सब कुछ बेहतर हो जाएगा...जब फिर से शुरुआत होगी...जब...।'

'सुनो, मुझे अब चलना चाहिए...।' वह झटके से उठ खड़ा हुआ।

...पल भर को लगा कि कह दे सब कुछ...अपर्णा ने हमेशा वादा निभाया है... कह दे कि वह नहीं जाना चाहता था, जंगलों की उस दुनिया में...जब पहली बार उसने हथियार उठाया था तो लगा था कि भीतर कहीं कुछ दरक गया है, एक हिस्सा

जो शायद फिर न जुड़े...किसी की दिलासा और शोख़ इश्क़ से भी वह टूटन अब कहाँ जुड़ सकती है...पर फिर ख़ुद पर कोफ़्त हुई कि यह ख़याल ही क्यों आया... क्यों...जब इस ख़याल के आने की जगह ही बन्द कर दी गई है, तब भी क्यों आया...

जब वह जाने लगा तो अपर्णा उससे लिपट गई। थोड़ी देर बाद अपर्णा का चेहरा उसके चेहरे पर था। अपर्णा को लगा जैसे वे दोनों उस दिन की तरह ही कॉलेज के पार्क में खड़े हैं। उस दिन जिस दिन अदीब ने उसके मुँह पर अपनी हथेली रख दी थी, फिर वह ग़ुस्से और दुख से तमतमा गई थी। उस दिन एक अधूरा प्यार छूट गया था। उसे लगा मानो अभी दिन हो। वे दोनों उसी पार्क में खड़े हों। एक-दूसरे की बाँहों में। उसके होंठों पर दबा उसका हाथ ढीला पड़कर हट गया हो। बिलकुल अभी-अभी हटी हो उसकी हथेली उन दोनों के होंठों के बीच से...ठीक अभी ही, अभी बिलकुल अभी...कि कुछ और ख़याल नहीं...घिरते हैं काले बादल और चिपकते जाते हैं ज़मीं और आसमान एक दूसरे पर सरकते...फिसलती है एक द्रव की परत दूसरे द्रव पर साँसों के दरमियान...चिकने काग़ज़ पर फिरती है साफ़-सफ़ेद पतली गोंद की परत...चिकनी काही पर फिसलती ख़ुद में मगन बारिश की बूँदें...सूखती जबान पर गर्म हवाओं में पानी का कोई अजनबी-सा ज़ायक़ा...

जिस रास्ते से वह गया था, अपर्णा उसी तरफ़ देखती रही थी...।

उसकी गुज़रती छाया को, उसकी पीठ को उसने हाथ उठाकर बाय किया। फिर दोबारा किया। फिर झिझककर अपना हाथ नीचे कर लिया।

लौटते हुए उसकी आँखों में आँसू थे। उसे लगा पल भर को पलटकर देख ले एक बार...पर वह सीधा अँधेरों में उतरता गया...।

'इश्क़ की सुनो तो लगता है आशिक़ के जिस्म से कोई अन्तर पैदा नहीं होता... है न...।' अपर्णा ने उस दिन सुधीर से कहा था।

## टेढ़े मुँह चाँद की...

दंडकारण्य के जंगलों में एक अनाम-सा गाँव।

एक छोटा सा घर था यहाँ। गाँव से थोड़ा दूर। एक कमरे वाला। कच्चा और फूस से ढका। घर के चारों ओर थोड़ी सी जगह है, जंगल को साफ़ कर बनाई गई जगह। चारों ओर साल और सागौन के छितर जंगल हैं।

घर की जगह अब घर का मलबा पड़ा है। टूटी दीवारें हैं। आग के बाद की कालिख से काली हुई दीवारों के टूटे हुए हिस्से बिखरे पड़े हैं। एक तरफ़ अब भी टूटी दीवार खड़ी है, मुँह बाए। गिरा दिये जाने के बाद भी ज़मीन से उठे हुए उसके कुछ हिस्से बचे हैं, ज़मीन पर जमे हुए। ज़मींदोज़ हो चुकी खप्परों वाली छत अपने

मलबे के साथ ख़त्म हो चुके घर के ऊपर पड़ी है। खप्परों के ढेर और जली हुई बाँस-बल्लियाँ चारों ओर फैली हैं। कुछ अधजले लकड़ी के खम्भे अब भी खड़े हैं। धुआँ छोड़ते। जलकर काली हुई बाँस की जाली का एक टुकड़ा एक खम्भे के नीचे पड़ा है। कच्ची दीवार के टुकड़े और आग से चटककर भसक चुकी दीवारों की ईंटों के ढेर और खप्परों में एक जली हुई साइकिल के पिंजर आधे दफ़न और आधे दीखते हैं। उसके जले टायर से अब भी धुआँ उठ रहा है। ईंटों के ढेर और टूटी-जली दीवार के बीच घर की तबाही से बेख़बर मिट्टी का एक चूल्हा झाँक रहा है। खिड़की का जला हुआ टूटा फ्रेम औंधा पड़ा है। आग से काले हुए दचके-पिचके बर्तन यहाँ-वहाँ बिखरे हैं। एक फूटा मटका है, जल चुकी घास के चकत्ते पर आकाश की ओर अपना मुँह खोले और एक टुकड़ा-टुकड़ा टेबल है जिस पर रखी जली-अधजली किताबें ऊपर-नीचे बिखरी पड़ी हैं। किताबों के जले पन्ने, कतरनें, गत्ते, टुकड़े...मलबे के ऊपर और चारों ओर यतीम और बलात्कारित-से बिखरे हैं—फटे, अधफटे, जले, उखड़कर, बिखरे, उड़ते, फड़फड़ाते...पन्ने, वर्क के ढेर, कतरनें...। दो सागौन के पेड़ हैं, घर के मलबे के ऊपर झुके हुए से, जो जले थे घर के साथ-साथ ऊपर तक उठे काले ख़ामोश...।

घर के चारों ओर जल चुकी जंगली घास, मकौड़ा और चरौटा के चकत्ते हैं। एक कोने में बिखरे हुए टीन के डिब्बे पड़े हैं जिनमें से जला हुआ आटा, चावल और दाल बिखरकर मिट्टी और घास में फैल गया है। घर को जलाने के लिए छिड़के गए मिट्टी के तेल की बू सारे जंगल में फैली है। ठीक सामने खड़ा लकड़ी के दरवाज़े का फ्रेम अब भी धधक रहा है। मलबे में कई जगहों से धुएँ की रेखाएँ उठ रही हैं। सागौन के पेड़ पर अपने जल चुके घोंसले के गिर्द चिचियाते चक्कर काटते परिंदों का शोर है। बिखरे कपड़ों के अधजले ढेर के पास एक बिल्ली एकदम ख़ामोश खड़ी है। जंगल के अँधेरे में उसकी आँखें चमकती हैं। रात के आकाश पर धधकते घर के अवशेषों का सलेटी काला धुआँ उड़ रहा है, आहिस्ता, आहिस्ता...।

पहले पुलिसवाले ने फिर से टॉर्च की रोशनी फेंकी। धधकते मलबे के एक तरफ़ से दूसरी तरफ़ तक। उसने अपनी गन के बैरल को चेक किया, उसमें लाल रंग के दो कारतूस फँसे थे। उसने चेहरा घुमाकर दूसरे पुलिसवाले के कन्धे पर लटकती मशीनगन को देखा। वह मशीनगन कॉक्ड थी। चलने को एकदम तैयार। उन्हें बताया गया है कि कुछ और पुलिसवाले भी अभी आएँगे। वे उनका इन्तज़ार कर रहे हैं।

एक अजीब सा सन्नाता ख़ौफ़ दूसरे पुलिसवाले की नसों में उतर आया है। वह चारों ओर फैले जंगल की ओर देखता है। कहीं कोई खड़का हुआ नहीं कि उसने पहले को सतर्क किया और कन्धे पर लटकती कॉक्ड मशीनगन लपककर हाथ में थामी। दूसरे पुलिसवालों के आने के पहले इन दोनों को अपना काम करना है। वे समझ नहीं पा रहे कि कहाँ से शुरुआत करें? पहला कहता है कि बाएँ तरफ़ के

ढेर से शुरू करना चाहिए। हर चीज़ को उलट-पलट कर देखना है। कोई भी चीज़ मुआयने से बच न जाए। पहले वाले के पास एक कैमरा है। रात को ठीक-ठाक फ़ोटो नहीं आ सकती है, पर बड़े साहेब का हुक्म है कि कुछ भी खुर्द-बुर्द करने से पहले और बाद में तस्वीरें ले ली जाएँ।

दोनों काम में लग जाते हैं।

पहला किसी चीज़ की फ़ोटो लेता है। लगातार तीन-चार। फिर उसे उठा लेता है।

'क्या मिला...?'

'काग़ज़ का टुकड़ा...साबूत है, बिना जला...।'

दूसरा पहरेदारी कर रहा है। पहला फ़ोटो खींच रहा है। वह हर चीज़ को उलट-पलट कर तलाश रहा है। जो काम की लगती है उस पर उसके कैमरे की फ्लैश एक हल्की आवाज़ के साथ चमक उठती है।

'पढ़ो...क्या लिखा है...।'

दूसरे ने पहले के हाथ से लटकते काग़ज़ के टुकड़े पर टॉर्च की रोशनी फेंकी—

*सफल जीवन बिताने में हुए असमर्थ तुम!*
*तरक़्क़ी के गोल-गोल—*
*घुमावदार चक्करदार*
*ऊपर बढ़ते हुए ज़ीने पर चढ़ने की*
*बढ़ते ही जाने की*
*उन्नति के बारे में*
*तुम्हारी ही ज़हरीली*
*उपेक्षा के कारण, निरर्थक तुम, व्यर्थ तुम।*

(मुक्तिबोध, 'कहने दो उन्हें जो यह कहते हैं'...)

हाथ में मशीनगन लिये दूसरे ने टॉर्च बुझा दी। उसने दुहराया—उपेक्षा के कारण, निरर्थक तुम, व्यर्थ तुम—फिर अँधेरे में खड़े जंगल को पल भर को देखा। फिर थोड़ा ज़ोर से दुहराया—उपेक्षा के कारण, निरर्थक तुम, व्यर्थ तुम...।

'लगता है कोई कविता है।' पहले ने कहा।

'ये लोग कविता भी पढ़ते हैं क्या...?'

'हो सकता है पढ़ते हों...।'

'नहीं, यह कविता नहीं है।'

'अरे नहीं भाई, यह कविता है।'

'यह कविता नहीं है। एकदम नहीं है।'

'तुम इतना श्योर कैसे हो सकते हो कि यह कविता नहीं है?'

'मैंने हिन्दी में एम.ए. किया है मुझे पता है कि कविता कैसी होती है, यह कविता नहीं है।'

दूसरे ने हाथ में मशीनगन को मज़बूती से थामते हुए आत्मविश्वास से कहा। उसने एक साँस में कहा—मैंने हिन्दी में एम.ए. किया है मुझे पता है कि कविता कैसी होती है—और मशीनगन को मज़बूती से पकड़ लिया। फिर अपनी उँगली मशीनगन के ट्रिगर पर रखते हुए पूरे आत्मविश्वास से कहा—यह कविता नहीं है।

'ऊपर-नीचे जला हुआ है, बस इतना ही बचा है, पूरा मिलता तो समझ आता कि क्या है...।'

'हाँ शायद...।'

'जल जाने से सबूत मिट जाते हैं।'

'ठीक कहते हो...पर और कोई उपाय भी तो नहीं...।'

'ठीक कहते हो...।'

'ये देखो, एक और भी टुकड़ा है...फटा हुआ है...।'

'पढ़ो तो...।'

पहला पढ़ता है—

*हरिजन गलियों में*
*लटकी है पेड़ पर*
*कुहासे के भूतों की साँवली चूनरी—*
*चूनरी में अटकी है कंजी आँख गंजे सिर—*
*टेढ़े मुँह चाँद की।*

(मुक्तिबोध, 'चाँद का मुँह टेढ़ा है'...)

'यार ये कविता नहीं है। एकदम नहीं है।'

अपने हाथों में मशीनगन को ठीक से पकड़ते हुए दूसरे पुलिसवाले ने थोड़े उतावलेपन से कहा। हाथ में मशीनगन थामे उसने आकाश की ओर देखा...चाँद को देखकर लाइनों को दुहराया—टेढ़े मुँह चाँद की—फिर पहले वाले को देखा—पता नहीं इसका क्या मतलब है? सूखे पत्तों पर चरमराने की आवाज़ आई, दोनों सतर्क हो गए, दूसरे ने मशीनगन को उसी दिशा में तान दिया जहाँ से आवाज़ आई थी।

आकाश में चाँद थोड़ा सा सरक गया...थोड़ा रक्ताभ, थोड़ा पीला-सा चाँद... सिकिल सेल एनीमिया के मरीज़ के ख़ून की रेड ब्लड कारपसल्स की तरह... हँसियेनुमा, रक्ताभ और पीला-पीला...जब मरीज़ तड़पता है अस्पताल के किसी बिस्तर पर, जब नाकाम होती है ऑक्सीज़न, साँस घुटती है, जब फूलकर बाहर को निकलती हैं आँखें...तब दंडकारण्य के सागौन के पेड़ों के पीछे सरकता है हँसिया चाँद...ख़ून में तैरती सिकिल सैल...द डैडली क्रिसेंट...जब बिस्तर पर हाथ-पैर पटकता जिस्म धीरे-धीरे शान्त होने लगता है...साल और तेंदू के पेड़ों के पीछे से उगता होता है...रक्ताभ, पीला चाँद...

'दोनों टुकड़े एक ही किताब के हैं। ये है वो...।'

अबकी पहले ने तार-तार हो चुकी अधजली किताब पर टॉर्च की रोशनी फेंकी। दूसरा अब भी उस ओर मशीनगन ताने था जहाँ से चरमराहट की आवाज़ आई थी। किताब का कुछ पता न था। सिर्फ़ कुछ हिस्से बचे थे। जलने, फटने, पैरों से कुचले जाने, हवा में फरफराते बिखरते...बस इतना ही बचा था। किताब का एक अधजला पन्ना सागौन के जले पेड़ में अटका था। एक पन्ना हवा उड़ा ले गई थी जंगल के भीतर।

जंगल के अँधेरे में कहीं जंगली घास और मकौड़े में अटके उस पन्ने पर लिखा है—

*किन्तु, यहाँ कुछ है प्राणों में जो न मरेगा*
*क्रुद्ध हरहराती हिल्लोलों की विक्षोभी*
*चौतरफ़ा पछाड़-टकराहट बीच रहेगा*
*सिन्धु-मध्य चट्टान भव्य-सा गरिमा-लोभी।*

(मुक्तिबोध,'म्यूनिसपैलिटी का क़ंदील'...)

...कहते हैं, एक पन्ना मुड़ता रहा पूरा का पूरा जलता हुआ, पता चला अब भी वहीं है अपनी सिलवटों के साथ, एक और पन्ना था जिसने जज़्ब कर लिये हर लफ़्ज़ अपनी कालिख में ताकि पता न चले कि क्या-क्या तो लिखा था, कहते हैं कि एक ऐसा पन्ना भी था जो जानता था कि वे लफ़्ज़ कहीं और भी हैं, कि वे कई-कई जगहों पर हैं और इस तरह इस ख़याल के साथ कि वे और भी हैं कुछ दूसरी जगहों पर, वह जलता रहा ख़ुशी-ख़ुशी, यह भी पता चला कि एक पन्ना था जो चला जलाने उस घर को ताकि मिटा दे बहुत सी अनकही कहानियों के सबूत चुपके-चुपके, एक जिद्दी पन्ना था जो अब भी धधक रहा था न मिटने की ज़िद पर, एक पन्ने के बारे में कहते हैं कि वह इसलिए बचा ताकि पहुँच पाए न्यायालय तक और बन पाए सबूत सच का, एक पन्ने को हँसी आती है जंगल में रात के अँधेरे में टॉर्च की रोशनी में उसे इस तरह पढ़ने वाले पर...

'रख लेता हूँ मामले की केस डायरी में इससे कुछ पता चले। मेरा एक मित्र है। आई.आई.टी. गोल्डमेडलिस्ट...बड़ी मोटी-मोटी किताबें पढ़ता है यार, धर्मग्रंथ तो उसे कंठस्थ याद हैं, वह ज़रूर इसका मतलब बता देगा...।'

दूसरे ने मशीनगन कन्धे पर चढ़ाकर उन पन्नों को सहेजकर फ़ाइल में रखते हुए कहा। वह फ़ाइल को भी इस तरह पकड़ता है मानो कोई मशीनगन पकड़े है। फ़ाइल की गोलियाँ दिखाई नहीं देतीं। वे हमेशा कॉक्ड रहती हैं। लाल फीते में उसे देखकर उसके मशीनगन होने का भ्रम जाता रहता है।

अरे यह क्या है—दूसरे ने खपरे के ढेर में से एक कटे-फटे रजिस्टर को निकालते हुए कहा।

'पढ़ तो ज़रा...।' दूसरे ने उत्सुकता से कहा।

जंगल में पेड़ सरसराए। दूसरे ने फिर जंगलों की ओर मशीनगन तान ली।

सुना है कि उस समय जंगल का अँधेरा बाख़बर था कि मशीनगन कॉक्ड है। अँधेरे को डर नहीं लगता। मशीनगन के बाद भी इनसान अँधेरे से डरता है। अँधेरे को देख मशीनगन थामा इनसान, मशीनगन के बाद भी बहुत अकेला महसूस करता है। जब मशीनगन तानता है तब अकेलापन और गहरा हो जाता है। जंगल के अँधेरे के सन्नाटे से उसका निपट अकेलापन बोलता है। जंगल के अँधेरे के बोल में मौत की खनक है। दूसरा सिपाही उत्सुक है—पढ़ तो ज़रा—उसके ज़ेहन में उसका घर है, उसके पिता और माँ, जो बहुत दूर नहीं रहते पर लगता है जैसे धरती के किसी दूसरे छोर पर रहते हों...। जब वह आ रहा था, उसकी माँ उसका सामान लगाते समय सुबक रही थी। उसने माँ को बाँहों में भर लिया था। माँ का आँसुओं का सैलाब फूट पड़ा—तुम ही क्यों, क्यों तुम ही...कोई और भी तो जा सकता है उन जंगलों में, तुम ही क्यों...?

दूर कहीं गहराती रात में जलते नाइट लैंप को निहारती अपर्णा सोचती है—तुम ही क्यों, तुम ही क्यों अदीब...क्यों, क्यों...तुम ही क्यों...कोई और भी तो हो सकता था...तुम ही क्यों...?

दूसरे सिपाही की माँ को लगता है कि दरवाज़े पर हुई हर दस्तक कोई पैग़ाम लाई है...और वह नहीं जानना चाहती कि वह पैग़ाम क्या है? दंडकारण्य के जंगलों से अब तक न आया कोई पैग़ाम माँ को सुकून देता है।

पहले सिपाही की अभी शादी तय नहीं हुई है। जब लौटेगा तब शादी होगी।

...क्या नहीं था अदीब तुम्हारे पास...घर, गाड़ी, पैसा...इतने होशियार कि कॉलेज का प्रोफ़ेसर भी दंग रह जाए...कितने संजीदा, कितने प्यारे...इश्क़ की इबादत की इब्तिदा में सबसे पहले दीखने वाले तुम...सिर्फ़ और सिर्फ़ तुम...तुम ही क्यों...तुम्हारे साथ ही यह सब क्यों...क्यों...अपर्णा का मन बारिश में लबालब भरे तालाब-सा हो रहा था, अपने तटबन्धों पर लपकता हुआ...क्यों, क्यों, क्यों...

पहले पुलिसवाले ने अधजले रजिस्टर की इबारत को पढ़ा—

'अपर्णा...कुछ जिस्म ऐसे होते हैं कि उन्हें एक नेमत बख़्शी गई होती है...कि वे सिर्फ़ किसी एक औरत से इश्क़ न कर पाएँ। न कर पाएँ इश्क़ किसी एक शख़्स से। उन्हें उनका, उनके लिए इश्क़ ढूँढ़ना पड़ता है...।'

'वाह क्या बात कही है कि इश्क़ ढूँढ़ना पड़ता है। कहाँ मिलता है यार इश्क़। सच में ढूँढ़ना ही पड़ता है। क्या बात है...वाह।'

'लगता है कोई आशिक़ था...।'

'एकदम यार...आशिक़ ही है, देख नहीं रहे कितने दर्द के साथ अपनी प्रेमिका को कह रहा है कि इश्क़ ढूँढ़ना पड़ता है। कह रहा है कि न कर पाया इश्क़ जो किसी एक औरत से भी। उसकी प्रेमिका ज़रूर धोखेबाज़ रही होगी। कितना दर्द है कि प्रेमिका के बाद भी इश्क़ को ढूँढ़ना पड़ता है।...क्या बात कही है, यार...।'

पहले सिपाही को उसकी माशूक़ा याद आई। यहाँ आने से पहले उसने उससे बात की थी। शादी की डेट बढ़ जाने से वह दुखी थी। यहाँ मोबाइल एलाउड नहीं है। पूरा छह महीना बीता उससे बात किए बिना। आख़िरी बार जब बात हुई तब वह रो रही थी। वह चाहती थी कि शादी हो जाए और वह उसके साथ हमेशा के लिए चली आए—मैं तुम्हारे साथ हर जगह चल सकती हूँ...उन ख़तरनाक जंगलों में भी—कच्चे फ़र्श को अपने अँगूठे से कुरेदते हुए उसने कहा था। वह उसे ठीक-ठीक समझा नहीं पाया था। पर वह समझ गई थी। कभी उसका मन ख़ौफ़ से काँप उठता। उसने सारी दुनिया से झगड़ा मोड़ लिया था उससे शादी के लिए। शादी बहुत मुश्किल से तय हो पाई थी। उसके माँ-बाप उसकी शादी किसी पुलिस कांस्टेबल से नहीं करना चाहते थे। इतनी कम तनख़्वाह और इतनी कठिन ड्यूटी...लड़की का तो जीवन ही नर्क हो जाएगा। तिस पर जब दंडकारण्य की ड्यूटी का पता चला तो सारे घर में इनकार का कुहराम-सा मच गया। पर वह न मानी। प्यार का तनख़्वाह से क्या लेना-देना भला—उसका क्या लेना-देना दंडकारण्य से—वह अड़ गई थी। जब भी पेपर पलटती है...पढ़ती है जंगलों की ख़बरें, तो उसकी नींद उड़ जाती है। पहला सिपाही ख़ुद को तकदीर वाला मानता है कि उसे उसका इश्क़ मिल गया अन्तत:।

जंगल की रात के बियाबान में रहते हैं अँधेरे के दो जिन्न। पहला जिन्न जिसकी आहट पाकर दूसरा सिपाही तानता है अपनी मशीनगन। दूसरा जिन्न जिसके ख़ौफ़ से भिड़ता वह कवि लिखता रहा कविताएँ...।

पहले सिपाही के ख़ौफ़ में घुला है, बेहद कम तनख़्वाह पर भी दुनिया से लड़ने को आतुर एक बहुत अपना-सा चेहरा। कवि के ख़ौफ़ में घुले हैं इश्क़ के अनगिनत क़िस्से, अनगढ़—बेढब क़िस्से, वीरान-बंजर दुनिया के क़िस्से...

जिसमें गरजता है इश्क़, अपनी हहराती गहराइयों से उठ-उठ कर...। जंगल में ख़ौफ़ एक दरिया है, जो बहता है अपनी रौ में, जिसकी हर बूँद बहती है इश्क़ होकर...।

'आगे पढ़...आगे पढ़ और क्या लिखा है...पढ़ न...।'

'उन्हें उनका उनके लिए इश्क़ ढूँढ़ना पड़ता है...कभी वे पहुँच जाते हैं उस जगह जहाँ रहता है उनका इश्क़...अफ्रीका के लाल बियाबान पठारों में, अमेजन के जंगलों में, दंडकारण्य की पहाड़ियों में, एंडीज की तराइयों में...।'

'हो सकता है उसकी माशूक़ा यहाँ रहती हो और उसके चक्कर में यहाँ आ गया हो। फिर यहाँ इन लोगों की सोहबत में पड़ गया हो।'

'हो सकता है ऐसा ही हो...।'

'बड़ा बुरा हुआ यार लेकिन...।'

'हाँ यार, मारा गया बेचारा...।'

'बुरी सोहबत का बुरा नतीजा।'

'सही कहते हो यार।'

दंडकारण्य के जंगलों में कभी किसी लाश को देखकर दूसरे सिपाही को एक बहुत अजीब सा ख़याल आता है कि तुम भी ग़रीब और मैं भी ग़रीब...यह जो जंग है ग़रीब विरुद्ध ग़रीब...चलो इस जंग को यहीं ख़त्म कर देते हैं...एक ग़रीब अपने दुश्मन ग़रीब की बात मान ले...उससे हाथ मिला ले...फिर उसे लगता है कि इस तरह सोचना कितना तो गड़बड़ है...।

सुधीर हाथ-मुँह धोकर आया था। अपर्णा ने ज़मीन पर चटाई बिछा दी थी। उसके आने से पहले वह चौके से दो थालियों में खाना लेकर आ गई थी। दोनों थोड़ी देर तक चुपचाप खाते रहे।

'यार तुम्हारे क़िस्से पर यक़ीन नहीं होता।'

'मेरी कहानी एकदम सच है सुधीर...ग़ायब होने के बाद अदीब का क्या हुआ कोई नहीं जानता।'

'पर ऐसा कैसे हो सकता है...? ठीक है मोटरसाइकिल मिली, कपड़े मिले... पर इसका मतलब यह थोड़े है कि मान लिया जाए कि वह मर गया।'

'वक़्त हर चीज़ को भुला देता है सुधीर...।'

'कुछ लोग तो होंगे जिन्होंने खोज-ख़बर ली होगी। आज भी उसे खोजते हों...। क्या पता वह ज़िन्दा हो...?'

अपर्णा का मन थोड़ा घबराया। वह पानी लाने के बहाने उठ खड़ी हुई। सुधीर को किचन तक जाती उसकी आहट सुनाई दी। सुधीर के लफ़्ज़ उसे डरा रहे थे—क्या पता वह ज़िन्दा हो? सुधीर के मन से अब तक यह ख़याल न गया था कि ऐसे कैसे हो सकता है, कैसे कि कोई पता भी न करे...? अपर्णा को इतना तो पता ही होगा कि उसे ढूँढ़ने की क्या-क्या कोशिशें हुईं? किचन से जग में पानी भरने की आवाज़ आ रही थी—दुनिया किसी जालिम की तरह ऐसे कैसे यक़ीन कर सकती है कि टूटी-फूटी मोटरसाइकिल और कपड़े मिलने भर से उसे मरा हुआ जान ले। अपर्णा किचन से आ गई। उसने अपनी घबराहट पर थोड़ा काबू पा लिया था।

'मैंने कभी किसी को कुरेदा नहीं कि क्या मिला और क्या नहीं...कहाँ तक पहुँची उसकी खोज-ख़बर...उसको याद करती हूँ तो बहुत बुरा लगता...सच में सुधीर आज भी बहुत ख़राब लगता है...।'

'तुमने भी पता नहीं करना चाहा कि वह कहाँ है...।'

'क्या पता चलता...कलेजे को काटती तकलीफ़ से ज़्यादा और क्या पता चलता...?'

'पर तुम्हें पता करना चाहिए था। उस सच को जानने की कोशिश कि क्या हुआ होगा। मोटरसाइकिल और कपड़े पूरी कहानी नहीं बताते...।'

'शायद...पर मैंने पता नहीं किया।'

आशिक़ के लिए फ़रेबी बातें कहना अपर्णा को अच्छा लगता है। इश्क़ की ख़ातिर वह तबीयत से एक के बाद एक झूठ बोलती है।

एक दिन वह, जुहेरा और रिद्धी अदीब के घर गए थे।

अदीब को गए एक अरसा बीत चुका था। उसके पिता को गुज़रे साल। उस विशाल घर में अदीब की माँ थी। अकेली।

वे तीनों उसके स्टडी रूम में बैठे थे। रूम बहुत कुछ बदल गया था। पहले वह बहुत बेतरतीब रहता था। काग़ज़ों और किताबों के ढेर और धूल खाती चीज़ों से अटा पड़ा। उसके कमरे में टेबल से लगी उसकी कुर्सी के अलावा सब कुछ बेतरतीब और अटालेनुमा रहता। बस कुर्सी साफ़-सुथरी रहती जिस पर बैठकर वह पढ़ाई-लिखाई का अपना काम करता था। पर अबकी बार उसका कमरा बहुत साफ़-सुथरा था। मानो अभी-अभी हर चीज़ को करीने से रखकर, झाड़-पोंछ कर चमकाया गया हो। काँच की अलमारी में उसकी किताबें, नोटबुक, काग़ज़ के पन्ने, रजिस्टर...एक ख़ूबसूरत से ब्रेकेट में सजी कैंडिल्स।

'सब कुछ मैं ही सँवारती हूँ। नौकरों के भरोसे ऐसे काम कहाँ हो पाते हैं। पर इस कोने को...इसको मैंने वैसा ही रख छोड़ा है जैसा यह उस दिन था जब वह आख़िरी बार घर से गया था...।'

अदीब की माँ ने टेबल पर चाय और बिस्किट रखते हुए कहा।

अपर्णा ने उस ओर देखा। साइड में रखी टेबल और उसके ऊपर दीवार पर लगे शेल्फ़ में रखी किताबें, पेन स्टैंड, मोमबत्तियाँ, पेन, पेंसिल...हर चीज़ पर से उसकी निगाह सरकती रही...उस कोने में चीज़ें बेतरतीब थीं...जैसे घर में किसी नज़्म की कोई जगह होती है...बिखरी-बिखरी सी...। फिर वह उस जगह के पास जाकर उसे ग़ौर से देखने लगी।

'प्रिंसिपल्स एंड टेक्नीक्स इन कांबिनेटोरिक्स' नाम की एक किताब के ऊपर रखी एक गहरे नीले रंग की किताब जिसके किनारों का गहरा नीला रंग और ज़्यादा गहरा होकर काला हो आया है और पृष्ठ के ठीक बीचोबीच स्पाइरल शेप का एक सफ़ेद-पीला फ़ॉसिल बना है। किताब पर उसका नाम लिखा है—द प्रिंसटन कम्पैनियन टू मैथमेटिक्स। गहरे नीले-काले पर धूल की परत है और उस पर पेंसिलें रखी हैं आड़ी-टेढ़ी। इन दो किताबों से टिकी चार किताबें खड़ी हैं, दो सीधी और दो फिसलकर अधलेटी। खड़ी हुई दोनों किताबें हल्के पीले और गहरे पीले रंग की हैं। सामने वाली किताब पर उसका नाम इंट्रोडक्शन टू कोडिंग एंड इन्फॉर्मेशन थ्योरी के साथ-साथ स्टीव रोमन का नाम साफ़ पढ़ा जा सकता है। खड़ी किताब पर द फोर पिलर्स ऑफ़ ज्योमेट्री लिखा है, लेखक का नाम थोड़े छोटे अक्षरों में लिखा है—जॉन स्टिलवेल। नीचे अधलेटी किताबों में से ऊपर वाली ही दीखती है, दूसरी उलटी लगी होने के कारण उसका नाम नहीं पढ़ा जा सकता है। अधलेटी किताब स्टीव जे मिलर की एन एन्वीटेशन टू मॉडर्न नम्बर थ्योरी है। एक लाल सुर्ख रंग की किताब जो अदीब के पास उसके स्कूल के दिनों से थी और इसे अपने हाथ में पकड़े उसने एक फ़ोटो खिंचाई थी। किनारे चार किताबें रखी हैं, एक के ऊपर एक धूल खाई और एक-दूसरे पर आड़ी-टेढ़ी रखी हुईं। सबसे

नीचे न्यूटन की मैथमेटिकल प्रिंसिपल्स ऑफ नेचुरल फिलॉसोफी, उसके ऊपर संस्कृत की एक किताब सिद्धान्त शिरोमणि जिसमें महावीराचार्य का नाम बहुत छोटे अक्षरों में लिखा है, उसके ऊपर उमर खैयाम की ट्रिटाइज़ ऑन डिमान्सट्रेशन ऑफ़ प्रॉब्लम्स ऑफ़ एलजेबरा और सबसे ऊपर आड़ी रखी के.सी. कोल की द यूनिवर्स एंड द कप जिस पर सफ़ेद पृष्ठभूमि पर काले तारों से बना एक कप और सॉसर दीखता है। इसके ऊपर दो मोमबत्तियाँ रखी हैं। एक पीली-नारंगी रंग की और एक मटमैली-सफ़ेद बेलनाकार मोटी-लम्बी। पीली-नारंगी वाली मोमबत्ती पर पिघले मोम की लकीरें और बुंदकियाँ जमा हैं। उसकी बत्ती पर जलाए जाने की कालिख अब तक दीखती है। पीछे से हल्के नीले रंग की एक किताब झाँक रही है टॉम एम. एपॉस्टल की कैल्कुलस वॉल्यूम टू जिसमें कुछ पेपर ठुँसे हैं जिसके कारण किताब का मुँह अधखुला-सा है।

शेल्फ़ के ऊपर वाले ब्रैकिट से जॉर्ज एफ सीमन्स की इंट्रोडक्शन टू टोपोलॉजी एंड मॉडर्न ऐनालिसिस बाहर को देख रही है। उस पर बने नीले और हरे वलय अपने हल्के पीले कवर के साथ ब्रैकिट के बाहर निकल आए हैं। इस किताब को गिरने से सँभालती एक दूसरी एकदम हरे रंग की किताब वाल्टर रूडिन की रियल एंड कॉम्प्लेक्स ऐनालिसिस रखी है और उस पर पॉल हॉफमैन की द मैन हू लव्ड ओनली नम्बर्स, जो एक बार अदीब ने उसे पढ़ने को दी थी। इनके ऊपर अदीब की बेहद प्रिय किताबों में से एक द नाइन चैप्टर्स ऑन द मैथमेटिकल आर्ट रखी थी। एलन ट्यूरिंग की इस किताब को वह बहुत मन लगाकर पढ़ता था। एक और थी बर्ट्रेंड रसेल की प्रिंसीपिया मैथमेटीशिया पर वह यहाँ न थी। द नाइन चैप्टर्स ऑन द मैथमेटिकल आर्ट के ऊपर नेश एम्बेडिंग थ्योरम की पतली सी किताब रखी थी। अपर्णा को याद आया कि नेश पर बनी फ़िल्म 'ए ब्यूटीफुल माइंड' जब देखी थी तो वह उसे चिढ़ाती थी कि वह ऐसी किताब न पढ़ा करे वर्ना वह भी नेश जैसा ही जो जाएगा, पागल-विक्षिप्त...पर वह मुस्कुराकर रह गया, किताब पढ़ता रहा, मानो कोई बात ही न हुई हो...। इसके ऊपर एक छोटी घड़ी रखी हुई है, रुकी हुई और उदास। उसके किनारे एक यतीम-सा पेन स्टैंड है। उसमें एक सूखती स्याही वाला पेन है ऊपर की ओर मुँह उठाए। उसके नीचे धूल खाए काग़ज़ हैं किताबों के पीछे तक...धूल में दफ़न हैं उस पर लिखे अंक, फ़ॉर्मूले, थ्योरम्स...।

ब्रैकिट की ख़ामोशी में एक किताब अपना सिर उठाए है—सिस्टम ऑफ़ लॉजिक बेस्ड ऑन आर्डिनल्स...और उसके ऊपर चुपचाप लिखे दो शब्द—एलन ट्यूरिंग और उसके किनारे नीचे लेटी एक किताब बहुत सी किताबों के ऊपर कैल्कुलस ऑन मेनीफोल्ड्स और उस पर एक गुटकेनुमा किसी अनाम से रूसी गणितज्ञ एम. वायगोडस्की की कोई मोटे गत्ते वाली किताब...उससे टिकी एक बहुत शान्त-सी दीखती हल्के नीले रंग की किताब ट्रिस्टेड नीधम की विजुअल कॉम्प्लेक्स ऐनालिसिस...किताबों के किनारे ज़रा सी जगह में समाया रंग-बिरंगी मोमबत्तियों का

एक समूह...अपर्णा देखती गई एक के बाद एक...कुछ दृश्य याद आते रहे...किताबों में धँसी उसकी आँखें, फिर रात-दिन काग़ज़ों पर न जाने क्या-क्या लिखती-पढ़ती बेचैनियाँ, सिस्टम ऑफ़ लॉजिक बेस्ड ऑन आर्डिनल्स के कई पृष्ठों से गुज़रने के बाद चहकती-गुनगुनाती-सी फ़ितरत, रियल एंड कॉम्प्लेक्स ऐनालिसिस पर फिरती कोई उँगली मानो मैथ्स की किताब न हो कोई मोहब्बत हो, स्टीफेन हॉकिंस की गॉड मेड इंटिजर्स को पढ़-पढ़ कर दूसरे साथियों को उसके मायने समझाने की नाकाम-सी कोशिश करती एक अजीब सी बेचैनी...

उसके होंठ काँपने लगे।

'...ऐ अपर्णा...रोती क्यों है...देख उसकी माँ भी है घर में...चुप हो जा...।'

'तुम नहीं समझ सकतीं।' अपने आँसू पोंछते हुए अपर्णा ने कहा।

'जानती हूँ। तू उसे चाहती थी।'

अपर्णा कहना चाहती थी—बात सिर्फ़ इतनी भर तो नहीं है न रिद्धी...कि एक दरवाज़ा है ताला जड़ा जहाँ समझा पाने की बात अपना सर फोड़ती रहती है।

## ये घर बहुत हसीन है

बरसों पहले जब पहली बार अपर्णा ने माँ से कहा था कि वह सुधीर से शादी करेगी तब घर में कोई और न था।

वह आज की लड़की है, पर एक क़िस्म का लिहाज़ उसके कहने में झलकता है। इश्क़ हिम्मत देता है इस बात की भी कि जो कहने का तरीक़ा है वह ठीक है। उसे अपने लिहाज़ पर हया नहीं। माँ पल भर को ख़ामोश रही। उसे पहले से लगता था कि अपर्णा सुधीर को प्यार करती है। माँ प्यार की सुगबुगाहट को सबसे पहले जान जाती थी, यहाँ तक कि यह भी कि पड़ोस का पॉमेरियन कॉफ़ी इस अजनबी घर में सबसे पहले किसके पैर चाटेगा। किचन में वह लौकी छील रही थी। उसका हाथ पल भर को रुका और फिर मगन हो गया। अपर्णा चुपचाप खड़ी रही। घड़ी की टिक-टिक, छिलके उतारते पिलर पर माँ की चूड़ियों की आवाज़ से संगत कर रही थी। उसकी रफ़्तार में कोई तब्दीली न हुई, इश्क़ की बात पर भी नहीं।

माँ पिता को बमुश्किल राजी कर पाई थीं।

पिता अक्खड़ थे पर माँ भी कम न थीं। इश्क़ की बात पर किस तरह राजी किया जाए यह माँ को आता था। अन्त में माँ ने पिता को रज़ामन्द कर ही लिया। अपर्णा जानती है कि माँ ही पिता को रज़ामन्द कर सकती हैं। अपर्णा माँ-बाप की इकलौती औलाद थी। भरा-पूरा घर था। पिता का अपना जमा-जमाया कारोबार था। अपर्णा के लिए वे किसी ऐसे लड़के की उम्मीद पाले थे जो भले कोई अमीरज़ादा न हो पर

तन्दुरुस्त हो, अच्छा दीखता हो और अगर किसी कारोबार का इल्म रखता हो तो सबसे बेहतर। आख़िरकार जो कुछ उनका है वह भी इनका ही होगा। इस लिहाज़ से सुधीर में सब कुछ था पर जो कमी थी वह हर बेहतरी पर भारी थी। लड़के में अगर कोई जिस्मानी कमी हो वह भी ऐसी कि कभी ठीक न हो सके तो कोई बाप कैसे तो हाँ कह दे। पर वे दूसरे पिताओं की तरह न थे। बचपन से ही अपर्णा को बहुत खुलेपन से पाला। उन्हें अफ़सोस न था कि कोई बेटा न हुआ। वे उसे अपने कारोबार की ख़ूबियाँ सिखाते यहाँ तक कि जब वह साड़ी पहन कॉलेज जाती तो उसे डपटते कि यह क्या अम्माओं जैसे कपड़े पहन रखे हैं। पिता ने उसे बहुत कम उमर में ही कार चलाना सिखा दिया था। पर यह जो हालात बन पड़े थे वह उन पर कयामत की तरह टूटे थे।

पहले तो वे राजी न हुए। होते भी कैसे भला? पर अपर्णा के इश्क़ ने कोई मोहलत न छोड़ी थी। एक रात वे रोये भी। टूटते ख़्वाबों पर कोई जिस तरह रोता है ठीक वैसे ही। माँ की आँखों में भी आँसू आ गए थे। उन्होंने फिर ख़ुद को ज़ब्त करते हुए कहा—'सुनयना एक गिलास पानी पिलाओ।' फिर अपर्णा के कमरे की ओर देखते हुए कहने लगे—'सो गई होगी, देखो उसे पता न चले कि मैं रोया था।' माँ की आँखों में अब भी आँसू थे। जग से गिलास में पानी भरते उसकी आँखें आँसू से धुँधली हो गईं। उसी रात पिता ने उनसे कहा था—'अब जब स्वीकार कर लिया है तो फिर क्या गिला, यह शिकस्त नहीं है, अपर्णा की ज़िन्दगी पर यूँ भी कितना अख़्तियार, वह उसकी अपनी ज़िन्दगी है, वह ही उसकी ख़ुदमुख़्तार है, उसे ही तय करना है, पर यह कहना भी कठिन है कि मेरे भी ख़्वाब थे, उसकी मोहब्बत पर अपने ख़्वाब की बात मैं कैसे तो कह दूँ...?'

माँ दूसरी तरफ़ मुँह कर सुबकती रही थी।

अपर्णा को कुछ पता नहीं था, पर उसे नींद न आई थी। उस रात एक और बात हुई थी। हुआ यूँ कि जीवेश की कंजी आँखें फिर से उसके घर तक आई थीं। अपर्णा ने देख लिया था कि खिड़की के पीछे वही थीं। अपर्णा को लगा वह खिड़की के पर्दे उठाकर उसे देख सकती है। आज तक नहीं देखा। पूरे पन्द्रह साल हो आए, पर आज देख ले। उसने पर्दे सरकाए। रॉड से टकराकर पर्दे के स्टील के छल्ले टिनक उठे। पर्दे के पीछे खुला आँगन था। तारों की रोशनी में ऊपर के अँधेरों तक फैली अमरूद की डालें थीं। बिलंग पर टँगे कपड़ों की लटकती काली छाया थी। एक सफ़ेद चादर तारों की मरगिल्ली रोशनी में अपनी सफ़ेदी बिखेर रही थी। हवा थी, ख़ुशबू थी, खिड़की से कमरे में उतरता अँधेरा था, ख़ामोशी के परे एक और ख़ामोशी थी...चुप्पियों के साहिल पर चुप्पियों का बियाबान था...वहाँ किसी जीवेश की कोई आँख न थी।

स्टील की रॉड पर स्टील के छल्लों की टिनटिनाहट माँ ने सुन ली थी। वे उसके कमरे में उसके पीछे आकर खड़ी हो गई थीं। अपने बालों में माँ की उँगलियाँ महसूस

कर अपर्णा माँ के पेट पर लिपट गई थी—'मुझे लगता है कोई दो आँखें उन दिनों से मेरे पीछे हैं जब मैं ठीक से बड़ी भी नहीं हुई थी'—उसने फुसफुसाते हुए कहा। माँ ने उसके चारों ओर अपनी बाँहें डाल दी—'ऐसा हर औरत को लगता है, कुछ आँखें मौत तक चलती हैं औरतों के पीछे-पीछे'—अपर्णा ने देखा, तारों की रोशनी में माँ की आँखें चमक रही हैं मानो अभी ख़ूब भीगकर-नहाकर आई हों...।

'तुम एक बार और सोच लो।' उस दिन सुधीर ने उसे कहा था।

'यह सोचने का मामला तो नहीं है, न...।' अपर्णा के मन में एक टीस-सी उठी।

'कभी जब तुम सज-सँवरकर मेरे सामने खड़ी होओगी तो मैं कहाँ कह पाऊँगा कि तुम कैसी लग रही हो...?'

'मैंने बहुत बार सुना है कि मैं हसीन हूँ...तुम न कहना। क्या इश्क़ में यह कहना ज़रूरी है?'

'सोच लो...शादी के दिन मेरी बहन मुझे बताएगी कि मेरी दुल्हन कैसी दीखती है। जिस तरह वह पहाड़ों की सुबह को मेरे लिए बाँचती थी वैसे ही तुम्हारी ख़ूबसूरती भी मेरे लिए बाँचेगी। तुम्हारा दीखना मेरी बहन की बातों से तय होगा... सोच लो।'

'जानती हूँ, तुम बहन की बातों से समझते हो। तुम उसकी बातों से सूरज के उगने को समझना, मैं तुम्हें सूरज के डूबने को बताऊँगी। सूरज के डूबने में उतना ही दिल लगाऊँगी जितना तुम्हारी बहन ने सूरज के उगने में लगाया।'

'तुम सोचो एक बार फिर...कि तुम्हारा दीखना मेरी बहन की बातों में होगा।'

'सुधीर प्लीज़ मेरे दीखने की बात मत करो। तुम्हें नहीं पता औरत के लिए दीखने के क्या मतलब हैं।'

कुछ और भी ख़याल थे जो अपर्णा ने किसी महफ़िल में सुने थे। वह उन बातों पर रज़ामन्द थी—पूरा एक महाकाव्य लिखा जा सकता है कि जो दीखता है और जो छिपता है उसके बीच औरत कहाँ होती है। औरत के दीखने को जाने कैसे-कैसे तो देखा गया। जब पढ़ती थी तो हिन्दी में रीतिकाल के कवियों की कविताएँ थीं। वे सारे कवि आदमी थे। आदमी ही घूरता है इसलिए वही कवि होता है। मुझे उनको पढ़कर कोफ़्त हुई। मुझे लगता है अगर मैं कवि हो जाऊँ तो एक रीतिकाल शुरू करूँ जिसमें आदमियों के जिस्म में वह सब देखूँ जिस ख़याल की इब्तिदा भी अभी नहीं हुई...देखने की बात पर वह अब भी बार-बार नाराज़ हो जाती है।

लाइट गुल थी, बाहर कोई रिक्शा गुज़रा था घंटी बजाता, सारा शहर अँधेरे में साँस ले रहा था, मौसम में पानी की नमी थी जिस्मों पर पसीने की, चाँद कहीं अटका था आकाश में आने से पहले, पश्चिम का तारा झपका रहा था अपनी उदास पलकें, डूब गए सूरज का मातम मनाती सिन्दूरी रोशनी अभी भी टिकी थी अँधेरों में ख़त्म होती, कमरे में उनकी बातें थीं ख़ामोशी के दरमियान कुछ लफ़्ज़ हवा में लटकते थे तो कुछ भीतर कहीं खनकते, जैसे बहुत दूर का कोई क़िस्सा जैसे मन...जैसे ख़ून...

...ख़ामोशियों के गिर्द एक ग्लेशियर था धूप में न पिघलने की ज़िद पर, नसों में बहता था कुछ आँखों के रास्ते दुनियादार होने की तड़प पर, कुछ था कि बातें सिर्फ़ बातें न थीं लगता था बरसों कि कोई चुप्पी टूटी है बस अभी-अभी...

सुधीर के भीतर कुछ लफ़्ज़ थे, ज़िद्दी, इसरार पसन्द से, ख़ुद से कोई तकरीर करते—क्या तुम सच में मुझसे प्यार करती हो...क्या तुम सच में देखने के इतना ख़िलाफ़ हो...क्या अँधेरों की वफ़ादारी को सचमुच तुम जान पाती हो...क्या...पर फिर लगता अगर जवाब मिल ही गया तो फिर इश्क़ कैसा? पर इनसान की फ़ितरत को क्या कीजै जनाब? वह पूछना चाहती है, वह इतनी बार छली गई, इतनी बार उसकी पीठ पर भोंका गया नश्तर कि वह पूछती है, बार-बार पूछ ही लेती है...?

'यहाँ एक कमरा है, पीछे एक किचन और टॉयलेट? यह घर इस तंग बस्ती के बीच है। मैं आवाज़ों के बीच रहना चाहता था। आवाज़ें मेरा मन बहलाती हैं। तुम जानती हो। इसलिए यहीं आया था। यह तंगहाल है। हम अगर शहर से थोड़ा दूर रहें तो एक की जगह दो कमरे ले पाएँगे। पर वहाँ आवाज़ें न होंगी।'

'मेरा घर शहर के बाहर की तरफ़ है। उसमें छह कमरे हैं। तीन टॉयलेट, बड़ा किचन और एक आँगन भी। वह शहर से बाहर है, वहाँ शोर नहीं है। पर मेरा घर बेज़बानों की दुनिया में है।' अपर्णा ने कहा।

'हाँ, अब दो घर हैं।'—सुधीर के लफ़्ज़ थके से थे, उबाऊ, उनका जवाब गर्त में था कहीं...।

'वहाँ इतनी बेज़बानी है कि मुझे खिड़की के बाहर देखना अच्छा लगता है, इतनी ख़ामोशी कि सब कुछ राख हो जाए, लगता है जैसे कोई बीमारी हो बढ़ती हुई।'

'घर के बारे में ऐसी बातें नहीं करते।'

'अच्छा, एक बात बताओ। पता नहीं कहाँ से यह बात आई ज़ेहन में। अचानक। ये जो फ़नकार होते हैं, शायर होते हैं, इन्हें ख़ामोशी क्यों अच्छी लगती है? तुम भी तो मोमबत्तियाँ बनाते हो सुधीर, डिज़ाइन तामीर करते हो, मोम को पिघलाने का कैसा ख़ूबसूरत इल्म है तुम्हें, कितने प्यार से तुम पिघले मोम को बहाते हो, साँचों को गढ़ते हो, कास्ट को अपनी उँगलियों से सहलाते हो...पर तुमने तो इस शोर भरी जगह को चुना...तुमने अपने हुनर के लिए तनहाई क्यों नहीं तलाशी...।'

'जब आवाज़ें होती हैं तब मैं सबसे अच्छे से अपना काम कर पाता हूँ। तुम हँसोगी पर जब सुबह सब्ज़ी वाले बाहर ठेले लगाते हैं और ज़ोर-ज़ोर से चिल्लाते हैं, जब शाम को लौटते थके-हारे मज़दूर सामने वाली देसी शराब की दुकान में पीकर ज़ोर-ज़ोर से बातें करते हैं...तब मैं अपने डिज़ाइन पर काम करता हूँ...बाहर एक मेहतर रोज़ सुबह गीत गाता गली को बुहारता है, उसे सुनकर मोम को पिघलाने का मन करता है...पता नहीं तुम मानो या नहीं, पर मैंने ग़ौर किया है कि जब शाम को एक अपाहिज भिखारन भीख माँगती गुज़रती है, तब मैं अपने दिन की सबसे ख़ूबसूरत मोमबत्तियाँ बना रहा होता हूँ।'

'मालूम नहीं तुम्हारी बात का क्या मतलब है। पर मैं भी तुम्हारे साथ सुबह के मेहतर के गीत और झाड़ू की आवाज़ के साथ मोम पिघलाऊँगी। यह इबादत की तरह लगता है...है न।'

'मुझे अच्छा लगा कि तुम यहाँ रहोगी मेरे साथ, सारी दुनिया के बीच, अपनी ख़ामोशियों को दफ़न कर...।'

अपर्णा के पिता उस शाम सारे घर में घूमते रहे। हर कमरे में। हर चीज़ पर अपनी नज़रें सरकाते। आहिस्ता-आहिस्ता। मानो आख़िरी बार घर को देख रहे हों। जैसे कहीं जाना हो बहुत दूर, कहीं न भी जाना हो तो घर को इस तरह निहारना भी कोई काम हो जैसे, जैसे पहली बार बातें करना चाह रहे हों घर से, जैसे अभी घर कुछ बोलेगा, जैसे घर की दीवार पर सिर टिकाकर सुकून की गहरी साँस ली जा सकती हो, वे छत पर इस तरह टहलते रहे जैसे किसी अनजान जगह आ गए हों, अपर्णा के कमरे की हर चीज़ के सामने से वे इस तरह गुज़रे जैसे किसी अजनबी के कमरे में टहल रहे हों, अपर्णा के बचपन की तस्वीर पर पड़ी धूल को उन्होंने अपने हाथों से पोंछा, तस्वीर में खिलखिलाती अपर्णा को इस तरह देखते रहे मानो वह आज ही पैदा होकर घर आई हो, वे इत्मीनान से देखते रहे—स्कूल के उसके मेडल, उसकी किताबें...उसका वार्डरोब उन्होंने बड़े आहिस्ते से खोला, उसके रंग-बिरंगे रिबनों को उलट-पलट कर देखते रहे जाने क्या तो...एक नीली हरी फ्रॉक पर वे इस तरह हाथ फेरते रहे मानो वह कपड़ा न हो अपर्णा का सिर हो...।

वार्डरोब में लटकी उसकी नीली मोतियों वाली माला को उन्होंने हाथों में लेकर घूरा फिर उसे आहिस्ते से चूम लिया फिर इधर-उधर देखा कि कहीं कोई उन्हें देख तो नहीं रहा, वार्डरोब के नीचे करीने से लगी उसकी सैंडिलों पर उनकी नज़र एक तरफ़ से दूसरी तरफ़ तक फिसलती गई, राफ़्ता-राफ़्ता, मानो वे सैंडिलें न हों कोई अजूबा हों, उनका मन हुआ थोड़ी देर उसके बिस्तर पर बैठ जाएँ, कमरे की खिड़की का पर्दा हवा में फरफरा रहा था, वे पर्दा हटाकर खिड़की के पार देखने लगे—पता नहीं वह क्या देख लेती थी, खिड़की के पार क्या तो दीखता था उसे...खिड़की के पार दीवार पर एक चिड़िया सकोरे में से दाना चुग रही थी, अमरूद की डाल पर एक तोता पंजों से अपनी गर्दन खुजा रहा था बिन्दास...कमरे को उन्होंने एक बार फिर से देखा, उसे उसकी तरतीबी में देखा, उसे अपर्णा की हँसी में देखा, वे अपर्णा के कमरे को उसके ख़्वाबों में देख लेना चाहते थे, वह जो गीत गुनगुनाती है उसमें उसके कमरे की हर चीज़ कितनी साफ़ दीखती है, जब वह अपनी दुनिया में चली जाती है, कॉलेज या सुधीर के घर तो थोड़ी-सी अपर्णा यहाँ छूट जाती है।...यहाँ की ख़ुशबू में वह रह जाती है, धूप की उन कतरनों में भी वह दीखती है जो उसकी खिड़की से चीथड़ा-चीथड़ा लटकती हैं, छिली पेंसिल की कतरनों में जो टेबल पर बिखरी हैं कितनी ख़ुशगवार-सी दीखती रहती है अपर्णा, रात के उस धुँधलके में भी जिसमें बैठ कानों में वॉकमैन लगा वह जाने कौन सी दुनिया के गीत सुनती है,

चौके से उठती उसकी मनपसन्द ख़ुशबू में किसी चिहुँक-सी कितनी बार दीखती है वह, किसी रात की सन्नाटी वीरानी में, किसी दस्तक में, किसी आहट में...अपर्णा हर जगह है, मानो वह हमेशा यहीं रहेगी, इसी कमरे में, इसी घर में...मानो उसका चला जाना एक फ़रेब से ज़्यादा कुछ नहीं...

उस दिन शाम अपर्णा अपने घर में थी।

माँ ने उसका सामान लगा दिया था। कपड़ों से भरा एक भारी-सा सूटकेस। उसने कहा था कि वह बाद में कुछ और कपड़े ले जाएगी। पर माँ तो माँ है। यह भी रख दो और वह भी। उसने कुछ कपड़े कम करने चाहे। माँ ने कहा कि यह उस पर कितना खिलता है। कितनी ज़िद के साथ यह वाला कपड़ा लिया था उसने। यह वाला तो वह कई-कई दिनों तक पहने रहती थी। पिता बदलने को कहते। वह पिता से लिपटकर कहती कि इस कपड़े में ग़ज़ब की ठंडक है, मुलायमियत का सुकून और तसल्ली भरा आराम। अरे...यह क्या यह कपड़ा तू न ले जाएगी, यह वाली साड़ी भी...अरे यह तो तुझ पे सबसे अच्छी लगती है...जो सूटकेस से निकालना चाहती थी माँ ने वह वापस रख दिया, निढाल चेहरे से ब्रीफकेस के खुले मुँह से झाँकते कपड़ों को अपर्णा ने देखा और फिर बड़ी ज़ोर-आजमाइश के बाद वह उसे बन्द करने लगी...माँ के दुलार से अटा पड़ा वह ब्रीफ़केस बन्द न होता था...वह खीज गई...उसके मनपसन्द कपड़े ब्रीफ़केस के बाहर झाँक रहे थे, उन्हें देख उसे यह भी लगा कि पल भर को माँ के गले लग जाए...।

बड़े पिताजी की मृत्यु के कारण इस साल शादी मुमकिन न थी। पिता ये सब बातें नहीं मानते। पर माँ और दूसरे रिश्तेदार मानते हैं। सबकी अपनी-अपनी ज़िद हैं। अपर्णा की अपनी ज़िद है। माँ और रिश्तेदारों की अपनी। पिता भी माँ के साथ हो गए हैं। वह अकेली है अपनी ज़िद के साथ। सुधीर भी कहता है कि इन्तज़ार हो सकता है। पर वह नहीं चाहती। अब सुधीर भी कहता है कि वह ठीक कहती है कि इन्तज़ार ठीक नहीं। आख़िर कब तक इन्तज़ार हो...।

ब्रीफ़केस के पास एक कार्टून रखा है। कार्टून में साफ़-सुथरे काग़ज़ों में लिपटी पुरानी गन्ध की किताबें हैं, कुछ मोमबत्तियाँ अदीब की याद की तरह चमकीली और उदास, कुछ बिस्किट के पैकेट, चावल, दाल और एक आटे की थैली, अपर्णा की चूड़ियाँ, उसकी टिनटिनाती मालाएँ, झनकते बुँदके और कड़े...। वह कुछ सामान नहीं ले जाना चाहती, ख़ासकर चावल, दाल और आटा...पर माँ की बातों के सामने निढाल है। हर चीज़ माँ की तरह से जमी है, ज़रूरत और करीने दोनों के लिहाज़ से।

'...तुम दोनों यहाँ भी रह सकते हो...।'

आँगन में बिलंग से कपड़े उतारते हुए माँ ने उससे कहा था। माँ का चेहरा एक पीली-फीकी साड़ी के पीछे था। उनकी आवाज़ में मुलायमियत थी।

'मुझे पता है...।'

उसने सुधीर से पूछना चाहा था। पर सुधीर अपनी दुनिया से इतना प्यार करता है कि घर बदलने की बात उसे किसी गुनाह की तरह लगी। घर चाहे छोटा हो या बड़ा क्या फ़र्क़ पड़ता है? सुधीर के घर के हर कोने में वही वह है, उसका घर और वह बकौल उसके दो जिस्म एक जान हैं।

'तेरे पिताजी कल रात नहीं सोये। इसलिए तेरे आने पर भी मैंने उन्हें नहीं जगाया...।'

माँ कपड़े के पीछे से झाँकी। एक कोरी-सी उत्सुकता उनके चेहरे पर झाँईं-झाँईं थी, माँ को लगा कि अपर्णा और भी कुछ कहेगी शायद। घर की बात पर वह कुछ कह नहीं पाती।

'मैं उनके कमरे गई थी, दबे पाँव। अपने बिस्तर के पास टेबल लैंप के किनारे उन्होंने मेरी तस्वीर रख ली है। वही बचपन वाली...फ्रॉक में दो चोटी में दाँत दिखाती तस्वीर...।'

माँ के चेहरे पर एक फीकी-सी मुस्कान पसर गई। बेस्वाद काग़ज़ी-सी मुस्कान। वो कहना चाहती थीं कि कुछ दिनों में कुछ नहीं बिगड़ता। कुछ महीनों की तो बात है। पर ये सब बातें हो चुकी हैं। बार-बार वे ही बातें कैसे हों? बातों का एक गोल चक्कर है। वे उसमें घूमती रहती हैं। वे कुछ कहती नहीं। एक उम्मीद है। माँ की उम्मीद की तरह। गोल-गोल चक्कर खाकर पछाड़ खाती उम्मीद।

'...मैं आती रहूँगी...।'

उसने माँ की मुस्कान में अपनी मुस्कान मिलाने की नाकाम कोशिश की। माँ फिर से चुपचाप कपड़े उतारती रही।

'तेरे मनपसन्द राजमा-चावल बनाए हैं और गोभी के कोथे भी...तेरे पिता ने कहा था...।'

माँ ने कपड़े उतारते हुए दीवार की तरफ़ देखते हुए कहा। इस बार अपर्णा का मुस्कुराने का मन न हुआ। वह चुपचाप अपने कमरे में आ गई।

उसने मज़बूती से बाँधकर बन्द किए गए कार्टून को देखा। फिर कमरे के पर्दे के बीच से पिता के कमरे को। पिता करवट लिये सो रहे थे। उसने पर्दे को छोड़ दिया। पीछे मुड़कर अपने कमरे को नज़र भर देखा। खिड़की के पार वाले अमरूद की डाल चुपचाप नीचे तक लटक आई थी। खिड़की के पर्दे बँधे थे और हवा चुप थी। उसकी टेबल पर एक किताब चुपचाप पड़ी थी। उसके मोटे गत्ते में उसके पन्ने चुपचाप ज़ब्त थे। वार्डरोब में ख़ाली हैंगर चुपचाप लटके थे।

घड़ी चुपचाप टिकटिकाती थी। ज़मीन पर ब्रीफ़केस अब भी चुपचाप मुँह खोले पड़ा था। पिता चुपचाप सो रहे थे। गोभी के कोथों की ख़ुशबू चुपचाप फैल रही थी।

अगर सब कुछ चुपचाप हो तब भी कोई घर में रुक तो नहीं जाता है न...।

वह डाइनिंग टेबल पर थी। खाना खाती। तभी पिता आ गए। अरे तू आ गई—उसे देख उन्होंने इतना ही कहा। फिर चुपचाप जग से गिलास में पानी डालने लगे। वह चुपचाप खाना खाती रही। पल भर को ख़याल आया कि वह उठ खड़ी हो और पिता

के गले लग जाए। उसके पिता हैं। ऐसा भी क्या? पर वह चुपचाप बैठी रही। कोई फाँक अलग हुई थी, जो अब जुड़ने को इनकार थी।

'किसी का किसी जगह को छोड़कर चले जाना कोई मामूली बात तो नहीं है न। इसका भी एक मतलब होता है। अपना घर छोड़कर चले जाने का एक मतलब है। घर छोड़कर जाने के बहुत क़ाबिलेग़ौर मतलब होते हैं। इतने क़ाबिलेग़ौर कि कई बार उसे कहा नहीं जा सकता है।' अदीब ने उस रात उससे कहा था।

नौकर ने घर की सीढ़ियों के नीचे अपर्णा का सामान रख दिया था। माँ और पिता सीढ़ियों के ऊपर खड़े थे। दरवाज़े के बीचोबीच। पिता ने उसके सिर पर अपना हाथ रखा था। उसने पिता के हाथ को चूमा था। माँ ने उसके गालों को चूमा था—अपना ख़याल रखना गुड़िया।

...अपर्णा के ज़ेहन में सन्नाटा पसरा था। एक शोख़ और अमीक़ होता हुआ सन्नाटा। जो ख़याल थे वे कहीं छूट गए थे। जो मन था वो हिरा गया था। गहन ख़ामोशी में जो उमड़ रहा था वह और भी गहन ख़ामोश था। चुप्पियों के सैलाब में जो चुप्पियाँ थीं वे बहुत चुपचाप थीं।

वह पल भर को उस घर को देख लेना चाहती थी। यहाँ उसका पूरा बचपन गुज़रा, लम्बी जवानी के दिन बीते...। पर माँ-बाप के सामने पल भर को घर को निहारे भी तो कैसे? माँ की बातें ज़ेहन में गूँजती है—गुड़िया कभी भी आना...आना...। पर घर से जो जाना होता है वह इस तरह से होता है कि उसके बाद फिर से लौटकर आने की गुंजाइश ख़त्म हो जाती है...। घर से जाने के बाद जो लौटकर आता है वह शख़्स फिर बदल जाता है, वह शख़्स ठीक-ठीक वह शख़्स नहीं रह जाता जो वह घर से जाने के पहले था।

...अपर्णा चुपचाप चली जा रही थी। सामने नौकर था सामान पकड़े और पीछे-पीछे वह। उसके माँ-पिता उसे जाता हुआ देखते रहे। माँ ने सोचा, अगर वह पलटकर देखेगी तो वे मुस्कुराकर हाथ हिलाएँगी।

वह अपनी नई दुनिया में जा रही थी। जहाँ उसका सुधीर है। उसका प्यार। उसके पंख उग आए हैं। पर उड़ने की तमन्ना गश खाकर गिर पड़ी है।

थ्री-व्हीलर गुज़र रहा था। छूट रही थी घर की दीवार। गली-गली गुज़रता रास्ता। थ्री व्हीलर गुज़र रहा था, कुछ शरारती बच्चे भाग-दौड़ कर रहे थे। गुज़रते थ्री-व्हीलर के पास से सब्ज़ीवाले के गिर्द लगा चिर-परिचित औरतों का झुंड अभी-अभी पीछे छूटा था। थ्री-व्हीलर गुज़र रहा था, इस तरह गुज़र रही थी मोहल्ले की राशन की दुकान और उसके सामने लगी लोगों की बहुत अपनी-सी लाइन।

बहुत से परिचित घर, दरवाज़े, पेड़, खिड़कियाँ, म्यूनिसपैलिटी का नल, कपड़े की पुरानी दुकान, बदबू वाला नाला...सब गुज़र रहे थे और इस तरह थ्री-व्हीलर गुज़र रहा था।

थ्री-व्हीलर वाले ने सुधीर के घर की देहरी के बाहर उसका सामान रख दिया था। खोमचेवाला अपर्णा को देखकर अपने टूटे काले-पीले दाँतों से मुस्कुराया था।

# बियाबान

दूर जंगलों के एक अस्पताल की मर्चरी।

मर्चरी में घुसने से पहले डॉ. जे. जोसेफ ऊपर लिखे बोर्ड को देखते हैं। अंग्रेज़ी में लिखा है—पोस्टमार्टम रूम, हिन्दी में—शव विच्छेदन कक्ष।

कमरे में ठीक सामने टेबल पर एक लाश पड़ी है। सफ़ेद कपड़ों में लिपटी। डॉक्टर जोसेफ ने पहले प्लास्टिक के दस्ताने पहने फिर मुँह पर एक हरी पट्टी बाँधी। डॉक्टर जोसेफ का पूरा चेहरा ढका है। चेहरे पर सिर्फ़ दो आँखें दीखती हैं। ऐसे वक़्त में वे आँखों से ही बातें करते हैं। पोस्टमार्टम रूम वाला स्वीपर उनकी आँखों के इशारे को पढ़कर आगे का काम करता है।

उन्होंने अभी-अभी लाश के साथ आए काग़ज़ों को उलट-पलट कर देखा है।

उम्र—लगभग अट्ठाईस साल। मज़हब—मुसलमान।

नाम—अब तक पता नहीं।

स्वीपर लाश को फाड़ने के लिए ख़ंजरों की धार की पड़ताल कर रहा है। उसने सुबह ही औज़ार तैयार कर लिये थे। वह ख़ंजरों को तेज़ धार रखता है। कभी-कभी पुरानी लाशों में खाल इस तरह मांस पर चिपक जाती है कि उसे मांस से अलग काटना मुश्किल हो जाता है। इसलिए ख़ंजरों की धार तेज़ रखना ज़रूरी है। कुछ लाशें इतनी नाज़ुक हो जाती हैं कि खंजर की तेज़ धार भी कुछ नहीं कर पाती। चलती धार पर खाल, मांस, हड्डी सब कटता जाता है। वह हथौड़ी और छेनी को परख लेता है। ये खोपड़ी को खोलने के काम आती हैं। माथे के ठीक बीच हड्डी में एक जोड़ होता है, उस पर छेनी रख हथौड़ी मारने पर माथा खुलता जाता है। वह सूजे की नोक और धागे की मज़बूती पर तसल्ली होने पर ही यक़ीन कर पाता है। अगर लाश ही साथ न दे तो दीगर बात है, वर्ना उसका सारा सामान चाक-चौबन्द रहता ही है। वह इतना परफ़ेक्ट है कि डॉक्टर के कहने पर विसरे के लिए लाश की आँत, पेट, गले की नली, एक तरफ़ का पूरा फेफड़ा या कोई और भी अंग काटकर बॉटल में कैमिकल में डालकर सुरक्षित रख देता है। उसने सुबह ही इस लाश पर निशानात बना दिये थे। गर्दन के नीचे से छाती के नीचे तक और माथे पर एक लकीर खींच दी थी। इसी लकीर पर से उस लाश को फाड़ा जाना था। डॉक्टर जोसेफ रोज़ पोस्टमार्टम करते हैं। कहीं कोई नई बात नहीं है।

स्वीपर लाश के ऊपर बने निशानों पर धारदार ख़ंजर रखता जा रहा है।

डॉक्टर के आने से पहले ही स्वीपर ने लाश का सफ़ेद कपड़ा काटकर अलग कर दिया था। लाश के जिस्म को फाड़ने से पहले डॉक्टर जोसेफ ने उसका मुआयना किया। वे पल भर को ठिठके। लाश पर सरकती उनकी आँखें पल भर को आहिस्ता हुईं और लाश के एक हिस्से को देखतीं थिर-सी हो गईं। माथे पर पसीने की कुछ बूँदें उभर आईं। उनके ज़ेहन से अँधेरों में जज़्ब एक दुनिया के अक्स गुज़रते गए। काले पर्दों के पीछे की एक ख़ामोश दुनिया।

याद आया जैसे गुज़श्ता दिनों में कहीं उन्होंने ऑपरेशन के कई दिनों के बाद बड़ी हिम्मत के साथ मरीज़ से आँख मिलाई हो। जब वे मरीज़ से पूछते हैं—कैसे हो तुम—तो उनके भीतर कुछ दरकता है, कुछ चटककर बिगड़ता है। वे दुनिया के उन सबसे कमतर शल्य चिकित्सकों में से एक हैं जो उस काली दुनिया को देखकर आया है। कहते हैं यूरोप और दक्षिण अफ्रीका में आज भी कई डॉक्टर भिड़े हैं उसी काली दुनिया में...। हिन्दुस्तान में ऐसे डॉक्टर गिनती के ही हैं। डॉक्टर जोसेफ उनमें से एक थे।

पर एक दिन...।

एक दिन उन्होंने उस बड़े अस्पताल के सुपरिंटेंडेंट के सामने अपना इस्तीफ़ा रखते हुए कहा था कि अब वे इस तरह का ऑपरेशन न करेंगे। सुपरिंटेंडेंट उन्हें मनमाफ़िक़ तनख़्वाह देने को तैयार था। पर वे राजी न हुए। इस तरह वे उस काम को छोड़कर सरकारी महकमे में नौकरी पर आ गए।

दंडकारण्य के इन जंगलों में हाल छह महीने पहले ही उनका तबादला हुआ है। सरकारी महकमे में दंडकारण्य में तबादले को सज़ा के तौर पर देखा जाता है। दंडकारण्य में तबादला यानी सज़ा। लाल-धूसर मिट्टी पर पसरे सागौन और साल के जंगलों को देखते हुए उनके दिमाग़ में यही लफ़्ज़ सरकता है—सज़ा...सज़ा—और वे मुस्कुराते हैं। अक्सर कालिख़ में लिपटी काली-सलेटी रात की ख़ामोशी जब पेड़ों के साथ गुर्राती है, तब यह लफ़्ज़ उनको देख मुस्कुराता है—सज़ा...सज़ा... सज़ा—वे मुँह फेर लेते हैं ।

मरे हुए जिस्म को पल भर देखने के बाद उन्हें लगा कि वे यहाँ से कहीं चले जाएँ। काला अतीत उनकी आत्मा की सीढ़ियों पर चढ रहा है, धमकता हुआ। उनके पास उससे छुटकारे का कोई उपाय ही न हो जैसे।

डॉक्टर जोसेफ को गुज़श्ता दिनों के पोस्ट ऑपरेटिव वार्ड से आती कराहें और चीख़ें सुनाई देती हैं...। वे मरीज़ को ढाँढस बँधाते हैं। मरीज़ चीख़ता रहता है।

हर जिस्म में कुछ बेहद नाज़ुक अंग होते हैं। मांस और तंत्रिकाओं से बने अंग। उन अंगों से लिपटी होती है उस जिस्म की सबसे अहम संवेदना। डॉक्टर जोसेफ को कई मर्तबा उन अंगों को काटकर उस जिस्म से अलग करना पड़ता था। वे जानते थे कि उस जिस्म से सिर्फ़ वह अंग ही कटकर अलग नहीं होता था, उसके साथ-साथ कटकर अलग होती थी कोई बहुत अपनी-सी संवेदना, कोई आत्मिक-सा जज़्बात... कटकर अलग होता था कोई ख़्वाब, कोई अक्स जिसमें अपने रंग भरती रहती थी वह बहुत गोपन-सी भावना...।

डॉक्टर जोसेफ ने लाश के सिर पर, बालों पर, दस्ताने में लिपटे अपने हाथ को रखा। जैसे माँ अपने बच्चे के सिर पर हाथ रखती है। स्वीपर ने पल भर को भौचक नज़रों से डॉक्टर जोसेफ को देखा। डॉक्टर जोसेफ सचमुच कहीं चले जाना चाहते हैं। पर इस तरह चले जाना आसान नहीं है। उन्हें अपना काम निबटाना है। जाने से पहले उन्हें काग़ज़ों पर दर्ज करनी है पोस्टमार्टम की रिपोर्ट।

लाश के साथ आई पुलिस की डायरी में सबसे ऊपर लिखा है—बेदावा लावारिस लाश...

डॉक्टर जोसेफ अपनी आँखें बन्द कर लेते हैं। स्वीपर उन्हें घूरता रह जाता है।

डॉक्टर जोसेफ के ज़ेहन में ओल्ड टेस्टामेंट की कोई इबारत गूँजती है। बन्द आँखों के अँधेरों में पुलिस की डायरी पर लाल स्याही से अंकित तीन शब्द गुज़रते रहते हैं—बेदावा लावारिस लाश...। शल्य चिकित्सा की उस स्याह दुनिया से आती कराहें सुनाई देती रहती हैं, कोई एकाकी विलाप उनके ज़ेहन को काटता जाता है। आँखें बन्द किए-किए दाहिने हाथ की उँगलियों से अपने माथे, गले, कन्धे और छाती को छूते हुए वे क्रॉस का निशान बनाते हैं। ओल्ड टेस्टामेंट की इबादत की अन्तिम लाइनें बुदबुदाते हैं। अचानक आँखें खोल स्वीपर को आँखों से इशारा करते हैं, यानी—लाश पर रखे ख़ंजर हटा दो—स्वीपर उन्हें अचरज से देखता है।

डॉक्टर जोसेफ के मन में एक पाप आ गया है। अपने पेशे से दग़ा करने का पाप। एक ऐसा दग़ा जिसकी इंतिहा उनकी ज़िन्दगी तबाह कर सकती है।

डॉक्टर जोसेफ ने फिर से लाश के साथ आए काग़ज़-पत्तरों को पलटा। काग़ज़ के एक टुकड़े पर वे रुके। एक फटी हुई मार्कशीट। जिसका ऊपरी और निचला हिस्सा फाड़कर अलग किया जा चुका है। सिर्फ़ बीच का एक हिस्सा बचा है। जिसमें अलहदा विषयों के नाम और उनके सामने उन विषयों में मिले नम्बर लिखे हैं। उन्होंने विषयवार नम्बरों पर सरसरी नज़र दौड़ाई। गणित के नम्बरों को उन्होंने ग़ौर से देखा। चार सौ में से तीन सौ अट्ठानबे। उन्होंने फिर से गणित के नम्बरों को पढ़ा—चार सौ में से तीन सौ अट्ठानबे—उन्होंने तिबारा पढ़ा—चार सौ में से तीन सौ अट्ठानबे—फिर काग़ज़-पत्तरों को बन्द कर दिया।

पुलिस के सबसे ऊपर के काग़ज़ में सबसे नीचे लिखा है—मौत की वजह।

डॉक्टर जोसेफ को इन काग़ज़ों में 'मौत की वजह' लिखनी है। 'मौत की वजह' के नीचे ब्रैकिट में लिखा है—पोस्टमार्टम करने वाले चिकित्सक का अभिमत, यानी वे क्या मानते हैं कि मौत का कारण क्या है ? क्या वजह थी कि यह शख़्स मारा गया? मौत की वजह? वाजिब वजह?

उन्हें शल्य चिकित्सा के दौर के वे जिस्म फिर से याद आए।

एक अधेड़ उम्र का बाप और उसके पीछे चलती उसकी कम उम्र वाली घरवाली डॉक्टर जोसेफ को अक्सर याद आते। बाप अक्सर गुज़ारिश-सी करता कि वे उसकी औलाद को लड़का बना दें। एक बार उनके सामने हाथ जोड़कर खड़ा हो गया। उन्होंने उसे समझाया कि उनकी औलाद का जिस्म ऐसा है कि वह लड़की तो आसानी से बन सकता है पर लड़का नहीं। पर वे न माने। वे उसे समझाते रहे पर उस पर इसका कोई असर न होता। बाद में एक दूसरे डॉक्टर से पता चला कि वह अस्पताल को मुँहमाँगी रकम देने को तैयार है। अस्पताल के लोग भी रज़ामन्द थे—जब बाप चाहता है तो हमें क्या—वही दूसरा डॉक्टर उन्हें समझाता है—वह

काफ़ी पैसे दे रहा है, अस्पताल का डीन भी ऐसा ही चाहता है, कोई ऊपर से फ़ोन भी आया है, क्यों पचड़ा पालना, कर देते हैं ऑपरेशन। ऑपरेशन के बाद वह मरीज़ पोस्ट ऑपरेटिव वार्ड में सो रहा था। पता नहीं वह क्या हो पाया है—डॉक्टर जोसेफ का मन अफ़सोस से भर उठता, एक रंज उनके ज़ेहन में चिहुँकता—राम जाने वह क्या बन गया होगा, शायद थोड़ा लड़का, शायद थोड़ा लड़की—वे उसके सोते चेहरे को ग़ौर से देखते हैं—जैसे कोई लड़की, जैसे कोई लड़का, जैसे इनसान की कोई औलाद, बस एक ही अन्तर है कि उसे बार-बार अपने जिस्म पर चलवाने हैं चाकू, कटवाने हैं जिस्म के कुछ बेहद नाज़ुक हिस्से—डॉक्टर जोसेफ सोचते हैं, एक दिन वे यह काम बन्द कर देंगे, एकदम बन्द...।

...उन्होंने पल भर को लाश की ओर देखा और फिर खिड़की के बाहर देखने लगे।

...मौत की वजह...

खिड़की के पार टीन की एक छत है। छत पर एक कौवा बैठा है। कौवे के मुँह में मांस का एक टुकड़ा है। एक दूसरा कौवा उससे उस टुकड़े को छीनने के लिए झपट रहा है।

...मौत की वजह...

खिड़की के पार कचरे का ढेर है। ढेर में अस्पताल से फेंके गए कटे-फटे मानव अंग पड़े हैं, रक्तरंजित पट्टियों के टुकड़े, पुराने सड़े विसरे की बोतलें...ढेर में काले-लाल रक्त से सना एक प्लेसेन्टा पड़ा है जिसे एक कुत्ता अपने जबड़ों से खींच रहा है।

...मौत...मौत...मौत की वजह...

...सज़ा...दंडकारण्य...सज़ा...दंडकारण्य...

ऊपर गिद्धों का एक झुंड है। नीले आकाश में इत्मीनान से तैरता। कचरे के ढेर में पड़े इनसानी जिस्म के टुकड़ों पर ललचाता। इनसानी मांस के टुकड़ों पर झपटने को आतुर...।

...मौत की वजह...

...वे लाश का मज़हब जानते हैं, पर वे लाश का नाम नहीं जानते...।

...पढ़ाई के सबसे बेहतरीन नम्बरों के आगे वे बड़े इत्मीनान से लिख देते हैं—बेदावा लावारिस लाश...

स्वीपर हठात् खड़ा है। उसके चेहरे पर कोई भाव नहीं।

कौवों की काँव-काँव और गिद्धों की किर्र-किर्र से टूटती रहती है पोस्टमार्टम रूम की ख़ामोशी। पोस्टमार्टम रूम की ख़ामोशी एक दलाल है। एक सौदेबाज़ दलाल। पैसेबाज़। ख़ामोशी की नाइंसाफ़ी पर बोलने का उसूल नहीं है। दुनियादारी के बीच उसकी हरमज़दगी का क़िस्सा कोई नहीं कहता। ऐसी बेगैरत 'ख़ामोशी' से लोग मुस्कुराकर बात करते हैं। ठीक वही ख़ामोशी...वही असीम, अनंत और परम शान्ति...अनवरत, मुसलसल...क्या फ़र्क़ पड़ता है किसका जिस्म...क्या अन्तर कि

किस-किस की लाश...शान्ति, शान्ति, शान्ति...क्या फ़र्क़ कि किसका पोस्टमार्टम, क्या मतलब कि कहाँ का, किसका और कौन सा जंगल...?

...ख़ामोश, ख़ामोश...ऑर्डर, ऑर्डर...चुप बे,चुप...

...ऊँ शान्तिः, शान्तिः, शान्तिः...

...मौत की वजह...

डॉक्टर जोसेफ लाल स्याही से पुलिस के काग़ज़ों में जल्दबाज़ी में लिखते हैं—पीठ, छाती और चेहरे पर खरोंच के गहरे निशान (सम्भवतः पथरीली ज़मीन पर घसीटे जाने की वजह से), दाहिने चेस्ट की पाँच पसलियाँ टूटी हुईं, पेट के दाहिने हिस्से में गहरा घाव (किसी धारदार हथियार से हमले की वजह से), गर्दन के पीछे सरवाइकल स्पाइन टूटी हुई (वही सम्भवतः पथरीली ज़मीन पर घसीटे जाने की वजह से), दाहिने टेम्पोरल में गहरा घाव खोपड़ी के भीतर तक (बन्दूक की गोली लगने से), बाईं ह्यूमरस टूटी हुई...

...मौत की वजह ...

...लगातार हुआ रक्तस्राव और ब्रेन के अन्दरूनी हिस्सों में गम्भीर चोट...

कचरे के ढेर के पास कुत्ता भौंकता है। उसके रक्तरंजित दाँत दीखते हैं। ख़ून से लथपथ अधखाया प्लेसेंटा उसके मुँह से लटका है।

डॉक्टर जोसेफ तत्काल मर्चरी के बाहर आ जाते हैं। हड़बड़ाए। और सीधे चलते चले जाते हैं। नाक की सीध में। लम्बे डग भरते। बेचैन। कभी भी पलटकर न देखते।

...मौत की वजह...

खिड़की से सिर बाहर कर कातर आवाज़ में स्वीपर पुकारता है—

'कहाँ चल दिये सर। एकदम अचानक।'

डॉक्टर जोसेफ पलटकर नहीं देखते। सीधे चले जाते हैं। सामने की ओर मुँह उठाए। खिड़की के बाहर झाँकता स्वीपर चीख़ता है—

'कोई काम याद आ गया क्या सर...?'

फिर वह पुलिस के काग़ज़ों पर लाल स्याही से दर्ज डॉक्टर की रिपोर्ट देखता है। रिपोर्ट के नीचे डॉक्टर जोसेफ ने दस्तख़त नहीं किए हैं। वह फिर से खिड़की की ओर लपकता है। डॉक्टर जोसेफ उसे दूर-दूर तक कहीं नहीं दीखते।

कहानी का एक हिस्सा किसी को नहीं पता। किसी को भी नहीं।

कहते हैं वह उन घने जंगलों में एक नई-नई रात थी।

अपने एक दोस्त की समझाइश पर अदीब ने अपनी मार्कशीट के तीन टुकड़े किए। एक टुकड़ा जिसमें उसका नाम,उसकी वल्दियत, उसकी उम्र, उसका पता लिखा था, दूसरा टुकड़ा जिसमें उसके कॉलेज और विश्वविद्यालय का नाम लिखा था और जिसके नीचे विश्वविद्यालय के रजिस्ट्रार के दस्तख़त थे और तीसरा टुकड़ा जिसमें सब्जेक्टवार नम्बर लिखे थे। दोस्त ने उससे कहा कि वह सिर्फ सब्जेक्टवार नम्बर सँभालकर रख सकता है। दोस्त जाने के लिए उठा और उससे मुख़ातिब हुआ—

'नम्बर गणित की ईजाद हैं। नम्बरों की कोई जात नहीं। नम्बरों का कोई मज़हब नहीं। नम्बर न आदमी होते हैं, न औरत। नम्बरों का कोई मुल्क नहीं।'

अदीब उसे एकटक देखता रहा। सामने आग जल रही थी। आग की लपटें दोस्त की आँखों में दमकती थीं—

'नम्बर ख़ालिस गणित हैं। नम्बर सिर्फ़ और सिर्फ़ उसी के होते हैं जिसके ये होते हैं। नम्बरों पर किसी और का अख़्तियार नहीं होता। नम्बर इंसाफ़ का दूसरा नाम हैं।'

वह जाने को मुड़ा। पर फिर उसकी ओर देखा—

' ...तुम सिर्फ़ नम्बरों को सहेजकर रख सकते हो।'

दूर कहीं सुधीर के पास अपर्णा बैठी थी। उसके हाथों में अदीब के स्टडी रूम से लाए कुछ काग़ज़ थे, जो वह वहाँ से उठा लाई थी। काग़ज़ों में वही सब था। इश्क़ के नम्बरों की वही थ्योरम। उसने बड़ी मुश्किल से उस थ्योरम को समझ लिया था। वह सुधीर को वह थ्योरम बाँच रही थी। उसे सफ़ेद बोर्ड पर हाईलाइटर चलाती अदीब की उँगलियाँ दीखीं, थ्योरम और एनॉमेलीज़ का सही-सही जवाब निकाल लाने को आतुर बेचैन उसकी आँखें दीखीं। उसने सुधीर को चूम लिया—

'गणित के नम्बरों में से इश्क़ की ख़ुशबू आती है...है न।'

'गणित के नम्बरों को देखो तो किसी सौदाई इश्क़बाज़ की याद आती है...है न।'

जाने से पहले दोस्त ने अदीब के कन्धे पर हाथ रखते हुए कहा था।

अदीब ने सधे हाथों से मार्कशीट के दो टुकड़ों को आग में जला दिया। इस तरह धधकती आग में जल गया उसका नाम, उसकी वल्दियत, उसकी उम्र... रफ़्ता-रफ़्ता जला था उसके घर का पता...धू-धू कर जलता रहा था उसका कॉलेज, विश्वविद्यालय...लपटों में भस्म होते गए थे विश्वविद्यालय के रजिस्ट्रार के दस्तख़त...। दूर खड़ा दोस्त मुस्कुरा रहा था। उसने ग़ौर से देखा था कि इन टुकड़ों को जलाते समय अदीब के हाथ जरा भी नहीं झिझके।

उन तमाम राखों में जो इश्क़ के अनकहे अफ़साने होकर सबसे पहले चिता पर ख़ाक होते हैं। जो दफ़न होते हैं मिट्टी होने किसी अनाम क़ब्र में। उड़ते-फिरते धूल और राख होकर। उन्हीं में शुमार थी वह राख भी जो काग़ज़ के उन टुकड़ों को जलाने से उठी थी, बिखरी थी दंडकारण्य के उस बियाबान में।

❍❍❍